"토모자키 군은 어패 잘하지?"

히나미 아오이

"저, 나나미 미나미는 현재 정조의 위기에 처한 건가요?!"

나나미 미나미

"그런 거 필요 없어! 질문에나 대답해!"

나츠바야시 하나비

"토모자키 군은
요즘 아오이와 사이가
좋지?"

이즈미 유즈

"나도…… 앤디 작품을 정말 좋아해……"

키쿠치 후카

토모자키 후미야

약캐 토모자키 군
1

야쿠 유우키 지음 | **플라이** 일러스트 | **이승원** 옮김

S NOVEL

커버·권두·본문 일러스트 | **플라이**

약캐 토모자키군

Lv.1

야쿠 유우키 지음
Yuki Yaku Presents

플라이 일러스트
Illustration Fly

The Low Tier Character
"TOMOZAKI-kun"; Level.1

캐릭터 소개

토모자키 후미야
고교 2학년. 약캐.

히나미 아오이
고교 2학년. 학교의 퍼펙트 히로인.

나나미 미나미
고교 2학년. 무드메이커

나츠바야시 하나비
고교 2학년. 조그맣다.

이즈미 유즈
고교 2학년. 잘 나가는 여자애.

키쿠치 후카
고교 2학년. 책을 좋아한다.

0 클리어 후에 오프닝을 다시 보면 왠지 숙연해진다

『인생은 갓겜』이라는 유명한 문장이 있지만, 내가 보기에 그건 거짓말이다.

본인이 노력하면 겨우겨우 깰 수 있도록 절묘하게 밸런스가 조정되어 있다, 같은 소리는 진짜로 이러지도 저러지도 못하는 사태에 직면해본 적이 없는 인간이 지껄이는 헛소리다. 모든 등장 캐릭터가 깊이 있는 인간성과 역사를 지녔다, 같은 소리는 이 세상에 허접한 졸개 캐릭터가 얼마나 많은지 모르는 인간이 입에 담는 어이없는 몽상에 불과하다. 그러는 너도 졸개 캐릭터잖아, 같은 발언은 자제해줬으면 한다.

무한×무한 픽셀의 화소수가 매초 무한 프레임으로 움직이고 있는 것 또한 항상 좋기만 한 것은 아니다. 화소수가 작기에 느낄 수 있는 맛도 존재하며, 무엇보다 이 세계의 해상도가 너무 높은 탓에 나 같은 못난이가 못난이로서 비춰지고 있는 것이다. 도트 그림이었다면 딴 사람들과 별반 다르지 않았을 것이다. 괜히 우는 소리를 하는 게 아니라고.

게다가 정밀하고 미려할수록 좋다는 사고방식 자체가 잘못됐다. 뛰어난 게임은 언제나 심플하고 아름다운 것이다.

장기도 그렇고, 슈퍼마리오도 그렇다. 최신 FPS게임 또한 룰과 콘셉트는 심플하다. 심플한 룰과 콘셉트 안에서 깊이와 재미가 숨 쉬고 있는 것이다.

역사에 길이 남아있는 게임은 전부 그러하다.

자아, 그에 비해 인생은 어떠한가.

고대부터 박식한 과학자들이 실험과 검증을 통해 『다양한 사상(事象)의 법칙』이라고 하는 『인생의 룰』을 찾고 있다. 하지만 현재에 이르러서도 그 답은 찾아내지 못했다.

고대부터 현명한 철학자들이 발상을 논리로 엮어서 『삶의 의미는 무엇인가?』라고 하는 『인생의 콘셉트』를 찾고 있다. 하지만 나는 사람마다 제각각, 이라는 말에 반박할 수 있는 의견을 단 한 번도 들은 적이 없다.

결국 억지로 답을 내자면 '일단은 살아라. 뒷일은 내 알 바 아니다'라고 표현할 수밖에 없을 듯한 룰과 콘셉트만을 지닌 이딴 게임이 뭐가 갓겜이라는 말인가.

그뿐만 아니라 남과 똑같은 짓을 해봤자 얼굴, 체격, 연령 때문에 차별을 당한다. 또한 제아무리 노력하며 준비하더라도 중요한 순간에 몸 상태가 나빠지기라도 한다면 전부 수포로 돌아가는 것이다. 망겜인 이유로서 설득력 넘치는 요소에만 눈길이 갔다. 아무런 죄도 없는 나 같은 약캐가 그저 약하게 태어났다는 이유만으로 이렇게 학대를 당하고 있는 것이다.

불합리하며 불평등하다. 약자에게 불리하다.

즉——『인생은 망겜』.

이 흔하디흔한 문장이야말로 이 세상의 진실이다.

이렇게 말하면, 이런 반론을 들을지도 모른다. 『인생을 열심히 살지 않으니 그렇게 생각하는 거 아냐?』. 하지만 그것이야말로 강캐로 태어났기에 지닐 수 있는 편견이다.

애초부터 유리하니까 『인생』의 불합리함을 눈치채지 못한다. 강캐가 이지 모드로 손쉽게 무쌍을 찍으며 그걸 즐기고, 그게 이 세상의 전부라고 착각하고 마는 것이다.

즉, 단순한 엉터리 게이머의 의견이다.

제대로 게임을 파본 적이 없으면 닥치고 구석에 처박혀 있어라.

운 좋게 강캐로 태어나서 즐기고 있을 뿐인 엉터리 게이머 따위에게, 인생을 논한 자격은 없다.

수많은 게임을 열심히 플레이했고, 항상 정점에 서왔던 내 말이니 틀림없다.

인생은, 망겜이다.

——이상. 일본제일의 게이머, nanashi 올림.

1 이러쿵저러쿵해도 유명한 게임은 대체적으로 재미있다

실력 차는 그야말로 압도적이었다.

내가 조작하는 닌자 캐릭터 『파운드』의 움직임과, 나카무라가 조작하는 여우 캐릭터 『폭시』의 움직임은 누가 봐도 확연하게 알 수 있을 만큼 레벨이 달랐다. 뭐, 리얼충치고는 꽤 하는 수준이었다. 나카무라가 이 텔레비전 게임——어패로 내기를 해서 진 적이 없다는 소문은 들은 적이 있지만, 정말 수준이 떨어졌다. 나는 시합을 시작하자마자 승리를 확신했다.

하지만 나는 어패를 플레이할 때만큼은 절대 방심하지 않는다. 그렇기에 나카무라의 목숨이 하나 남은 지금 상황에서도 우직하게 돌진하는 척 하다 도중에 『순(瞬)』을 사용하는 페인트를 펼쳤다. 아마 나카무라 정도의 실력이라면 순을 알지도 못할 것이다. 순이란 지면에 닿을락 말락 하는 위치에서 대각선 하단 방향으로 『공중 회피 이동』을 해서 지면 위를 재빠르게 미끄러지는 회피 테크닉이다.

내 페인트에 걸려든 나카무라가 공격을 날렸다. 나는 그것을 뒷 방향 순으로 피한 다음, 허를 찌르며 접근했다. 이 게임의 콤보는 던지기로 시작된다. 던지기로 시작된 콤보를 얼마나 이어나갈 수 있는가. 내가 쓰는 캐릭터인 파운드는 그런 측면에서 매우 강했다.

파운드는 나카무라의 캐릭터를 잡았다. 그 순간부터 내

독무대가 시작되었다. 간단한 것 같지만 실은 섬세한 조작이 필요한 콤보를 계속 이어나갔다. 빠져나갈 방법이 없지는 않지만, 나카무라는 그걸 모르며, 할 줄도 모른다. 그러니 그대로 승패는 갈렸다.

이걸로, 나카무라의 남은 목숨은 0이 되었다——.

"좋았어."

음. 이기고 말았다. 뭐, 내가 어패로 아마추어에게 질 리가 없지만 그래도 너무 간단히 이겨버렸다. 뒷일이 걱정될 지경이다.

각자의 목숨은 동일하게 네 개이며, 특수 기믹이 없는 평탄한 스테이지에서 붙었다. 또한 서로의 플레이는 처음 봤다.

이런 평등한 조건에서 나카무라의 남은 목숨은 하나도 없다. 그리고 내 목숨은—— 네 개다.

이정도면 완승이다. 나카무라 쪽을 쳐다보니 뭔가 할 말이 있는 듯한 표정으로 내 얼굴과 내가 쥔 컨트롤러를 번갈아 쳐다보았다. 나를 쳐다보는 그의 시선에서는 희미한 열등감이 어려 있었다. 솔직히 좀 놀랐다. 내가 나카무라에게서 이런 시선을 받는 날이 올 줄은 상상도 못했던 것이다.

갈색 머리카락을 지닌 미남인 그는 척 봐도 리얼충이다.

공부와 운동, 인기, 그리고 게임 실력에 있어서도 톱클래스이며, 요령도 좋기 때문에 항상 남들보다 우위에 서는, 그야말로 항상 자신감이 넘치는 리얼충 고등학생 나카무라. 그런 나카무라가 나를 이런 눈길로 쳐다보고 있었다. 척 봐도 중증 오타쿠인 나를 말이다.

"……터…… 탓이야."

나카무라는 무슨 말을 했다.

"응?"

"캐릭터 탓이야."

"……뭐?"

"캐릭터가 안 좋아서 진 거야. 그렇지?"

"아니, 이 두 캐릭터의 성능은 같은 수준인데……."

"성능이 아니라 상성. 상성이 나빠서 진 거라고."

나카무라는 당연한 소리를 하듯 그렇게 말했다. 나는 어이가 없었다. 그건 명백한 변명이다.

그리고 나는 눈치챘다. 이딴 소리를 지껄이는 건 그만큼 나를 얕보고 있다는 소리다. 이렇게라도 해서 자존심을 유지해야할 할 만큼 나에게 진 게 굴욕인 것이며, 나 같은 놈한테는 이렇게 꼴사나운 변명을 해도 된다고 생각하는 것이리라. 완전 깔보고 있는 것이다. 그렇다. 이게 약캐에게 주어진 불평등한 운명이다.

하지만, 지금만큼은 그렇지 않다.

이 순간, 어패가 눈앞에 있는 이 순간만큼은…….

"화, 확실히 폭시는 낙하가 빠르니까 콤보를 걸기 쉬워."

"그렇지? 이건 캐릭터 상성으로 승패가 갈리는 게임이라고."

나는 숨을 들이마시면서 나카무라를 똑바로 쳐다보았다. 무섭다. 하지만……

"……그건 변명이잖아."

남이 나를 깔보는 것에는 익숙하다. 딱히 분하지도 않았다. 그게 당연하기 때문이다.

"하지만 실제로 그렇잖아. 너, 이딴 망겜으로 나한테 이겨서 기쁘냐? 한심하네."

하지만 이런 거에는 전혀 익숙하지 않다.

나는—— 패배한 인간이 노력도 하지 않고 그걸 정당화하는 게 그 무엇보다 싫다.

"당연히 기쁘지. 한심하다고 느끼는 건 나카무라가 져서 그런 거야. 승리를 맛보지 못했으니까 모르는 거지. 이겨 놓고 이 게임이 한심하다고 말한다면 이해할 수 있어. 하지만 진 녀석이 그딴 소리를 해봤자 꽁지 내린 개가 짖는 소리나 다름없다고."

나는 자신이 어패의 전장에 있다고 생각하며 당당하게 말했다.

"뭐? 캐릭터 상성으로 진 거잖아. 이딴 건 완전 망겜이야. 승패 같은 걸 따질 가치도 없어."

"상성 때문에 승패가 갈린 게 아냐. 나카무라가 진 건 나카무라가 약하기 때문이야. 캐릭터를 바꿔서 붙어도 아마 내가 이길걸?"

"……그럼 캐릭터를 바꿔서 붙어볼래? 그럼 너 같은 놈에게 절대 지지 않아."

나카무라는 투지를 불태우며 그렇게 말했다. 이 타이밍에 절대 지지 않는다고 말할 수 있는 담력, 아니, 둔감, 아니, 근거 없는 자신감은 정말 인생이라는 게임의 강캐다웠다. 인생이라는 게임의 약캐인 나에게는 이런 게 없다. 잘못됐다는 걸 뻔히 알면서도 그게 당연하다는 듯이 행동할 강함이 없는 것이다. 『나니까 그래도 된다』는 근거를 지닐 자신감이 없는 것이다. 생물로서의 그런 강함이 없다.

그 뿐만 아니라, 나는 이렇게 압승을 하고도 여전히 불안을 느끼고 있었다.

하지만 지금 이 순간만큼은 나도 약캐일 수 없다.

"……아니, 그래도 귀찮네."

"뭐야. 그딴 소리를 해놓고 내빼는 거야? 붙자고."

"아니, 나중에 또 말도 안 되는 변명을 하면 귀찮거든."

"뭐?"

어패를 할 때의 나는 최강이다.

"캐릭터를 바꿔서 하는 건 물론이고, 컨트롤러도 바꾸자. 버튼이 제대로 안 먹힌다, 같은 소리를 하면 성가시거든. 그리고 앉은 자리도 바꿔줄까? 화면의 반사가~ 같은 소리를 할 수도 있으니까 말이야. 그리고 목숨은 여덟 개로 하자. 장기전인 편이 실력이 확연히 드러나잖아? 그리고 또 어떻게 할까? 빠져나가는 방법을 모르면 빠져나갈 수 없는 콤보는 쓰지 않기로 할까? 그건 기술이 아니라 지식 문제니까 말이야. 그러면 단순하게 조작 기술과 반사 신경, 그리고 판단력 승부가 될 거야. 그리고 또 뭐가 있더라? ……아, 옷도 바꿔 입을래?"

하하하. 제대로 쏘아붙여줬다. 나중에 후회하겠네. 바로 내가 말이야.

"……어이. 기어오르지 말라고."

나카무라는 무시무시한 눈길로 나를 노려보았다. 이러고 있으니 내가 이 녀석보다 동물적으로 뒤진다는 생각이 들며 열등감에 사로잡혔다. 사과하고 싶어졌다. 누가 봐도 내가 올바른데도 말이다. 이게 인생의 룰이라는 것이다.

나와 나카무라는 위치를 바꾸고, 컨트롤러를 바꿨으며, 캐릭터도 바꾸고, 목숨도 여덟 개로 설정했다. 뭐, 옷은 바꿔 입지 않았다. 이제 스타트 버튼을 누르면 전투가 시작된다.

"내가 이기면 인정하라고, 나카무라."

"알아."

"알긴 뭘 알아."

"……진짜로 안다고. 네 실력을 인정해주지."

"그건 당연한 거고, 그것 말고도 하나 더 인정해."

"뭘 말이야?"

이 녀석은 진짜로 모르는 것 같았다.

"아까 어패를 망겜이라고 했지?"

"뭐?"

실은 패배를 인정하지 않는 것보다, 이 말 때문에 더 화가 났다.

"……어패가 갓겜이라는 걸 인정해."

그리고 펼쳐진 대결에서는 내가 목숨을 하나도 소비하지 않으며 완승했다.

***

nanashi : 수고하셨습니다.

코우키 : 수고하셨습니다.

그리고 그 다음날, 나는 평소와 마찬가지로 어택 패밀리즈, 통칭 어패의 온라인 대전을 하고 있었다. 대전자들은 채팅을 할 수 있으며, 대결이 끝나면 인사를 나누는 게 예의다. 물론 이번에도 승리했다. 나는 착착 레이트를 높이고 있었다. 넉 달 전에 레이트가 리셋된 후로 몇 주 만에 레이트 일본 1위가 된 나는 지금도 유유자적 그 지위를 유지하고 있다. 닉네임은 nanashi다. 이름을 붙여주는 게 좀 멋쩍었던 데다, 이름이 없다는 뜻인 나나시라는 말이 왠지 멋지다는 생각이 들어 그런 닉네임을 붙였다. 토모자키 후미야라는 본명과도 전혀 상관이 없다.

나는 레이트가 리셋되기 전에도 거의 항상 1위를 유지했다. 국내에는 적수가 없다고 해도 과언이 아니다.

어패는 엄청난 완성도 덕분에 현행 온라인 대전 게임계에서 가장 많은 플레이 인구를 보유하고 있다. 즉, 이 게임에서 1위를 한다는 것은 일본에서 가장 게임을 잘하는 인간이라고 해도 아마 과언이 아닐 것이다.

그런 나, nanashi가 유일하게 의식하고 있는 어패 플레이어가 바로 『NO NAME』이다. 1위의 자리를 빼앗기지는 않았지만, 몇 달 동안 항상 2위를 유지하고 있는 플레이어다. 게다가 내가 확인해본 바에 따르면, NO NAME 또한 처음 2위가 됐을 때부터 단 한 번도 그 자리를 빼앗기지 않았다. 즉, 『nanashi』와 『NO NAME』이 1위와 2위를 독점하고 있는 것이다.

닉네임이 유사하기 때문인지, 인터넷 커뮤니티에서는 '그 두 어카운트가 동일인물이 아닐까?'하는 그럴듯한 헛소문이 돌고 있었다.

그러니 nanashi인 내가 단언하겠다. nanashi와 NO NAME은 딴 사람이다.

하지만 NO NAME이 어패 세계에 나타난 지 몇 달 밖에 안 된 점, 그리고 말도 안 되는 속도로 2위까지 올라온 점,

무엇보다 nanashi와 NO NAME의 직접 대결이 아직 실현되지 않았다는 점 때문에 동일인물설은 진실미를 띠고 있다. 그것도 그럴 것이, 사용 캐릭터 또한 둘 다 파운드이며, 플레이 스타일도 비슷한 것이다. 아마 대전 영상의 아카이브를 통해 내 플레이를 참고했으리라.

nanashi : 수고하셨습니다.
YuKichi : 수고하셨습니다. 정말 강하군요!
nanashi : 감사합니다. 그럼 실례하겠습니다.

나는 또 승리를 거둔 후, 방에서 나왔다. 나도 질 때가 있기는 하지만, 요즘에는 그 패배 또한 자신과의 싸움에서 비롯된 것이었다. 상대의 뛰어난 테크닉 때문에 지는 일은 없으며, 지는 건 대부분 내 미스 탓이었다. 하지만 그렇기 때문에 1위가 된 지금도 노력할 여지가 있으며, 성장할 여지가 남아있다고 할 수도 있었다.

그러니 다음에는 전투 중에 미스를 줄이는 걸 유념하면서 플레이하자, 하고 생각한 바로 그때였다.

나는 숨을 삼켰다.

대전 상대 란에 적힌 이름을 본 것이다.

NO NAME   레이트 : 2561

온몸의 혈액이 뇌로 쏠리는 게 느껴졌다. 대전 상대에게 기대감을 가지는 것은 정말 오래간만이었다. 컨트롤러를 쥔 손에 힘이 들어가는 게 느껴졌다.

시합이 시작되었다. 그리고 나는 곧 놀랐다. 나는 NO NAME이 내 플레이 스타일을 흉내 내고 있다고 생각했다. 하지만 시합 시작 직후의 움직임부터 나와 완전히 달랐다.

나는 적에게 돌진해서 콤보를 노린다. 하지만 NO NAME은 그 자리에서 대기한 채 장거리 공격을 준비하기 시작한 것이다.

이것은 파운드간의 미러매치가 벌어졌을 때, 내가 유일하게 불리하다고 느끼는 행동이다.

그리고 상대는 우연히 이런 행동을 취한 것이 아니다. 나는 아무 근거도 없지만, 그렇게 생각했다.

나를 연구했지만, 그저 흉내만 내는 게 아니라 나름대로 대책까지 세웠다는 걸 확신할 수 있었다.

게다가 더 놀라운 것은 NO NAME의 정확하기 그지없는 조작, 그리고 압도적인 콤보 탈출 기술이었다. 내가 조금이라도 물러터진 조작을 하면, 상대는 바로 콤보에서 빠져나갔다.

움직임과 콤보를 넣는 발상은 내가 한 수 위지만 콤보를 빠져나가는 기술만큼은 솔직히 말해―― 이미 나를 뛰어넘었다.

아니, 정확하게 말하자면 나는 콤보 탈출이 능숙하지

않다. 왜냐면 나는 너무 강해서 콤보에 당하는 일 자체가 적은 것이다. 굳이 따지자면, 내 몇 안 되는 약점 중 하나다.

즉, 『시발점이 되는 공격을 맞지 않으면 된다. 그러니 콤보에서 탈출할 일이 없다』. 그런 사고방식과 전제조건을 지닌 것이다. 그러니 만약 NO NAME이 나에게 버금가는 움직임과 콤보 발상력을 지닌다면, 나는 콤보 탈출 능력에서 밀려 지게 될 것이다.

──그리고 아마 NO NAME은 그런 점까지 고려하고 있을 것이다.

내가 그렇게 생각하는 이유는 간단했다.

NO NAME은 실력에 비해 콤보 탈출이 지나치게 능숙했다.

이 정도 실력이라면 적에게 콤보를 맞는 일이 적다. 즉, 콤보에서 빠져나갈 기회 자체가 적은 것이다. NO NAME 뿐만 아니라 나를 비롯한 최상위 플레이어들 중에는 공격은 잘하지만 방어는 능숙하지 못한 이가 많다.

하지만 NO NAME, 국내 2위의 실력자는 방어 경험이 지나치게 많았다. 아니, 이게 **특기인 것이다.**

이건 NO NAME이 콤보를 맞을 기회가 많다는 것── 아니, 굳이 따지자면 『평소부터 연습을 위해 일부러 콤보를 맞고 있다』는 것을 의미했다.

즉, NO NAME은 승률이나 기분 좋은 플레이를 포기한 것이다.

최종적인 실력, 장기적인 순위만을 고려하며 싸우고 있다. 시합에서 불리해지더라도, 승률이 떨어지더라도, 순위와 평판이 나빠지더라도, 몇 개월 후의 실력을 우선시하고 있는 것이다.

사람들은 그런 걸 보고 방심 플레이라고 부를지도 모르지만, 실은 그렇지 않다. 이것은 엄연한 단련이다.

적어도 나는 이렇게까지 속물적인 쾌감을 버리며, 철저하게, 그리고 명확하게 『결과』를 추구하는 플레이어를 지금까지 본 적이 없다.

NO NAME. 나는 일본 1위 자리를 남에게 넘겨줄 생각이 없지만, 이제 여유를 부려서는 안 될지도 모른다. 그리고 이 말만은 할 수 있다. 현재 국내에서 나를 뛰어넘을 가능성이 있는 어패 플레이어가 있다고 한다면…….

그 사람은 NO NAME, 단 한 사람뿐일 것이다.

내가 그런 생각을 하며 임한 시합의 결과는── 현재 실력 차가 여실히 들어나며, 내가 목숨 두 개를 남기고 승리했다.

nanashi : 수고하셨습니다.

그리고 마지막 예의. 채팅을 통한 인사. 나는 상대가 답례를 하면 바로 방에서 나갈 생각이다.

NO NAME : 간토 지역에 사시나요?

응? 상대방이 내가 사는 곳을 물었다. 왜 묻는 걸까.

nanashi : 예. 간토에 삽니다만……

NO NAME : 괜찮다면, 만나지 않을래요?

nanashi : 아, 실제로 리얼에서 1대1로 만나자는 건가요?

NO NAME : 예. 맞아요. 가능하면 직접 만나서 이야기도 나누고, 리벤지도 하고 싶네요.

상대방이 오프 모임, 그것도 1대1 오프 모임을 제안한 걸로 보면 되겠지?

어떻게 할까. 확실히 요즘은 인터넷에서 알고 지내게 된 사람과 만나는 행위의 허들이 내려갔으며, 딱히 위험한 짓도 아니다. 이렇게 어패의 레이트 1위와 2위라는 관계이니, 만나보면 재미있을지도 모른다. 그렇다면…….

nanashi : 좋아요. 그렇게 하죠.

NO NAME : 고마워요! 당신의 집 근처 역은 어디인가요? 제가 찾아갈게요.

nanashi : 어디냐면 말이죠…….

나는 상대방과 만날 장소를 알려주며 약속을 잡았다. 집 근처 역이 아니라, 한 정거장 떨어진 곳에 있는 터미널 역에서 만나기로 했다. 그곳이라면 상대방도 찾아오기 쉬울 것이다.

NO NAME : 알았어요! 그럼 다음 토요일, 오후 두 시에 뵐게요! 잘 부탁드려요!

이렇게 대결이 끝난 직후, 나와 NO NAME의 1대1 오프모임은 간단히 결정됐다.

***

나카무라와 대전한 토요일, NO NAME과 대전한 일요일이 지나고, 이틀 만에 간 학교의 2학년 2반 교실 안의 분위기는 뜻밖에도 평소와 다름없었다. 나카무라가 손을 써서 내 지위가 밑바닥까지 떨어져 있는 것도 각오하며 등교했기에 솔직히 김이 샜고, 또한 안심했다.

옛날에는 중학교에서 가장 어패를 잘했고, 고등학교에서도 가장 잘한다는 평판인 나카무라와, 『어패를 꽤 잘한다』는 평판인 내가 드디어 대결한다는 이야기는 빅뉴스가 아니었지만, 2, 3주에 한 번 일어날 만한 사건 같은 느낌으로 이 반에서 꽤 화제가 되었다. 그런데 대결이 끝나자 아무도 그것을 언급하지 않는 걸 보면 다들 긁어 부스

럼을 만들 생각은 없어 보였다. 뭐, 그게 가장 평화적인 해결책일 것이다.

나는 그렇게 평소처럼 외톨이로 하루하루를 보내며, 자극적이지는 않지만 딱히 불만도 없는 시간을 보냈다. 미적지근한 일상을 구가했다고 해도 될 것이다. 나는 이런 일상을 누리며 살아갈 것이다.

── 그리고 수요일 점심시간, 조그마한 사건이 벌어졌다.

혼자서 점심을 먹기 위해 복도를 걷던 나는 나카무라와 딱 마주쳤다. 이게 평소와 같은 상황이라면 그저 서로를 무시하면 되겠지만, 이번에는 이레귤러적인 일이 발생했다. 나카무라가 여자를 데리고 있었던 것이다. 그것도 히나미 아오이를 말이다.

히나미 아오이. 재색을 겸비한 요조숙녀이며, 특유의 천진난만함으로 남녀 모두에게 사랑받는 퍼펙트 히로인이다. 교내에서 공부를 가장 잘하는 것은 물론이고, 단거리 달리기와 핸드볼 던지기 같은 체력 테스트 전종목도 다른 여자애들을 크게 따돌리며 1위를 차지했다. 아니, 남자들 상위 랭커에게 맞먹는 기록을 낼 정도의 치트 스펙 보유자다. 그리고 마치 하지 않은 듯한 자연스러운 화장과 붙임성 좋은 미소, 그리고 솔직하고 바보 같은 푼수 끼도

겸비했다. 그런 약점이 그녀를 여자로서 완성시켜주고 있으며, 또한 색기마저 느껴졌다. 정말 같은 인간이 맞는지 의심이 되었다. 리얼충을 좋아하지 않는 나조차도 호감을 가지고 있다고나 할까, 경외심을 품게 하는 레벨이다.

그녀가 세키토모 고교에 다니는 것조차도 불가사의할 정도다. 사이타마 현 안에서는 상위에 속하는 사립 고등학교이기는 하지만, 도쿄의 진학고에 비하면 어중간한 수준이다. 학교 주위에도 논밭이 잔뜩 있는 것이다. 사이타마 역에서 좀 떨어진 곳은 그야말로 시골이다.

딱히 잘 나가지도 않지만 나보다는 확실히 잘 나갈 것 같은 클래스메이트 두 명이 일전에 내 뒷자리에서 이런 대화를 나눴었다.

"저기, 아오이를 어떻게 생각해?"

"아오이라면, 히나미 아오이 말이야?"

"그래."

"그야…… 엄청 좋아해. 다들 그럴 걸? 그 정도면 완전 아이돌이잖아."

"맞아."

"진짜 비정상적이야. 공부도, 운동도, 외모도 완벽하거든. 천재라는 표현도 부족할 정도야."

"그렇지. 내가 아무리 노력해본들 그 어떤 장르로도 이기지 못할 거야."

"그런데도 딴 애들과 엄청 사이가 좋잖아. 그게 이상하다니깐. 나도 가장 사이가 좋은 여자애가 누군지 남이 묻는다면 히나미 아오이라고 대답할 거야."

"……나도 그래. 그 애와 가장 사이가 좋아."

"그렇지? 진짜 이상해. 우리와 친해져봤자 걔는 딱히 득될 게 없다고. 그런데도 가깝게 지내잖아. 이 정도면 다른 꿍꿍이가 있다고 볼 수도 없다고."

"뭐랄까, 인생 천재라고나 할까……."

"아, 딱 적당한 표현이네. 야구 천재나 발명 천재 같은 게 아니라, 인생 천재. 신이네, 신."

"아오이를 이 학교에 보낸 그녀의 부모님에게 감사하고 싶은걸."

"동감이야. 사이타마가 유일하게 도쿄보다 나은 점은 꼽자면 그건 히나미 아오이가 다닌다는 걸 거야."

——그런 히나미 아오이와도 이야기 한 번 나눠본 적 없는 나란 녀석은 대체 어떻게 되어먹은 걸까. 어쩌면 나도 천재일지도 모른다는 생각이 들었다. 그리고 도쿄와 비교하지 말고 우선 가나가와부터 타도하라는 생각이 들었다. 아니면 지바를 말이다. 절대 질 수 없다.

아무튼, 그런 히나미 아오이와 나카무라가 같이 있었다. 물론 그녀에게 나와 나카무라가 대전을 했다는 정보가 전해지지 않았을 리가 없다. 그래서 이런 소폭발이 일어난 것이다.

"아! 토모자키 군! 슈지와 어패로 승부했다면서? 어떻게 됐어?"

"어, 저기, 히나미 양. 으음, *끄께──.*"

혀가 꼬였다. 하지만 그건 나 같은 중증 오타쿠만이 아니라, 오타쿠 취미를 지닌 일반인일지라도 히나미 아오이가 이야기를 나누다간 혀가 꼬일 것이다.

"아하하. *끄께*, 가 뭐야? 아하하!"

상대방이 비웃고 있는데도 바보 취급을 당하는 느낌이 전혀 들지 않았다. 미소에서 배어나오는 순수함 덕분인 걸까. 아니면 아름다운 음색을 띤 웃음소리 때문일까. 혹은 손으로 입을 가리며 기품 있게 웃고 있기 때문일지도 모른다. 히나미 아오이 양이 즐거워하는 모습을 보니 내 마음에서 기쁨이 샘솟았다. 대체 뭐가 어떻게 되고 있는 걸까. 저 스마일에는 마법이라도 걸려 있는 것 같았다.

"아하하하, 엄청 즐겁네~. 으음, 무슨 이야기를 하다 말았더라. 아, 맞다! 누가 이겼어?"

즐거워? 즐겁다고? 내가 히나미 아오이 양을 즐겁게 해주다니, 이렇게 멋진 일이 또 있을까? ……같은 생각마저 들게 하는 존재감이 느껴지는 그녀는 그야말로 성녀 같았다. 뭐가 어떻게 되고 있는 거지.

"으음……."

"가르쳐줘~."

하지만 그녀의 옆에는 나카무라가 있었다. 그는 언짢은

눈길로 나를 쳐다보고 있었다. 대전 당시에 으스대다 나한테 잘근잘근 밟혔으니 저러는 것도 무리는 아니다.

문제는 나카무라가 저런 분위기를 자아내고 있는 상황에서, 게다가 이 학교의 히로인 앞에서 '내가 이겼어'하고 말했다간 어떻게 될 것인가, 였다. 나카무라는 히나미 아오이와 가깝게 지내고 싶을 테니, 내 주가가 올라가는 게 그다지 마음에 들지 않을 것이다. 으음, 그랬다간 골치 아픈 상황이 벌어질 게 뻔했다.

뭐, 나도 이 학교의 히로인 앞에서 폼을 잡고 싶기는 했다. 좀 배배 꼬인 구석이 있기는 하지만, 나 또한 인간이다. 하지만 내가 폼을 잡아봤자 아무짝에도 쓸모가 없는 데다, 중증 오타쿠 주제에 되게 나대네, 하고 생각할 가능성도 있다. 왜냐면 인생은 불평등한 망겜이기 때문이다. 그렇다면 졌다고 말하는 편이 좋을까. 그러면 전부 원만하게 해결될까. 하지만 거꾸로 나카무라의 자존심에 상처를…… 나는 거기까지 생각하다 문득 눈치챘다.

잠깐만. 이 퍼펙트 초인 히나미 아오이는 왜 나에게 물어보는 거지? 사이가 좋은 나카무라에게 물어보는 게 자연스러울 것이다. 친분이 없는 나와 대화를 나누기 위해서 일부러 그런 걸까. 하지만 히나미 아오이의 분위기 파악 스킬이라면 최근 학교 안의 분위기를 통해 나카무라가 졌다는 사실을 눈치챘을 것이다. 그런 상황에서 나에게 이런 이야기를 하는 것은 묘했다. 그렇다면 이 상황은 대체 뭘까.

　……모르겠다. 내가 생각에 잠겨 있을 때, 나카무라가 갑자기 입을 열었다.

　"시끄러워, 아오이. 내가 졌다고. 이딴 녀석은 내버려 두고 빨리 가자."

　나카무라는 언짢아 죽겠다는 듯한, 그리고 침이라도 뱉는 듯한 어조로 그렇게 말했다. 주위의 분위기가 얼어붙었다. 어이어이, 이 상황, 괜찮은 거야?

　"뭐～? 그랬구나! 토모자키 군, 대단하네! 슈지도 졌지만 힘내!"

　약간 바보 취급하는 것 같으면서도, 애정이 담겨 있는 한 마디였다. 그 순간, 분위기가 누그러들었다.

　"……시끄러워, 이 바보야!"

　나카무라는 어이없다는 듯이 웃으면서 히나미 아오이에게 그렇게 말했다.

　"흐음, 그래도 뭐든 잘하는 슈지한테 이긴 걸 보면 토모자키 군은 정말 어패를 잘하나 보네. 대단한걸……."

　"따, 딱히 그렇지도 않아……."

　"나도 다음에 한 번 붙어보고 싶어!"

　"그, 그건 관두는 편이 좋을 것 같은데……."

　"그렇지? 괜한 소리해서 미안해!"

　그렇게 말한 히나미 아오이는 에헤헤 하고 웃었다. 이 녀석과는 엄청 편하게 이야기를 나눌 수 있네. 이게 커뮤니케이션 능력이라는 걸까. 게다가 방금 자기가 졌다는 걸 밝힌 나카무라 또한 자기 자식을 지켜보는 것처럼 옅은 미소를 머금고 있었다. 이것도 히나미 아오이의 힘인 걸까. 그렇다면 정말 대단했다.

"아, 그럼 나는 이만 밥 먹으러 갈게."

"응! 잘 가. 다음에 어패를 잘하는 법 좀 가르쳐줘."

"아, 알았어."

"……음…… 어."

나카무라가 작은 목소리로 무슨 말을 했다.

"뭐?"

"아무 것도 아냐. 그럼 또 보자."

뭐, 뭐야?

"그, 그래."

"잘 가!"

그리고 나는 히나미 아이에게서 두 번째 '잘 가'를 들으면서 식당으로 향했다.

……어, 어찌어찌 됐어. 나는 가슴을 쓸어내렸다.

그건 그렇고, 저런 식으로 분위기를 이끌어가서 수습할 수 있으니 그 화제를 언급한 걸까. 리얼충만이 고를 수 있는 선택지다. 내 뇌로는 추측하는 것도 어려웠다.

그건 그렇고, 나카무라가 자기 입으로 졌다는 사실을 밝힌 것은 정말 의외였다. 그 탓에 나를 더욱 미워하게 된 것만 아니면 좋겠는데……. 나는 그런 생각을 하면서 식당으로 향했다.

　이날 발생한 조그마한 폭발은 히나미 아오이의 압도적인 커뮤니케이션 능력에 의해 압축되더니, 결국 사라졌다. 나는 리얼충의 묘한 자신감과 하늘을 찌를 듯한 텐션 같은 것은 전부 질색이며, 다 허상에 불과하다고 생각하지만, 그래도 히나미 아오이만큼은 대단하다고 인정할 수밖에 없었다.

　나는 그런 식으로 가치관이 달라졌다. 그런 의미에서의 조그마한 사건이었다.

　그리고 이 주의 토요일에, 커다란 사건이 터졌다.

『도착했어요!』

『나는 2분 후에 도착할 것 같아요.』

『알았어요!』

　NO NAME과 만나기로 한 날이 되었다. 나는 연락용으로 알려준 메일 주소를 통해 NO NAME과 대화를 나눴다. 상대방은 이미 도착한 것 같았다. 나는 열차를 타고 한 정거장을 이동했고, 결국 도착했다.

『도착했어요.』

『왔군요! 저는 동쪽 출입구 쪽에 있는 편의점 앞에 서있어요.』

『알았어요. 복장을 가르쳐주세요.』

동쪽 출입구를 나서보니 정면에 있는 편의점 앞에 재떨이가 있었고, 남자 몇 명이 거기서 담배를 피우고 있었다. 저들 중 한 명인 걸까.

핸드폰이 진동했다. 나는 핸드폰을 꺼내서 메일을 보았다. 어라?

『위에는 흰색과 파란색으로 된 셔츠를 입었고, 밑에는 검은색 치마를 입었어요!』

——여성. 뭐, 말이 안 되는 것은 아니었다. 나는 멋대로 남자라 생각했지만, 여성이라도 이상할 것은 없었다. 나는 그렇게 생각하면서 편의점 앞에 서서 주위를 둘러보았다. 그러자 자판기를 쳐다보고 있는 한 여성과 눈이 마주쳤다. 흰색과 청색으로 된 셔츠와 검은색 치마를 입었다. 이 사람이 틀림없다.

검은 머리카락은 어깨 근처까지 길렀으며, 피부는 투명한 느낌이 들 정도로 새하얗다. 돌아서 있어서 얼굴은 보이지 않지만, 젊어 보였다. 뒷모습에서도 귀여운 아우라가 물씬 뿜어져 나왔다. 아~, 어떻게 하지. 말을 걸려니 긴장되었다. 목소리가 떨리지 않았으면 좋겠는데 말이다.

"저, 저기, 실례합니다. NO NAME 씨 맞나요?"

제대로 말했다. 내 말을 듣고 흑발 청순파 소녀가 돌아섰다. 어떻게 생겼을—— 어.

"안녕하세요! NO NAME이에요…… 어머?"

"…어……? ……히……."

"아앗?!"

내가 놀라서 비명을 지르기도 전에 히나미 아오이가 먼저 고함을 질렀다. 히나미 아오이?! 어떻게 된 거야?

"어…… 히나미…… 양?"

"마음 좀 진정시키게 잠깐만 있어봐. ……너는 토모자키 군, 맞지? 나와 같은 반이잖아."

"으, 응. 맞아……."

역시 외모가 닮은 타인이 아니라 진짜 히나미 아오이였다. 그런데 그녀는 단순히 놀란 게 아니라 어딘가 좀 이상해 보였다. 말투 또한 평소와는 달랐다. 전혀 쾌활해 보이지 않았으며, 차가운 인상이 느껴졌다. 그렇지만 연기를 하고 있는 것처럼 보이지는 않았다.

"네가 nanashi야?"

왠지 위압적인 울림이 감도는 질문이었다. 나는 우물쭈물하면서 대답했다.

"마, 맞아……."

"……윽!"

그녀의 이마에 주름이 생겼다. 뭐가 어떻게 된 걸까. 내가 아는 히나미 아오이는 이렇게 무서운 표정을 짓는 여자애가 아니었다. 훨씬 천진난만하고, 가련한…….

"최악이야……."

"뭐?"

"믿고 싶지 않아. nanashi의 정체가 이렇게 앞날이 깜깜한 녀석이라니……."

"히, 히나미 양?"

방금 그녀가 뭐라고 했지? '앞날이 깜깜한 녀석'? 그녀는 남한테 이런 소리를 하는 성격이 아니잖아? 뭐가 어떻게 된 거야? 이중인격? 아니면, 내가 너무 못난 녀석이라 이러는 걸까?

"어, 어떻게 된 거야? 히나미 양, 말투 같은 게…… 평소와 다른 것 같은데……."

"윽!"

그녀는 몸을 뒤로 젖히더니, 난처한 표정을 질렀다. 표정이 확연하게 달라지고 있기에 그녀가 어떤 감정을 품고 있는지 바로 알 수 있었다. 평소에는 이런 면이 좀 더 귀여운 느낌으로 작용했던 것 같은데 말이다.

"하아……. 어패가 얽히면 침착함을 잃는 걸 어떻게 해야 할 텐데……."

"뭐?"

"하지만 이렇게 됐으니 이제 상관없어."

"상관없다고……?"

"말투와 분위기가 평소와 다르다는 거지? 맞아. 그래도 딱히 문제될 건 없잖아."

"아니, 문제될 게 없다니……."

문제될 게 있잖아. 그것도 엄청 말이야. '누구세요?'하고

물을 레벨이라고.

"……."

"……."

그리고 느닷없이 침묵이 찾아왔다. 거북하다. 하지만 히나미 아오이는 개의치 않는 듯한 표정을 짓고 있었다. 이 거북함을 걷어낼 말을 찾고 있는 것 같지도 않았다.

"그, 그건 그렇고, 으음, NO NAME이 히나미 양이라니, 정말 놀랍……다고나 할까……."

나는 이런 말조차 당당하게 입에 담지 못했다. 아니, 오히려 이래야 안정감이 느껴질 것만 같았다.

"그래? 나는 실망했어. 너처럼 향상심이 눈곱만큼도 없고, 인생을 패배한 채로 포기해버린 쓰레기 같은 인간이, 내가 유일하게 존경했던 그 nanashi라니 말이야."

"……뭐?"

내가 마음속으로 나 자신에게 상처를 입히고 있을 때, 외부에서도 날카로운 공격이 날아왔다. 악랄한 폭언이었다. 쓰레기 같은 인간? 존경 같은 말도 하기는 했지만, 그건 과거형이었다. 상대방의 태도가 학교에서와는 완전 딴판이라는 점만 나는 계속 신경쓰고 있었지만, 이런 소리를 듣고 잠자코 있을 수는 없었다.

"자, 잠깐만 기다려. 으음, 내가 왜 이런 소리를…… 들어야만 하는 건데?"

"사실을 말했을 뿐이야."

"사실, 이더라도…… 해, 해선 안 되는 말이 있다고."

"그게 무슨 소리야?"

"잘 알지도 못하는 녀석한테, 향상심이 없다는 둥, 인생을 패배한 채로 포기했다는 둥, 같은…… 그런 설교를 들을 이유는 없어. 완전 무례하네, 하고 말하고 싶은 건데……."

"남에게 무례하다고 말할 거면, 우선 입안에 든 것부터 뱉고 말하는 게 어때?"

"아무것도 들어있지 않다고!"

나는 입을 크게 벌리며 그렇게 말했고, 덕분에 혀가 꼬이지 않았다. 히나미 아오이는 무미건조한 표정으로 나를 쳐다보았다.

"……뭐, 확실히 좀 무례하기는 하네. 그 점은 사과할게. 미안해. 나, 어패가 얽힌 일에는 쉽게 흥분하거든. ……하지만 아무리 무례하더라도 할 말은 해야겠어. 유일하게 존경했던 인물이 실은 내가 가장 싫어하는 인종이니까 말이야."

"그러니까 바로 그런 말이……."

"너도 예의를 따질 입장은 아닐 텐데? 복장이 그게 뭐야?"

뭐? 복장이 어쨌다는 거야. 오프 모임에 드레스코드 같은 게 딱히 있는 것도 아니잖아.

"그, 그게 무슨 소리야. 무슨 복장을 하건 그건 내 자유잖아."

"……하아. 그런 면이 싫다는 거야."

"뭐?"

아까 사과해놓고 또 이딴 소리를 하는 거야.

"남과 만날 때, 그것도 초면인 사람을 만날 때 갖춰야할 최소한의 복장이라는 게 있잖아? 뭐, 이번에는 우연히 초면이 아니었지만, 초면인 사람을 만난다는 생각으로 여기 온 거지? 그런데 주름투성이인 셔츠를 입고 와? 다리기는 한 거야? 바지 자락도 너덜너덜하네. 얼마나 오래된 거야? 새걸 살 생각은 없어? 유행 지난 하이테크 스니커를 아직도 신고 다니는 고교생은 정말 오래간만에 봤어. 흙투성이에, 신발끈도 너덜너덜하네. 신발 끈이 풀린 채로 다닌 거지? 그런 꼴로 초면인 사람을 만나러 나온 것 자체가 『무례』라는 생각 안 들어? 토모자키 군?"

나는 그 지적을 듣고서야 그런 것들에 생각이 미쳤다. 신경을 쓰지는 않았지만, 확실히 몸가짐이 단정하다고 말할 상황은 아닐지도 모른다. 뭐, 그건 알았다. 하지만 이 녀석은 대체 뭘까. 왜 친하지도 않은 녀석에게 이런 폭언을 들어야만 하는 거지?

"그, 그딴 건 너와 상관없잖아. 내 자유라고."

"맞아. 그건 네 자유니까 네가 납득했으면 그걸로 됐어. 하지만 네가 말한 『무례』라는 말의 의미에 비춰볼 때, 너도 나와 같은 짓을 하고 있다는 거야."

"같은 짓?"

"뭐, 우리는 초면이 아니니까, 네가 나한테 사과할 필요 없어. 만약 초면이었다면 사과해야겠지만 말이야."

히나미 아오이는 경멸을 넘어 혐오에 찬 시선으로 나를 쳐다보고 있었다. 마치 진짜 쓰레기를 쳐다보고 있는 것 같았다.

"……그래도 내가 일방적으로 무례하기는 했어. 잘못을 저질렀다고는 생각하지는 않지만, 말이 너무 심했으니까 다시 사과할게. 미안해. 어패에 관한 이야기도, 리벤지를 할 마음도 가졌어. 잘 있어."

그렇게 말하며 돌아선 히나미 아오이는 역을 향해 걸어 갔다. 바로 그때, 그녀의 표정이 언뜻 눈에 들어왔다.

──이렇게 무례한 여자와는 빨리 헤어지고 싶다고 생각하던 내가 무심코 입을 연 것은 아까 들은 말 때문에 열 받았기 때문일까. 아니면 돌아서던 순간 언뜻 보였던 히나미 아오이의 얼굴에 어려 있는 감정이 혐오가 아니라 낙담 처럼 보였기 때문일까. 그건 나도 알 수가 없었다.

"……기다려. 자기 할 말만 다하고 멋대로 가버리지 말 라고."

히나미 아오이는 걸음을 멈추면서 돌아섰다.

"아직 할 말이 남은 거야?"

나는 무심코 그녀를 불러 세웠을 뿐, 아무 생각도 없 었다. 초조한 나머지, 히나미 아오이의 표정을 읽을 수도 없었다. 혐오감을 느끼고 있는 것처럼도, 그리고 뭔가를 기대하고 있는 것처럼도 보였다. 머릿속이 새하얗게 된 나는 손가락 끝이 차가워지는 느낌을 받으며 입을 열었다.

"너, 내가 인생을 포기한 채로 패배했다고 했지?"

이제부터 자신이 무슨 말을 하려는 건지 나 스스로도 알 수가 없었다. 심장 소리가 폐와 뇌를 뒤흔들었다.

"너처럼 초기 파라미터가 좋은 녀석이 내 심정을 알 리가 없지."

히나미 아오이는 내 말을 곱씹고 있는지 희미하게 입을 벌렸지만, 그녀가 무슨 말을 하고 있는 것인지 전혀 들리지 않았다. 나 또한 내가 어떤 목소리로 말을 하고 있는지 알 수가 없었다.

"인생은 불평등해. 나처럼 못난이에, 체격도 좋지 않고, 생각이 많아서 여차할 때 바로 행동을 취하지 못하며, 멘탈이 약하고, 뭘 해도 바보 취급만 당하는데다, 커뮤니케이션 능력과 자신감이 없는 인간은 아무리 발버둥을 쳐봤자 너처럼 강한 인간에게 이기지 못해."

이런 말을 남에게 한 것은 처음일지도 모른다.

"하지만 그래도 괜찮아. 어차피 세상은 불평등하니까 말이야. 노력해봤자 결실을 맺지 못해. 결실을 맺을 수 있다면 노력할 거야. 하지만 인생에는 룰이 없다고. 결실을 맺지 못해. 정답이 없어. 망겜이란 말이야. 정답이 없으니 노력할 수가 없잖아. 그리고 리얼충 같은 인생도 싫어. 근거 없는 자신감에 가득 차서, 자기들끼리 뭉쳐 다니며 즐거운 척만 하잖아."

무너진 댐에서 터져 나오는 물처럼 말이 쏟아져 나오는 것을 참을 수가 없었다.

"근거가 있더라도 자신감을 가질 수 없어. 무리를 짓더라도 외톨이인 기분이 들어서 즐겁지 않아. 그런 인생이 몸에 배었단 말이야. 이렇게 된 원인 같은 건 하나도 생각나지 않아. 그게 나쁜 거야? 정신을 차리고 보니 이렇게 되어 있었어. 이게 바로 나야. 나는 이걸로 충분해. 외톨이지만 나름 즐거운 하루하루를 보내고 있으니, 그걸로 충분하다고."

나는 주먹을 말아 쥐었다.

"……그러니까, 네 가치관을 강요하지 마!"

──몸에서 열기가 빠져나가는 감각이 느껴졌다. 머릿속을 가득 채운 안개가 사라지면서, 다시 눈앞의 광경이 보이기 시작했다. 그러자 히나미 아오이의 표정이 눈에 들어왔다.

히나미 아오이는 무표정한 얼굴로 나를 지그시 쳐다보고 있었다.

"……패배자의 헛소리."

그리고 히나미 아오이는 진실만을 지적하는 듯한 어조

로 그렇게 말했다.

"방금 뭐라고 했어?"

"패배자의 헛소리라고 했어. 리얼충 같은 인생이 싫어? 리얼충의 인생을 살아본 적도 없는 녀석이 그딴 소리를 하는 거야? 어이가 없네. 그게 좋은지 싫은지 어떻게 알아? 리얼충의 즐거움을 맛보고 나서, 그러고도 즐겁지 않다고 말한다면 앞뒤가 맞아. 하지만 너는 맛본 적이 없지? 그럼 단순한 핑계나 다름없어. 패배자의 헛소리에 불과해."

……나는 비슷한 논리를 알고 있다. 그것은 나에게 익숙한 논리다.

"나는 말이지. 이기려는 노력도 해보지 않고 졌으면서, 자신의 패배를 정당화하려는 녀석이 가장 싫어."

진짜로, 익숙한 논리다.

하지만, 그것과 이것은 명백히 달라.

"무슨 말이 하고 싶은 건지는 알았어. 하지만 네 말은 틀려. 인생에서는 캐릭터 변경을 할 수 없단 말이야."

"캐릭터?"

"태어난 순간부터 어느 정도 정해져 있다는 거지. 나도 너처럼 얼굴이 반반하고, 공부와 운동도 잘하는 강캐였다면 좀 더 잘할 수 있을 거야. 하지만 나는 그렇지가 않다고. 고집이나 배배꼬인 성격처럼 인생에 그다지 도움이 되지 않을 뿐만 아니라 자신감과 의욕을 갉아먹을 듯한 파라미터에 능력치를 투자한 바람에 이제 돌이킬 수가 없단 말이야!"

히나미 아오이는 그저 묵묵히 내 눈을 쳐다보고 있었다.

"캐릭터의 성능 차 때문에 이런 거야. 그러니 됐잖아. 그리고 나는 진짜로 나름 즐겁게 살고 있어. 그러니까! 내버려 두라고⋯⋯."

"캐릭터의 성능 차⋯⋯."

히나미 아오이의 눈동자가 갑자기 아래쪽을 향했다. 그리고 갑자기⋯⋯.

"따라와."

그녀는 내 팔을 움켜잡았다.

"어?"

히나미 아오이는 당혹스러워하는 나를 어딘가로 연행했다.

***

그리고 나는 등을 동그랗게 굽힌 채 정좌 자세로 앉아서, 코끝을 스치는 달콤한 향기의 출처를 눈으로 좇고 있었다. 방향제 같은 것은 보이지 않았다. 하지만 달콤하면서도 맡은 이를 기분 좋게 해주는 향이 감돌고 있었다. 나는 이곳을 찬찬히 둘러보았다. 흰색 시트와 연노란색 이불이 깔려 있는 침대가 눈에 들어왔다. 그 위에 놓인 핑크색 베개와 방금 벗어놓은 듯한 검은색 잠옷, 그리고 오렌지색을 띤 귀여운 펜과 검은색 스탠드등이 놓인 검은색 타원형 탁자도 보였다. 새하얀 장롱과 책장, 스타일리시한 느낌이 감도는 검은색 책상, 연분홍색 카펫, 그 외에는 심플하지만 귀엽고 청결한 느낌이 감도는 밝은 색깔 생활 잡화가 있었다. 미리 방향 스프레이 같은 것을 뿌릴 시간도 없었을 것이다.

그럼—— 천에서 나는 건가?

옷과 침대시트, 이불과 카펫, 그런 것들에 배인 냄새가 이 방의 향기로 승화된 거라면 납득이 된다. 하지만 그러기 위해서는 세심한 청소와 세탁, 그리고 손질이 필요할 것이다. 아까 평소와 완전히 다른 히나미 아오이를 보지 않았다면, '아하. 역시 완벽 히로인 히나미 아오이답네'하고 생각하며 납득했을 것이다. 하지만 지금은 그러지 않았다.

그 여자는 대체 뭘까. 자기가 할 말을 다 한 걸로 모자라, 나까지 하고 싶지 않았던 말을 다 토하게 했다. 게다가 잘 알지도 못하는 동갑 남자애를 자기 방에 끌고 오다니, 정말…… 어라? 나, 지금 히나미 아오이의 방에 있는 거잖아!

어렴풋이 눈치를 채고 현실을 부정하고 있었지만, 이건 엄청난 상황이다. 여자애의 방에 들어온 것은 처음이라 이럴 때 어떻게 해야 하는 건지 몰라서 일단 무릎을 꿇고 있지만, 아마 정답과는 거리가 먼 행동일 것이다. 참고로 미나미 아오이는 몇 분 전에 '캐릭터의 성능 차 때문이라고 했지?'라는 정체불명의 말을 남기며 방에서 나가더니 아직 돌아오지 않았다. 이대로 있다간 정신적으로 질식할 것만 같았다.

이런저런 생각을 하면서 현실도피를 하고 있었지만, 이제 한계다. 누가 나에게 평온을 다오. 저벅저벅저벅. 계단을 올라오는 소리가 들렸다. 아, 그러고 보니 이 방은 2층에 있었지. 그것조차 깜빡할 정도로 패닉 상태에 빠져 있었다. 발소리가 들리는 걸 보면 히나미 아오이가 돌아오는 것 같았다. 곧, 덜컹 하는 소리를 내며 방문이 열렸다.

"……. 으음, 안녕하세요."

처음 보는 여성이 방 안에 들어왔다. 그리고 초면인 이에게 인사를 건넬 정도의 커뮤니케이션 능력, 아니, 예의 정도는 나도 갖추고 있다. 히나미 아오이에 비해 좀 못 생기기는 했지만, 얼굴 생김새는 꽤 닮은 것 같았다. 아마 여동생이리라. 그 완벽 미소녀가 나 같은 한심한 남자를 자기 방에 들여? 대체 뭐가 어떻게 된 거지? 하고 생각하고 있을 것이다. 나도 아니까 대놓고 그런 소리를 하지는 말아줬으면 한다.

"어때?"

"예?"

"중간에서 상위, 정도지?"

"으음, 뭐가 말이에요?"

"……너, 진짜로 여성 경험이 없구나."

"뭐⋯⋯?"

왜 처음 보는 여성에게 이런 소리를 들어야만 하는 걸까. 히나미 가문 사람들의 몸에는 중증 오타쿠에게 느닷없이 무례한 소리를 하게 하는 피라도 흐르는 걸까.

"맨얼굴이야."

"어?"

"나는 히나미 아오이야. 화장을 지웠을 뿐인데 못 알아보네. 너, 대체 얼마나 둔감한 거야?"

"⋯⋯⋯⋯뭐어어어——?!"

확실히 좀 닮았다는 생각은 했지만, 그래도 이렇게 달라질 줄은 몰랐다. 평소 두꺼운 화장을 했다는 인상은 없었는데 말이다. 대체 뭐가 어떻게 된 것일까.

"너, 캐릭터의 성능 차 때문이라고 했었지?"

"⋯⋯응? 아, 그렇게 말했어."

"이제 이해했지?"

"⋯⋯뭘 말이야."

"이 정도로 둔감하면 그야말로 죄네. 외모라는 파라미터는 노력으로 보완할 수 있다는 거야."

"아."

오호라, 그런 소리구나⋯⋯.

뭐, 무슨 말이 하고 싶은 건지는 알겠다.

하지만 나는 그런 설교를 들을 이유가 없다.

"네가 약캐라도 노력 여하에 따라 앞으로 얼마든지 성장

할 수 있어. 그러니 외모의 초기 파라미터는 인생을 포기할 이유가 될 수 없다는 거지."

하아, 그렇지 않다고.

"……뭐야. 너는 이런 흔해빠진 설교나 하려고 나를 여기에 끌고 온 거야?"

"뭐, 간단히 말하자면 그래."

"괜한 참견 하지 마. 아까도 말했다시피 나와 너는 상황이 달라. 나는 남자라서 화장도 할 수 없고, 그 이전에 초기 스테이터스가 달라. 나는 얼굴 생김새부터 완전 꽝이라고. 이래서는 손쓸 수도 없단 말이야. 약캐란 그런 거야. ……하아, 돌아갈래."

나는 그렇게 말하면서 가방을 쥐었다. 아까 하고 싶은 말을 전부 해서 그런지, 긴장감은 완전히 사라졌다.

"진짜로 아무 것도 모르나 보네."

"……아직 할 말이 남았어?"

"인간의 겉모습에서 중요한 요소가 뭔지 알아? 한 세 개만 꼽아봐."

"나보고 너한테 더 어울리라는 거야? 하아, 돌아갈래."

"그렇게 인생만이 아니라 이런 사소한 싸움에서도 도망치는 거네. 패배자 근성이 완전 몸에 배였나 봐?"

사람을 짜증나게 하는 말을 줄줄 늘어놓는 녀석이다.

"알았다고. 진짜 짜증나네. 알았으니까 도발에 넘어가줄게. 인간의 겉모습에서 중요한 요소? 얼굴 생김새와……

그 뭐냐. 키, 체중 같은 거겠지."

"틀렸어."

히나미 아오이는 전부 부정했다.

"그럼 뭔데?"

"표정과, 체격, 그리고 자세야."

아까 내가 말한 것도 체격의 일부라 할 수 있을 것 같은
데 말이다.

"……그래도, 얼굴 생김새는……."

"그건 그렇게 중요하지 않아."

"에이, 그럴 리가……."

겉모습에 있어서 얼굴 생김새가 중요하지 않다? 그건 거
짓말이다. 그 증거가 바로 내 인생이다.

"그럼 내 얼굴을 잘 봐."

히나미는 그렇게 말하며 양손으로 얼굴을 가렸다.

그리고 몸을 쑥 내밀더니, 양손을 얼굴에서 확 뗐다.

"어때?"

"……대체 무슨……."

손을 치우자, 손으로 얼굴을 가리기 전에 비해 50, 60%
정도는 더 애교가 있어 보이는 미인이 모습이 모습을 드러
냈다. 히나미 아오이를 맨얼굴로 만든 듯한 인상이었다.
아니, 뭐, 실제로도 그렇지만 말이다.

"알았어? 중요한 건 표정이야."

"잠깐만…… 표정이 어쩌고할 레벨이 아니잖아."

"그럼 이걸 뭐라고 설명할 거야? 마술이라도 부린 것 같아? 아니면 순식간에 성형이라도 했다고 생각해?"

히나미는 그렇게 말하면서 얼굴에 들어가 있던 힘을 뺐다. 그러자 아까 자기 입으로 중간에서 상위 정도라고 말했던 얼굴로 되돌아갔다. 그리고 서서히 애교 있는 미인으로 변했다. 그녀는 그걸 몇 번이나 반복했다.

"오오……."

왠지 엄청난 개인기라도 보고 있는 것 같은 느낌이 들었다. 솔직히 말해 엄청났다.

"이건 전부 내 노력의 결실이야."

히나미는 그렇게 말하며 표정을 계속 바꿨다.

"참고로 얼굴만이 아니라 자세도 바꾸고 있다는 건 눈치챘어?"

"뭐?"

그러고 보니 얼굴에서 힘을 뺄 때는 등을 굽혔고, 애교 있는 미인이 될 때는 등을 곧게 세웠다.

"자세가 인상에도 영향을 끼쳐. 표정과 자세, 이걸 완벽하게 다듬기만 해도 『리얼충 같은 용모』가 충분히 될 수 있는 거야. 뭐, 나는 얼굴 생김새도 꽤 괜찮은 편이라 이런 미인이 될 수 있지만 말이야."

"뭐, 자신감이 넘쳐서 참 좋겠네."

"맞아. 자신감이라는 것도 중요해."

"그런 의미에서 한 말이 아니라고. ……그래서? 그게 어쨌다는 건데?"

"아직도 모르겠어?"

……모르는 것은 아니다. 이 상황에서 이걸 보여준 이유는 바로…….

"웬만한 못난이도 일반인 이상의 수준은 될 수 있다는 소리가 하고 싶은 거지?"

"눈치가 빠르네."

"그래서, 뭐야? 나한테도 노력하라는 소리가 하고 싶은 거야? 괜한 참견——."

"그럼 무슨 소리가 듣고 싶은 건데?"

내가 그렇게 말하자, 히나미는 내 눈동자, 아니, 그 너머에 있는 뇌조차도 들여다보듯 깊디깊은 시선을 보내면서 이렇게 말했다.

"지금의 너 같은 인간이야말로 이 세상에서 가장 마음이 흉측해."

"뭐……."

갑자기 무슨 소리를 하는 거야?

"『지금』의 너 같은 인간이 말이지."

"지, 지금? ……그런 의미심장한 소리로 얼버무리려고 해봤자——."

"이제부터 하는 건 내가 자기만족을 하기 위한 설교야. 그냥 한 귀로 흘려버려도 상관없어. 나는 너한테 명령을 내릴 거지만, 결국 최종적으로 결정을 내릴 사람은 바로 너야. 전부 무시해도 돼. 그걸 유념하면서 들어."

히나미 아오이는 내 말을 끊더니, 분위기를 바꾸려는 것처럼 그렇게 말했다. 농담을 하는 듯한 분위기는 눈곱만큼도 느껴지지 않는 어조와 시선이었다. 커뮤니케이션 능력이 없는 나조차도 히나미가 진지하기 그지없다는 사실을 알 수 있었다.

"……아, 알았어."

나는 동갑인 그녀에게서 느껴지는 차분하면서도 진중한 박력에 압도당하면서 그렇게 말했다.

내가 그렇게 말하자, 히나미는 아까까지의 평범한 여자애 같은 얼굴이나 애교 있는 미인 얼굴이 아니라, 우려와 인간미가 어린 표정을 지으며 입을 열었다.

"……너는 아까 이렇게 말했어. 자기는 커뮤니케이션 능력과 자신감이 없다고 말이야. 그리고 나는 초기 파라미터가 높다고 했지? 하지만 그렇지 않아. 나는 진짜로 평범한 인간, 아니, 그것보다 못한 사람으로서 살아왔어. ……적어도 초등학교 때까지는 말이야. 그러니 딱 잘라 말할게. 네가 말한 커뮤니케이션 능력과 자신감 같은 건 전부 노력으로 어찌할 수 있는 것들이야. 그건 중학교 1학년 이후의 내가 증명해왔어."

히나미의 마음속에 존재하는 확고한 근거가 느껴지는 강한 한 마디였다.

"……불평등하다는 소리도 했지? 하지만 그렇지 않아.

인생이라는 게임은 몇 개의 심플한 룰에 따라 진행되고 있어. 그게 복잡하게 교차되고 있어서 너는 파악하지 못한 것뿐이야."

히나미의 말 한 마디 한 마디가 내 머릿속으로 스며들어 왔다. 내가 그 말을 믿는 것인지, 믿지 않는 것인지 개의치 않으면서 말이다.

"나는 nanashi를 존경했어. 나는 노력을 통해 그 누구에게도 승리했어. 그러니 그 노력의 방식, 그리고 노력을 유지해나가는 것에 있어서만큼은 누구에게도 지지 않을 자신감이 있었고, 그것을 결과로 이어나갈 자신감도 있었어. 하지만 어패만큼은 아무리 노력해도 nanashi에게 이기지 못했던 거야."

히나미는 최소한의 손짓만을 취하며, 계속 말을 이어나갔다.

"그래서 nanashi는 나보다 더 노력할 수 있는 인간이라고 생각했고, 그렇게 생각했기 때문에 존경했어. 하지만 뚜껑을 열어보니 어때? 인생에 있어서의 nanashi는 지는 건 고사하고 아예 제대로 싸워보려고도 하지 않았어. 게다가 자신이 가지고 태어난 것들을 변명 삼으며 도망치는 한심한 인간이었지. 아니, 그뿐만 아니라 자기가 체험해본 적도 없는 즐거움을 하찮은 것으로 치부하며 자기 자신을 정당화하는 꼴사나운 패배자였어."

나는 이런 말을 들었는데도 분노가 샘솟지 않았다. 그것은 이 녀석의 진지한 박력에 압도되었기 때문——이라기 보다, 나는 이 녀석에게서 자신과 비슷한 부분을 느꼈기 때문이라는 생각이 들었다.

"나는 대단한 인간이야. 너도 그렇게 생각하지? 일본에 이렇게 대단한 열여섯 살짜리 애가 있을까, 하는 생각이 들 정도야. 하지만 너는 그런 나에게 한 분야에서 이기고 있어. 그것도 동갑인데다, 성별에 따른 핸디캡이 존재하지 않는 분야에서 말이야. ——그러니 이 말을 해야겠어. 그런 나에게 이긴 네가, 내가 유일하게 존경했던 nanashi가, 인생이라는 게임에서는 이렇게 꼴사납다는 게 진심으로 열 받아. 용서 못해! 완전 최악이야! 내가 뛰어나다고 생각한 인간이 이렇게 한심하니까, 나까지 한심한 것 같잖아!"

그리고 이런 말을 내뱉는데도 거만하다는 생각이 들지 않는 것은, 이 녀석이 지금까지 해온 피를 토하는 듯한 노력이 느껴졌기 때문이리라.

"뛰어난 게임은 하나같이 심플하다. 그게 내 지론이야. 그리고 인생이라는 게임은 룰이 없는 것 같지만, 실은 심플한 룰이 교차되어서 아름다운 구조를 지니고 있어. 너는 망겜이라고 말했지만, 당치도 않아. 인생은 최고의 갓겜이야. 너는 아직 그걸 모르는 것뿐이야. ……천하의 nanashi가 이렇게 멋진 게임에서 지고 포기할 거야? 게임 탓을 하며 도망칠 거야? 패배자의 헛소리나 지껄여댈 거야? ……토모자키 군. 나는 너에게 제안, 아니, 명령을 하겠어."

나뭇가지 부분은 다르지만, 뿌리가 되는 부분의 생각이 이렇게 나와 비슷한 사람은 처음 봤다.

　그렇기 때문에…….

　"내가 너에게 이 게임의 룰을 차근차근 가르쳐줄게. 그러니까──."

　나 스스로도 어이가 없을 만큼, 이 녀석의 말에 납득하고 있는 것이다.

　"이『인생』이라는『게임』을, 진지하게 플레이해!"

　이게, 토요일에 일어난, 커다란 사건이다.

＊＊＊

　"뭐, 네가 하고 싶은 말이 뭔지는 이해했어."

　체면 같은 걸 완전히 내던지며 이렇게 진심으로 나에게 설교한 타인은 이 녀석이 처음이라는 생각이 들었다.

　"그럼 다행이야."

　히나미 아오이는 진심에서 우러난 듯한 표정을 여전히 유지하고 있었다.

　"하지만 이해가 되지 않는 부분이 있어."

　그렇기 때문에 나 또한 허투루 대답할 수는 없다. 그것이 긍정이든, 부정이든 간에 말이다.

"나는 이 인생이라는 게임이 망겜이라고 생각해. 근거라면 얼마든지 댈 수 있어. 그리고 확신 또한 있지."

강캐가 득을 보고, 약캐는 착취당한다. 심플하고 아름다운 룰은 존재하지 않는다. 그러니 망겜이다.

"그렇구나."

"그러니 네가 방금 말한, 인생은 갓겜이다, 변명이다, 패배자의 헛소리다, 같은 말은 그다지 와 닿지 않아."

"그래?"

"하지만……."

"하지만?"

나는 나카무라가 자신의 패배를 게임 탓으로 했을 때를 떠올리며 말했다.

"노력도 해보지 않고, 게임 탓을 하며 자신의 패배를 얼버무리려하는 게 이 세상에서 가장 꼴사납다는 건 나도 동의해. 나도 그런 걸 가장 싫어하거든."

내가 그렇게 말하자, 히나미 아오이는 씨익 웃었다.

"흐음, 역시 nanashi네."

"……하지만 진짜로 게임 탓일 때도 있어. 캐릭터의 성능 차를 테크닉으로 극복할 수 있는 게임도 많지만, 그 중에는 캐릭터의 성능 차를 극복할 수 없는 게임도 존재해."

"인생이 그『캐릭터의 성능 차를 극복할 수 없는 게임』이라고 말하고 싶은 거지?"

"그래. 그래서 인생은 망겜인 거야."

"너한테 있어서는 말이야."

"그럴지도 몰라. 하지만 나는 너한테 인생이 어떻게 보이는지 몰라."

"맞는 말이야."

"그래. 물론 그게 당연해. 인간은 타인의 관점에서 세상을 볼 수 없으니까 말이야. 게임 같으면 강캐를 골라서 시험 삼아 해볼 수도 있지만, 인생에서는 그럴 수도 없지. 그러니 나는 내 관점을 믿을 수밖에 없어."

"맞아."

"그러니 타인이 『인생은 갓겜이다』하고 말해봤자 그건 그 녀석이 강캐라서 그러는 거라고 판단할 수밖에 없어. 나는 타인한테서 인생이 갓겜이라는 말을 들어도 생각이 바뀌지 않아."

나는 히나미 아오이의 눈을 똑바로 쳐다보았다.

"이게 내 생각이야."

그 순간, 히나미 아오이의 표정에 낙담의 빛이 어렸다.

"……그렇구나. 그럼 됐어. 최종적으로 결론을 내리는 사람은 어디까지나 바로 너——."

"하지만."

나는 그녀의 말을 끊었다.

"……하지만, 이번만큼은 네 말에 따라도 괜찮을 것 같다는 생각이 들기 시작했어."

나는 히나미의 눈을 똑바로 쳐다보았다. 으음, 미인이네.

"이유가 뭐야?"

"그건……."

나는 잠시 생각해본 후, 대답했다.

"네 주장이 내 주장과 비슷하기 때문이야. 리얼충에 이런 미인인데도 말이야. 비슷한 녀석의 말이라면 조금은 참고가 되지 않을까 하는 생각이 들었어."

"흐음."

"하지만 가장 큰 이유는 그게 아냐."

"……뭔데?"

히나미 아오이는 흥미와 미심쩍음이 섞인 눈빛으로 나를 쳐다보았다.

"그 말을 한 상대가, 내가 일본에서 유일하게 인정하는 게이머인 『NO NAME』이기 때문이야."

나는 그렇게 말하며 눈에 힘을 줬다.

"…………."

"…………."

"……꼴사나워."

어? 멋지게 한 마디 날렸다고 생각했는데?

"……잠깐만. 왜 꼴사납다는 거야?"

"마지막에 괜히 폼 잡으려고 하니까 꼴사납다고 한 거야."

"이래봬도 용기를 쥐어짜내서 말한 거야. 눈치 좀 채라고."

"내 알 바 아냐. 그리고 딱히 대단한 발언도 아니었잖아."

"커뮤니케이션 장애인 사람의 노력을 좀 존중해줘. 나는 칭찬해줄수록 쑥쑥 성장하는 타입이야."

"칭찬받을 짓이라도 했어? nanashi가 이렇게 쉽게 자기 의견을 바꾸다니, 솔직히 실망이야."

"뭐? 쉽게 바꾸기는 무슨. 그리고 나는 의견을 바꾸지 않았어. 네 이야기를 한 번 들어보자고 생각했을 뿐이야."

"그것과 의견을 바꾼 게 뭐가 다른데? 나는 같다고 생각해."

"달라. 나는 게이머를 신뢰하는 거야. 게다가 너는 일본 2위잖아. 즉, 세계에서 나 다음으로 신뢰할 수 있는 인물이 '당신이 모르는 게 있어'하고 말한 거야. 그러니 일단 이야기만이라도 들어보자고 생각한 거지."

"그게 의견을 바꾼 거 아냐?"

"그러니까 다르다고. 일단 내용을 들어보고, 납득이 되는지 안 되는지 확인해보려는 것뿐이야. 아직 받아들인 건 아니지. 납득이 안 된다면 받아들이지 않을 거야."

"그래도 일단 들어보기는 하는 거네."

"당연하지. 나는 nanashi라고. 일전에 대결했을 때, 네가 이기기 위해 얼마나 노력했는지 눈치챘어. 그런 너의 이야기라면 들어볼 가치가 있다고 판단한 거야."

"……흐음. ……그럼 좋아."

반응이 밋밋하네.

그래도 아까 심하게 말다툼을 했던 클래스메이트와 이렇게 대화를 이어나가고 있는 내가 정말 대단하다는 생각이 들었다. 하지만 나는 눈앞에 있는 사람을 히나미 아오이가 아니라 NO NAME으로 여기고 있으니 딱히 대단한 일을 한 건 아닐지도 모른다.

"그럼 이 게임의 룰을 가르쳐줘."

『인생』이 진짜로 갓겜이라 불릴만한 것인지 알기 위해서 말이다.

"하아. 토모자키 군. 너는 진짜 아무것도 모르네. 아까 내가 말했지? 룰이 복잡하게 교차되어 있다고 말이야. 그런 걸 간단하게 가르쳐줄 수 있을 리가 없잖아."

"가르쳐줄 수 없다고? 뭐야. 이야기가 다르잖아."

"……그럼 나도 질문 하나 할게. 너는 새로 산 게임에 능숙해지고 싶어지면, 설명서를 읽어봐?"

"갑자기 무슨 소리를 하는 거야?"

"잔말 말고 대답이나 해."

"……뭐, 설명서도 읽어 보겠지만, 능숙해지고 싶다면 우선 플레이부터 해보겠지. 접해보지 않으면 본질을 알 수 없거든."

"그렇지? 마찬가지야."

"마찬가지?"

"설명서를 읽기만 해서는 게임에 능숙해질 수 없어. 인생도 마찬가지야."

"인생도?"

나는 잠시 생각에 잠겼다. 하지만 내가 결론을 내리기도

전에 히나미가 입을 열었다.

"게임을 할 때는 설명서를 거의 읽어보지 않고 플레이하지?"

나는 고개를 끄덕였다.

"그것과 마찬가지야. 플레이를 해봐야만 능숙해질 수 있는 거지."

······그건 이상하잖아. 나는 일단 플레이를 하고 있으니까 말이야.

"잠깐만. 나는 인생을 잘 살아보려고 노력하다 질리도록 좌절했기 때문에 결국 이렇게 된 거야."

"그랬겠지. 그럼 게임을 하다 좌절했을 때, 너는 어떻게 해?"

"뭐? 게임? 뭐, 장르에 따라 다르겠지만······ 레벨을 올리거나, 연습을 하거나, 공략 사이트를 뒤져볼 것 같은데······."

"역시 잘 아네. 정답이야."

"뭐?"

"인생에서도 레벨을 올리거나, 연습을 하거나, 공략 사이트를 뒤져보면 돼. 그게 『인생』이라는 게임의 근간이야."

히나미는 그렇게 말하며 씨익 웃었다.

"······잠깐만. 아니, 뭐, 네가 하고 싶은 말이 뭔지는 알겠어. 레벨을 올리라는 건 노력을 하라는 거지? 뭐, 확실히 그 방법밖에 없겠지."

"맞아."

"하지만 인생이라는 게임에서는 그게 다른 게임에서처럼 잘 되지 않는단 말이야. 노력을 해도 부질없어. 초기 상태에서 한계가 정해져 있기 때문에 곧 벽에 부딪치는 거야. 인생이란 그런 망겜 같은 구조를 지닌 거야. 뭐, 너는 이해가 안 되겠지……. 강캐니까 말이야."

"진짜로 이해하고 있기는 한 거야?"

"뭘 말이야?"

"레벨을 올린다는 건 자기 자신을 갈고닦는다는 거야. 외모와 내면, 자신이 지닌 기초능력을 올리는 작업이지. 연습이란 처세술을 향상시키는 거야. 구체적이며 실용적인 스킬을 갈고 닦는 거지. 그 두 가지만 해도 인생이라는 게임을 얼추 클리어할 수 있어."

"……네가 하고 싶은 말이 뭔지는 진짜로 알겠어. 하지만 인생이라는 건 그렇게 무르지 않다고. 나 같은 약캐는 레벨업이나 연습으로 어찌할 수 없는 문제를 잔뜩 지니고 있단 말이야."

"맞아. 네가 지금까지 그걸 해왔는지는 제쳐두기로 하고, 그런 상황도 분명 존재해."

"진짜로 그런 상황도 존재하는 거야? 그럼 완전 꽝이잖아."

"하지만 그렇게 어찌할 수 없는 문제, 즉 『고난이도 스테이지』에 직면했을 때도 해결할 방법이 있어. 아까 말했지?

레벨 올리기와, 연습…… 그리고 또 하나."

설마…….

"그건……."

"바로 공략 사이트야."

"……그럼 그 공략 사이트는 대체 뭐야? 자기계발 서적이나 노하우 서적 같은 걸 말하는 거야? 그런 걸 보며 대처하면 어찌어찌 된다는 소리라도 하려고?"

히나미는 '어머'하고 말하며 미소를 지었다.

"뭐, 그것도 괜찮지만, 더 확실할 뿐만 아니라 시키는 대로 하기만 하면 되는 공략 사이트가 이 세상에 딱 하나 존재해."

"무슨 소리를 하는 거야? 그런 사이트가 진짜로 있을 리가 없잖아."

"하지만 있어. 내가 알기로 이 세상에 딱 하나만 말이야."

"……그런 게 대체 어디 있는데?"

내가 묻자, 히나미는 '그건 말이지'하고 말하며 검지로 자신의 머리를 천천히 두 번 두드렸다.

"바로 여기에 있어."

히나미는 자신감에 찬 표정을 지으며 그렇게 말했다. 그녀는 마치 당연한 소리를 하는 듯한 태도를 취하고 있었다.

"……너란 애는 자신감이 끝내주게 세구나."

나는 하하, 하고 웃음을 흘렸다. 이렇게 자신만만하니 오히려 보는 이도 기분이 좋았다.

"당연하잖아? 나는 지금까지 필연적으로, 그리고 필사적으로 이 게임을 쭉 공략했어. 그 덕분에, 어떤 원인에 의해 어떤 결과가 발생했는지 전부 파악해왔지."

그녀의 말은 이해가 될 듯 하면서도 이해가 되지 않았다.

"원인과 결과……. 그게 네가 말한 인생의 룰이라는 거야?"

"응. 맞아."

"흐음……."

내가 아는 인생의 룰은『강캐가 이득을 보고, 약캐가 착취당한다』다. 비뚤어진 녀석과 겁쟁이는 배척당하고, 남을 상처 입힐수록 강한 자로 여겨진다. 그렇게 썩어빠진 룰만 존재하기에『인생』은 망겜인 것이다. 하지만 이 녀석은『인생』에는 그것 이외의, 그리고『인생』을 갓겜으로 만들어주는 룰이 존재한다고 호언장담했다.

실제로 결과를 내고 있으니, 설득력도 있었다. 근본적인 사고방식이 나와 비슷하기에, 설득력도 있었다. 그렇기 때문에, 이 녀석의 말을 받아들인다── 즉, 이『인생』이라는『게임』에 진심으로 임한다. 그러는 것도 괜찮겠다는 생각이 들었다.

하지만 다르다. 다른 것이다. 이 녀석은 다르다. 아마 나는 이 녀석과 진정한 유대를 다질 수 없으리라.

왜냐하면 이런 녀석들은 결국 뻔한 것이다. 나는 상대를 시험하는 듯한 질문을 던졌다.

"……어이, 인생은 갓겜이라고 했지? 그럼 어느 정도의 갓겜인 건데?"

그렇다. 『인생』이라는 게임을 칭송하는 인간과 나 사이에는 크나큰 벽이 존재하는 것이다.

"어느 정도? ……으음, 내가 아는 게임 중에서……."

히나미는 천장을 바라보며 잠시 동안 고민한 후…….

"넘버원 게임이야."

이럴 줄 알았다.

그렇다. 『인생은 갓겜』이라고 말하는 녀석들은 결국 다른 모든 게임을 깔본다. 자기한테 유리하게 『인생』을 『게임』에 비유하기만 할 뿐, 실제로는 『인생』만을 특별시한다. 즉, 게임을 좋아하는 인간의 시점에 맞춰줬다는 듯이 잘난 척을 하고 있는 것이다. 애초부터 다른 게임을 『인생』보다 깔보고, 하찮게 여기며, 무시하면서, 게임에 비유하고 있는 것이다.

역시 이 녀석도 마찬가지다. 실망한 나는 아무 말 없이 가방을 쥔 후, 돌아갈 준비를 했다.

바로 그때였다.

"응…… 그래. 인생은 나한테 있어서 양대 넘버원 게임이야. 어패와 버금갈 정도라니깐."

히나미 아오이는 내 허를 찌르듯 자연스럽게, 듣는 이가 김샐 정도로 순진무구한 목소리로, 그렇게 말했다.

"뭐?"

"응. 좀 고민하기는 했지만, 역시 어느 게 더 뛰어난지 결론을 못 내리겠어. 이럴 때는『인생』이 한 수 위라고 말하는 편이 좋겠지만…… 분하지만 결국 동급이야."

——나는 얼이 나갔다. 동급? 인생과, 어패가?

지금 이 녀석은 그렇게 말한 건가? 리얼충 중의 리얼충, 히나미 아오이가?

"실망했어? 뭐, 너는 어패를 마스터했잖아. 그럼 재미 면에서 어패와 비슷한 게임을 해보는 건 딱히 가치가 없을지도 모르겠네."

"너……."

실망할 리가 없다. 나는 방금 무심결에——.

"그래. 너는 넘버원급의 게임에서 톱의 자리에 군림하고 있어……. 그럼 나는 그것 이상의 가치를 제공해야겠지만…… 아아, 실수했네. 정말, 어패가 얽히면 폭주하는 버릇 좀 어떻게 해야 할 텐데……."

히나미는 그런 소리를 하면서 나를 다시 쳐다보았다.

"뭐, 결론을 내리는 사람은 어디까지나 너라고 내 입으로 말했잖아. 네가 어떤 결론을 내리든 괜찮아. 이 상황에서 거짓말을 해서 네 신뢰를 얻는 것도 좀 그러니 어쩔 수 없지."

아니다. 아니다. 나는 방금 무심결에—— 감동하고 말
았다.

"나는……."

나는 말을 하려다 참았다. 나는 지금까지 남들 몰래, 그
저 내가 하고 싶다는 이유 하나만으로 어패 연습을 해
왔다. 강해지고 싶었다. 그러는 것만으로도 만족할 수 있
었고, 행복했다. 그것만으로 충분했다. 즐거웠다. 하지만
그런 생각 안에는 주위의 그 누구도 그런 나를 인정해주지
않을 거라는 자각이 어려 있었다. 인터넷상에서 대단하다
는 말을 듣기만 하고, 게임을 좋아하는 친구도 딱히 없으
며, 부모님도 그런 나를 칭찬해주지 않았다. 또한 이런 걸
로 반 안에서 인기를 얻을 수 있을 리도 없다. 나는 운동도
못하며, 애인도 없다. 그런데도 나는 어패에 시간을 할애
하며 결과를 냈다. 나 자신을 위해서 말이다. 나는 그것만
으로 충분했다. 그 누구에게도 인정받지 못해도 된다. 그
렇게 생각해왔다.

하지만 지금 이 녀석은, 내가 아는 이들 중에서 최강의
리얼충인 이 녀석은 '인생은 어패에 버금갈 만큼 재미있는
게임이다'라고 말했다. 즉, '어패는 인생에 버금갈 만큼 가
치가 있다'고, 그런 의미의 말을, 당연한 듯이 입에 담은
것이다.

——『인생』에 대해 누구보다 잘 아는 이 녀석이 말이다.

방금 그 말을 듣고 감동하는 것은 확실히 모순되는 행동

이다. 나는 『인생』 같은 것은 한심한 망겜이라고 생각해 왔다. 그러니, 그런 망겜과 어패를 동급으로 취급하지 마라, 어패가 훨씬 재미있다, 어패는 갓겜이다, 같은 소리를 하는 게 올바른 반응일지도 모른다.

하지만 『인생』은 세간에서 가장 인정받고 있는 게임이다. 그리고 내가 아는 이들 중에서 그 『인생』이라는 게임에서 가장 뛰어난 기록을 내고 있는 이 녀석이, 어패는 『인생』에 버금갈 정도의 가치가 있다고 말하자── 나는 그런 반응을 보일 수 없었다.

그 누구에게도 인정받지 못해도 괜찮다고 생각했던 노력. 그리고 그 누구에게도 인정받지 못했던 노력. 즉, 나를 위한, 나만을 위한 노력. 나는 그런 노력을 한다는 사실에서 불만을 느끼지 않을 거라고 생각했고, 불만을 느껴선 안 된다고 생각했을지도 모른다. 하지만 지금 이 순간…….

나는 인정받고 만 것이다.

"왜 그런 표정을 짓는 거야?"

"……나는──."

나는 속내를 들키지 않기 위해 고개를 숙이며 말을 이었다.

"나는, 룰이 있는 건 전부 게임이라고 생각해. 룰이 있고, 그에 따른 결과를 낼 수 있다면, 전부 게임이야."

히나미 아오이는 아무 말 없이 내 말에 귀를 기울이고

있었다.

"만약『인생』에 룰이 있다면,『인생』도 게임이야. 그리고 만약 그 룰이 심플하고 아름다우며, 깊이가 있다면 갓겜, 그렇지 않다면 망겜이지. ……너도 같은 생각인 거네?"

"응. 맞아. 룰이 있어. 그러니『인생』은 엄연한 게임이야. 그리고…… 그 룰이 심플하고 아름다우며 깊이가 있기 때문에,『인생』은 갓겜인 거야."

"……그렇구나. 알았어."

나는 고개를 들었다.

"그렇다면……."

"그렇다면?"

그리고 히나미를 똑바로 쳐다보며 말했다.

"게이머의 피가 끓어오르는걸."

히나미는 깜짝 놀란 듯한 표정을 지었다. 내가 어떤 표정을 짓고 있는지 모르겠지만, 히나미가 보고 놀랄 만한 표정을 짓고 있는 것 같았다.

"네 말을 전부 믿는 건 아냐."

나는 눈앞에 있는 게이머를 향해 말했다.

"눈앞에 게임이 있어. 그 게임은 난이도가 높지만 전 세계의 인간이 전원 참가할 만큼 플레이 인구가 많아. 나는 그 게임을 잠시 해보고 망겜이라고 판단했지만, 신뢰할 수 있는 루트에서 흘러나온 정보에 따르면 사실 갓겜인 것 같아. 그리고 내 눈앞에 있는 그 게임의 실력자가 나에게 공략법을 가르쳐주겠대. 그렇다면……."

나는 어안이 벙벙한 듯한 표정을 짓고 있는 히나미를 무시하며 말을 이었다.

"그것을 **게임으로서** 플레이하지 않을 이유가 없어."

내가 그렇게 말하며 히나미를 쳐다보자, 방금까지 어안이 벙벙한 듯한 표정을 짓고 있던 히나미가 눈앞에서 사라지더니, 그 자리에는 열기를 띤 미소를 머금은 NO NAME이 있었다.

"……역시 천하의 nanashi네."

"흥."

"이제 나를 신용하는 거야?"

"그럴 리가 없잖아. 내 손으로 플레이해보며 갓겜이라는 걸 확인할 때까지, 신용할 수 없어."

그렇다. 그녀를 신용하는 것은 아니다.

하지만 이 녀석은 게이머적인 사고방식에 따라 다른 게임과 인생을 같은 잣대로 재본 후, 인생은 갓겜이라고 말했다. ——어패에 버금가는 갓겜이라고 말이다.

그렇다면 일단 시험 삼아 해보는 것도 괜찮겠다고 생각했다.

"하지만 게임이라는 건 원래 그런 거야. 제대로 플레이해보지 않으면 갓겜인지 아닌지 알 수 없지. 어차피 할 거라면 처음부터 전심전력을 다해야만 해. 변명 같은 건 하고 싶지 않거든."

"맞는 말이야."

히나미는 웃으면서 고개를 끄덕였다.

"그러니까, 리얼충이 되기 위한, 『인생』이라는 게임을 공략하기 위한 플레잉(playing)이라고 하면 되려나? 아무튼 그걸 시험 삼아 해보겠어. 하지만 설레설레 하지는 않을 거야. 그걸로 됐지?"

히나미는 '물론이야'하고 말하며 고개를 끄덕였다.

"그런데 나는 뭘 하면 돼?"

"어머, 의욕이 넘치네."

히나미는 왠지 기쁜 듯한 어조로 그렇게 말하면서 자리에서 일어나더니, 책상 서랍을 뒤지기 시작했다.

"뭐하는 거야?"

"인생은 자유도가 매우 높은 게임이야."

"응? 뭐, 그건 그렇지."

"자유도가 높은 게임에서 가장 먼저 해야 할 건 뭘까?"

"흐음?"

자유도가 높은 게임이라. 차를 빼앗거나 일반인을 죽일 수 있는 게임이나, 알몸으로 마을 안을 어슬렁거리거나 가게 안에 있는 물건을 훔칠 수 있는 게임 같은 걸 말하는 걸까.

그런 게임의 공통점이라면……

"뭐, 캐릭터 메이킹이지."

"귀정."

"뭐? 구정? 귀중?"

"그러니까 네가 제일 먼저 할 것도 캐릭터 메이킹이야."

"아니, 그것보다 방금——."

"……무슨 소리 하는 거야? 환청이라도 들었어?"

히나미는 고개를 돌리며 퉁명스러운 어조로 그렇게 말했다. 방금 그 말은 대체 뭘까. 예전에도 들어본 적이 있는 것 같은데 말이다.

그리고 내가 '잘못 들었다는 건 또 무슨 소리야'하고 말했지만, 히나미는 무시했다. ……그냥 순순히 하던 이야기나 계속할 수밖에 없을 것 같았다.

"……으음, 캐릭터 메이킹이라고 했지?"

"그래."

히나미는 태연한 표정으로 그렇게 말했다. 방금 그 발언이 이 세상에서 지워지고 있다. 뭐가 어떻게 되고 있는 건지 모르겠다. 뭐, 아무튼 좋다.

"하지만 나라는 캐릭터는 이미 완성됐는데? ……뭐, 못난이 캐릭터로서 말이야. 하하하."

"생각이 물러 터졌네. 이걸 이용하는 거야."

내 위트 있는 농담도 무시한 히나미는 서랍에서 새하얀 무언가를 꺼냈다.

이건……. 잠깐만 있어봐.

"……어이. 설마 이걸 항상 몰래 가지고 다니라는 건 아니겠지?"

"그럴 리가 없잖아. 이걸 좀 더 유익하게 쓸 방법이 있어."

그렇게 말한 히나미가 오른손으로 쥐고 있는 것은 꽃가루 알레르기 환자용 마스크였다.

＊＊＊

"……다녀왔습니다……."

누가 시켜서가 아니라 일단 집에 도착하면 습관적으로 입에 담는 그 말을 하면서, 나는 집에 들어갔다. 자신의 방에 가기 위해서는 지나야만 하는 거실에 들어서자, 내 모습이 평소와 좀 다르다는 사실을 안 어머니가 입을 열었다.

"후미야, 혹시 감기 걸렸니?"

"으, 응. 그래."

실은 그렇지 않지만 자초지종을 설명할 수도 없기에 애매하게 긍정했다.

"집에 마스크가 있는데, 새 걸 산 거야?"

"아, 감기에 걸렸다니까 친구가 줬어."

"어머, 그랬어? 흐음……."

어머니는 놀란 듯한 표정을 지었다. 말은 하지 않지만,

너한테도 감기에 걸렸을 때 공짜로 마스크를 줄 친구가 있구나, 하고 생각하는 게 뻔히 느껴졌다. 이게 부모자식 간의 정이라는 것이다.

"아무튼 어서 오렴. 곧 밥 먹을 거니까 그 전에……."

"알았어."

귀가하면 항상 듣는 말이다. 식사 전에 먼저 씻으라는 말이다. 나는 어머니의 말을 중간에 끊으면서 욕실로 향했다.

"아, 참. 지금은……."

드르륵.

"어, 어엇!"

탈의실에 있던 속옷 차림의 여동생을 보고 당황한 나는 괴상한 반응을 보이고 말았다.

"……오빠는 하는 짓이 하나같이 기분 나쁘다니깐."

여동생은 그런 나를 곁눈질하며 딱히 놀라지도 않은 것처럼 담담하게 실내복 상의를 입었다. 검은색의 품이 낙낙한 옷이었다. 조신하기 그지없는 가슴과는 어울리지 않는 검은색 브래지어가 옷에 가려졌다.

"거짓말이지?"

"뭐?"

속옷 위에 상의 하나만 걸친 채 나를 향해 돌아선 여동생은 느닷없이 그런 영문 모를 소리를 했다. 하의는 안 입는 거냐.

"그거."

동생은 내 얼굴 쪽을 손가락으로 가리켰다.

"마스크?"

"친구가 줬다고 했지?"

"그래."

나는 여동생이 무슨 소리를 하려는 건지 눈치챘다.

"오빠한테 그런 걸 줄만한 친구는 없잖아."

"인마……."

여동생이 같은 학교에 한 학년 후배로 들어온다는 귀찮은 일은 얼마든지 일어날 수 있다.

"뻔한 거짓말은 하지 않는 편이 낫지 않아?"

이 녀석은 1학년이지만 나와 피가 이어지지 않은 게 아닐까 싶을 만큼 뛰어난 용모와 밝은 성격 덕분에 선배, 즉 내 동급생 중에도 지인이 많다. 그래서 나에 대한 정보도 꽤 듣게 되는 것 같았다. 아무리 그래도 내가 왜 여동생한테서 거짓말에 대한 강의를 들어야만 하는 거지?

"나한테도 이런 걸 주는 상대가 있어."

진짜로 남한테 받은 거니 거짓말은 아니다.

"대체 누가 줬는데?"

"왜 내가 그런 걸 말해야……."

"거 봐. 말 못하잖아. 역시 거짓말하는 거네."

하아. 귀찮다.

"히나미 아오이."

"……."

여동생은 내 얼굴을 뚫어져라 쳐다보았다. 거짓말을 하지 않았다고. 어때, 한 방 먹었지?

"하아……."

동생은 갑자기 한숨을 내쉬었다.

"왜 그래?"

"저기 말이야. 그런 사이는 친구라고 부르지 않아."

동생은 어이없다는 듯한 어조로 말했다.

"히나미 선배가 마스크를 준 건, 그 사람이 천사라서야. 알았어? 히나미 선배는 누구한테나 평등하게 상냥해. 그런 사람이 친구라니…… 잘 쳐줘봤자 클래스메이트잖아."

동생은 내가 안됐다는 듯한 어조로 그런 어린애 같은 설교를 늘어놓았다. 뭐, 나도 친구라고 생각하지는 않아. 친구라기보다 전우에 가까울 것이다. 천사라니, 당치도 않다. 발키리라면 납득이 되겠지만 말이다.

"오빠, 괜한 착각에 빠져서 히나미 선배한테 반하지는 마. 나만 창피를 당할 거란 말이야."

하다못해 '창피는 나도 당하거든?'하고 말해줘야 되는 거 아닐까? 진짜 자기중심적 사고방식의 소유자다.

"누가 그딴 선머슴 같은 애를 좋아하겠냐고."

"……응? 뭐?"

"아무 것도 아냐."

"아아, 정말! 안 그래도 우물우물 말하는 사람이 마스크까지 하고 있으니 한 마디도 못 알아듣겠네!"

여동생은 그렇게 말하면서 내 마스크를 억지로 벗겼다. 아.

"……진짜 영문을 모르겠어. 기분 나빠."

여동생은 언짢은 어조로 그렇게 말하며 내 옆을 지나갔다. ……아, 그러는 것도 무리는 아니다.

"뭐, 당연히…… 영문을 모르겠지."

탈의실 거울에 비친 것은 최대한 입꼬리를 추켜올리며 미소를 짓고 있는 기분 나쁘게 생긴 남자의 모습이었다.

***

나는 히나미가 쥔 마스크를 당혹스러운 눈길로 쳐다보았다.

"이걸 얼굴 일부를 가리는 용도 이외에 어떻게 쓴다는 건데? 그것보다……."

그리고 나는 주위의 풍경을 쳐다보며 더욱 당혹스러운 표정을 지었다.

"……왜 장소를 바꾼 거야?"

책상 서랍에서 마스크를 꺼낸 히나미는 또 '따라와'하고 말하면서 내 팔을 잡아당기더니, 그대로 자기 집 근처에 있는 파스타 가게로 연행했다.

"얼굴 일부를 가리기는 할 거야. 하지만 중요한 건 마스크를 쓴 상태에서 뭘 하느냐, 지."

마스크를 쓴 상태에서 뭘 하느냐? ……아니, 그것보다──.

"잠깐만. 그것보다 왜 파스타 가게에 온 건데?"

"아, 음식이 나왔네."

그리고 히나미는 내가 당혹스러워하면서 던진 질문을 무시하며 그렇게 말한 순간, 점원이 식사를 가지고 왔다.

"오래 기다리셨습니다. 일본풍 버섯 파스타와 3종 치즈 까르보나라입니다."

"고마워요."

히나미의 앞에는 까르보나라가, 그리고 내 앞에는 버섯 파스타가 놓였다.

"아니, 그러니까……."

"이 가게, 맛있어."

히나미는 진심으로 기쁜 듯이 웃으면서 그렇게 말했다. 우와. 저 표정 뭐야. 정말 쓸데없이 귀엽네.

"내가 묻고 싶은 건 그런 게 아니라……."

"하아, 일단 내 말을 잘 들어."

히나미는 한숨을 내쉬며 그렇게 말하더니, 자신의 입가를 손가락으로 가리켰다. 그리고 아까 보여줬던 미인이 되었다가 말았다 하는 기술을 선보였다.

"오오~."

짝짝짝짝.

"아니! 그러니까 대체 뭘 하자는 거냐고!"

"거 되게 끈질기네. 배고파서 여기에 온 거야."

히나미는 그렇게 말하면서 까르보나라를 한 입 먹었다. 포크를 돌리는 동작, 그것을 입으로 옮기는 궤도, 입을 살며시 벌려 포크에 감긴 파스타를 입에 넣은 다음 포크만 입술 밖으로 천천히 빼는 동작……. 그 모든 것이 아름답고, 기품 있으며, 보는 이를 매료시키는 색기가 느껴졌다. 입술에 묻은 소스를 핥는 혀에 무심코 내 눈길이 향했다.

"……으음, 맛있어."

그리고 히나미는 자연스럽게 순수한 미소를 지으며 그렇게 중얼거렸다. 정말 쓸데없이 귀엽다.

"즉…… 중요한 건 표정이야."

표정?

"방금 그 미소 말이야?"

"뭐? 방금 그게 미소처럼 보였어?"

"아, 그, 그러니까, 아무 것도 아냐."

아무래도 이상한 소리를 하고 만 것 같았다.

하지만 감사하게도 히나미는 딱히 개의치 않으며 하던 이야기를 계속했다.

"잘 들어. 이게 미인일 때의 입가야."

히나미의 말을 듣고 그녀의 입가를 쳐다보니, 입꼬리가 가볍게 올라가 있었으며, 그에 맞춰 볼 언저리도 살짝 경직되어 있었다. 완벽한 미인이다. 애교도 있어 보였다. 하지만 이렇게 뚫어져라 쳐다보니, 이 녀석은 정말 귀엽게 생겼다는 생각이 들었다. 그 점을 의식하니 그녀의 눈을 쳐다볼 수가 없었다.

"그리고 이게 미인이 아닐 때의 상태야."

히나미의 얼굴 전체에서 패기가 사라졌다. 유심히 보니, 입꼬리가 살짝 내려갔고, 볼 언저리가 느슨해 보였다. 코 옆에 주름도 있었다. 못났다고 할 정도는 아니지만 미인이라고 하기에는 좀 그런 수준이었다.

"호오~."

짝짝짝짝.

"뭐가 호오~ 야. 얼굴이 얼간이 같네. 감탄할 때가 아니거든?"

"······예, 예입."

나는 약간 압도당했다. 귀여운 구석이라고는 눈곱만큼도 없는 녀석이라니깐.

"알겠어? 그러니까······."

히나미의 입꼬리가 슬며시 올라갔다.

"나는 평소에 항상 이 상태이고······."

곧 히나미는 입꼬리를 내렸다.

"너는 항상 이 상태인 거야."

"뭐? 나, 그 정도로 심각해?"

나는 약간 놀랐다. 뭐, 히나미처럼 입꼬리가 완벽하게 추켜 올라간 상태는 아니라고 생각하지만, 그래도 방금 그 말에 불복, 아니 주제도 모르는 소리를 했다.

"자."

히나미는 내가 이런 반응을 보일 것 예상했다는 듯이 거울을 내밀었다. 그러자 볼 언저리가 축 늘어진 내 모습이 보였다.

"……진짜네."

"알았어?"

알고 말았다.

"……알았나 보네."

"그래도 그것만으로 내 얼굴이 극적으로 달라질 거라고는 생각하지 않아. 입가를 좀 교정한다고 내 못난 얼굴이 나아질 리가 없어."

"말대답 좀 적당히 해."

"어쩔 수 없잖아. 16년 동안 이 문제로 골머리를 썩였단 말이야."

"네가 못난이인지 아닌지는 일단 제쳐두기로 하고……."

이 문제에 대해서는 넘어가려는 것 같았다. 의외로 상냥한 구석도 있는 것 같았다.

"입가의 중요성을 아직 모르는 것 같네."

"입가의 중요성?"

"그래."

히나미는 파스타를 틈틈이 먹으면서 이야기를 시작했고, 나 또한 파스타를 먹기 시작했다. 그러자—— 맛있다. 엄청 맛있다. 이게 대체 뭐야. 맛있잖아. 진짜 끝내주네.

열을 적당히 가한 버터와 간장의 맛있는 향이 코를 통해 뇌에 정통으로 꽂혔다. 한 입 먹자 베이컨에서 흘러나온 기름과 버섯의 감칠맛이 섞이며 혀 위에서 녹더니, 농후한 풍미가 세포에 스며들었다. 또한 쫄깃한 식감을 지닌 면이 턱도 즐겁게 해줬다.

"……너무, 맛있어……!"

이렇게 맛있는 파스타가 이 세상에 존재하다니……. 히나미, 고마워…….

감동과 감사의 마음을 시선에 담으며 히나미를 쳐다보니, 눈동자가 촉촉이 젖은 그녀가 군침을 삼키는 듯한 표정으로 나를 쳐다보고 있었다.

"네가 시킨 것도…… 맛있나 보네."

히나미는 담담한 어조로 그렇게 말하면서 내 얼굴과 내 파스타를 번갈아 쳐다보았다.

으음…… 커뮤니케이션 장애인 나도 어쩌면 좋을지 바로 감이 왔다.

"……한 입, 먹어볼래?"

내가 그렇게 말하자, 히나미는 눈동자를 크게 뜨더니, 똑바로 쳐다보기 힘들 정도로 귀여운 표정을 지었다.

그리고 '고마워. 잘 먹을게'하고 말하며 내 파스타에 포크를 넣더니, 빙글빙글 돌렸다. 그리고 그것을 입가로 가져가서 먹었다. 그 순간, 그녀의 얼굴에는 색기마저 감도는 듯한 황홀한 표정이 어렸다.

그 표정을 넋이 나간 듯이 쳐다보던 나는 불현듯 어떤 점을 깨달았다.

"아앗!!"

"왜, 왜 그래?"

히나미는 영문을 모르겠다는 표정을 지었다. 잠깐만 있어봐. 이건 흔히, 서로의 입이 간접적으로 한다는, 바로 그 행위를 가리키는 게 아닐는지요……!

"아니, 너, 지금, 간, 접…… 키스……."

내가 각오를 다지며 그렇게 말하자, 히나미는 눈을 치켜 뜨면서 어이없다는 표정을 지었다.

"저기 말이야. 페트병이라면 몰라도, 중학생이나 이런 사소한 것까지 신경 쓸걸?"

"뭐? 아, 으음, 보통은 그다지 신경 쓰지 않는 일……인 것입니까?"

내가 동요한 가운데, 히나미는 '하아, 하던 이야기나 계속할게'하고 말했다.

"선글라스를 쓴 남자 두 명이 이야기를 하고 있다고 쳐. 눈과 눈썹이 가려졌어. 대화 내용은 들리지 않지만, 그 두 사람의 모습은 보여."

"가, 갑자기 무슨 소리를 하는 겁니까?"

간접적인 그것 때문에 나는 여전히 혼란스러웠다. 아, 그래도 이 파스타는 정말 맛있네.

"그 중 한 명이 리얼충, 다른 한 명이 리얼충이 아니라고

칠게. 그럼 누가 리얼충이고, 누가 리얼충이 아닌지 겉모습으로 판별할 수 있을까?"

입가에 대한 이야기를 계속하고 있는 건가? 으음, 선글라스를 쓴 두 사람 중에서 누가 리얼충인지 묻는 거지?

"으음…… 겉모습만 보면 얼추 감이 잡히지 않을까? ……아아, 맛있어……. 머리모양이나 행동거지, 그리고 복장 같은 걸로 말이야."

나는 어마어마하게 맛있는 파스타를 씹으면서 대답했다.

"그럼 둘 다 대머리에, 양복을 입었다면 어떨까?"

대머리에 양복 차림이라……. 나는 그 상황을 머릿속으로 상상해봤다.

대머리에 선글라스를 쓴 두 사람이 있고…… 둘 다 양복을 입었으며…… 우물우물…… 이야기를 나누고 있는 상태…….

"그래도 왠지 알 수 있을 것 같아."

히나미는 고개를 끄덕였다.

"맞아. 머리모양도 같고, 눈과 눈썹도 가린 상태야. 그 상태에서도 구분을 할 수 있어. 그건 좀 불가사의하지 않아?"

"뭐, 그건 그래. 이 파스타, 진짜 맛있네. 확실히 불가사의해."

"그걸 어떻게 안 거라고 생각해? ……그건 바로 여기 때문이야."

히나미는 고개를 끄덕이면서 또 자신의 입가를 손가락으로 가리켰다. 설마…….

"……파스타 때문이라는 거야?"

"바보 아냐?"

미안합니다. 헛소리를 했네요.

"……표정, 말이구나."

"맞아."

"으음~."

"아까 보여준 것처럼 표정, 특히 입가만으로 언뜻 봤을 때의 인상이 크게 달라져. 사람은 그걸 무의식적으로 감지해서 타인의 성격을 판단하는 거야."

그거야 뭐…….

"확실히 그렇기는 해."

나는 그 말을 하고 눈치챘다.

"어? 잠깐만 있어봐. 너는 그래서 항상 입꼬리를 올리고 있는 거야?"

그리고 나는 파스타를 다 먹었다.

"뭐, 절반은 맞고, 절반은 틀렸어."

"절반?"

"처음에는 의식적으로 입꼬리를 올렸어. 하지만 근육이 단련되면서 자연스럽게 올라가게 됐지. 으음, 맛있어…….
몇 달 정도 걸리기는 했지만 말이야."

"몇 달……."

저 입꼬리에 그런 노력이 숨겨져 있을 줄이야.

"뭐, 아무튼 표정근과 입가가 중요하다는 이야기지? ……그럼 이 마스크는 뭐야? 이걸로 입가를 가리면 아무 소용없잖아."

"근육 트레이닝을 하라는 거야."

"뭐?"

"그러니까 근육 트레이닝 말이야. 표정근도 근육이니까 단련하기 위해서는 근육 트레이닝을 할 수밖에 없어."

"……그게 무슨 소리야?"

그리고 히나미는 당황한 나에게 30개 들이 마스크 묶음을 떠넘기면서 이렇게 말했다.

"앞으로 한 달 동안, 식사와 수면을 취할 때 이외에는 마스크 아래로 만면에 미소를 짓고 있어. 이동 중, 수업 중, 남과 이야기할 때도 말이야."

"……뭐어?! 정말? 항상?"

나는 그 마스크를 넘겨받으면서 당혹스러운 표정을 지었다.

"당연하잖아. 시간은 유한해. 한 달 안에 마무리지어줘야겠어."

히나미는 그렇게 말하면서 다시 의자에 앉았다. 이 녀석도 어느새 파스타를 다 먹었다.

"하지만 너도 몇 달은 걸렸다면서? 그럼 나도 그 정도

페이스로 하면 되지 않아?"

"무슨 소리를 하는 거야. 그래서는 목표를 달성할 수 없어."

"목표?"

처음 듣는 소리다.

"최종적으로 리얼충이 되는 거 아니었어?"

"모르겠어? 노력을 시작하려면 그렇게 크고 머나먼 미래의 목표도 필요하기는 해. 하지만 그와 동시에 머지않은 미래의 목표와, 가까운 미래의 목표도 필요하단 말이야."

"……맞아."

나도 어패를 연습할 때 그런 식으로 목표를 세웠다.

"너라면 알 텐데?"

"……그래. 알아."

"역시 말이 통하네."

큰 목표를 달성해야만 할 때, 그 전에 단계적으로 달성할 작은 목표가 몇 개 있으면 여러모로 능률적이다. 아니, 그런 게 없으면 지금 자신이 뭘 해야 할지 알 수 없으며, 무엇보다 모티베이션을 유지할 수 없다. 적어도 내가 게임을 할 때는 그렇게 했다.

즉……『인생』도 게임이니까 마찬가지라는 건가.

"큰 목표, 중간 목표, 작은 목표. 이것을 순서대로 클리어하는 형태로 진행할 거야."

"그럼 큰 목표가……『리얼충이 된다』라는 거지?"

"맞아. 뭐, 리얼충이라고 해도 여러 종류가 있으니까, 최종 목표로 삼을 거면 『나에게 버금가는』 리얼충이 된다, 정도면 되겠지."

"그건…… 좀 힘들 것 같은데……."

"확실히 교내 제일의 외톨이인 너와, 교내 제일의 리얼충인 나는 하늘과 땅만큼 차이가 나기는 해. 하지만 내가 시키는 대로만 하면 어찌어찌 달성할 수 있을 거야."

……진짜냐.

"뭐, 알았어. ……그럼 중간 목표와 작은 목표는 뭐야?"

"좋아. 그럼 우선 작은 목표부터 발표할게."

꿀꺽.

"가족, 혹은 가까운 친구에게 '애인이라도 생겼어?'라는 말을 듣는 거야."

……뭐?

"그게 무슨 소리야?"

"말 그대로의 의미인데?"

내가 '으음……'하고 중얼거리며 납득이 안 된다는 표정을 짓자, 히나미는 어이없다는 듯한 반응을 보였다.

"하아…… 어패 관련으로는 엄청나지만, 인생에 있어서는 정말 이해력이 떨어지네."

히나미는 어깨를 으쓱하며 고개를 절레절레 저었다.

"괜한 참견 하지 마."

"잘 들어. 중요한 건『직접 그런 질문을 받을 정도로 표면적인 변화가 생겼다는 걸 주위에 인식시킨다』는 거야."

으음, 『직접 그런 질문을 받을 정도로 표면적인 변화가 생겼다는 걸 주위에 인식시킨다』?

"……그게 '애인이라도 생겼어?'라는 대사라는 거야?"

"하아, 정말. 그건 뭐든 상관없어. '요즘 좀 세련되진 것 같다?', '한순간 알아보지 못했어'같은 거라도 돼. 아무튼, 그런 '커다란 변화'를 지적하는 말을 들으면 클리어야."

"그, 그렇구나."

"주위 사람들이 그런 말을 너한테 한다는 게 중요해. 네가 자신이 변했다고 생각하기만 하는 건 아무런 의미도 없어."

"그, 그래?"

"즉, 객관적으로 봐서도 네 용모와 아우라가 개선됐다고 느낄 상태가 되는 게 중요한 거야."

"아, 알았어."

히나미는 짜증이 났는지 미간에 주름이 생겼다.

"이렇게 하나하나 설명을 해줘야 알아듣는 거야?"

"미, 미안해. ……그래도 대체 어떻게 판정하지……?"

"뭘 말이야?"

"아니, 주위 사람에게 그런 말을 듣더라도, 그 말로 진짜로 클리어한 건지 아닌 건지를 말이야."

"……그 정도도 직접 판단하지 못하는 거야?"

"죄, 죄송합니다."

"……좋아. 무슨 말을 들으면 나한테 그 말을 가르쳐줘. 그럼 클리어 유무를 판정해줄게."

"오, 오케이……."

나는 왠지 면목이 없다는 느낌이 들었다.

"그리고 클리어를 하면 또 순차적으로 작은 목표를 세워줄게. 그때그때의 상황에 맞춰서 말이야. 그리고 중간 목표 말인데…… 이건 엄청 간단해."

히나미는 그렇게 말하면서 씨익 웃었다.

"3학년이 되기 전에 애인을 만드는 거야."

머엉~. ……이라는 건 이럴 때를 말하는 것 같았다. 애인? 내가? 평생을 외톨이 울프로 살아온 내가? 당연히 나한테 애인이 없을 거라고 생각하니까 이런 목표를 제시한 거겠지? 히나미 양, 정답입니다.

"어, 어이, 말도 안 되는 소리 하지 마."

"왜 그래?"

"허들이 너무 높잖아!"

"뭐가 높다는 거야?"

히나미는 영문을 모르겠다는 표정을 지었다. 이게 인기

있는 인간과 그렇지 않은 인간 사이의 갭이라는 걸까.

"저기 말이야. 너는 간단히 애인을 만들 수 있을지도 모르지만, 인기 없는 인간에게 있어 연인이 생긴다는 건 엄청난 비일상이라고! 게다가 지금은 6월이잖아. 그럼 1년도 남지 않은 거잖아?! 나한테 그런 건 무리야!"

나는 무심코 벌떡 일어나면서 자신이 얼마나 인기가 없는지에 대해 열변을 토했다. 식후의 홍차를 가지고 온 점원은 쓴웃음을 지으면서 잔 받침을 테이블에 뒀다. 히나미는 자리에 앉은 채 한숨을 내쉬었다. 부끄럽다.

"하아. ……그럼 내가 질문 하나만 할게."

히나미의 눈빛은 어마어마~하게 차가웠다.

"그, 그러세요."

"고등학교 2학년 남학생 중에 애인이 있는 애의 비율은 어느 정도일 것 같아?"

"뭐…… 그, 글쎄? 2할이나 3할 정도 아닐까?"

"……그럼 적게 잡아서 1할로 보겠어."

"으, 응."

대체 무슨 소리를 하려는 걸까.

"이해하기 쉽도록 게임에 비유할게. 그래, 어패가 좋겠네. 너는 일본에서 어패를 가장 잘하지?"

"뭐, 맞아."

"좋아. 그럼 이 자리에 어패의 완전 초보자가 있다고 쳐. 그리고 그 사람은 어패를 잘하고 싶다고 생각해. 바로 그때, 네가 등장하는 거야."

히나미는 나를 손가락으로 가리켰다.

"나?"

"그래. 그 사람에게 1년 동안 이렇게 조작해라, 이렇게 연습해라, 같은 조언을 해줄 수 있어. 그리고 그 사람도 네 말을 잘 따르며 실천한 거야."

"……그렇구나."

"그렇게 됐을 때, 그 사람을 1년 안에 일본 전 인구 중 상위 1할의 플레이어로 기르는 게 그렇게 어려운 일이라고 생각해?"

1할이라. 1할이라고 하면 열 명 중 한 명 레벨, 반 안에서 가장 잘하는 레벨이군…….

그 정도야 뭐…….

"……엄청…… 간단할 것 같아."

"귀정."

"뭐?"

"적게 잡아서 1할로 했는데도 그렇잖아. 즉, 네가 3학년이 되기 전에 애인을 만드는 것 정도는 내가 시키는 대로만 하면 간단하다는 거야."

히나미는 빠른 어조로 그렇게 말했다.

"그것보다, 방금 그 말은 대체 뭐야?"

"……무슨 소리를 하는 건지 모르겠네."

뭐야? 장난치는 건가? 얼굴도 빨개졌네. 나를 놀리는 게 하도 재미있어서 웃음이 나오려는 걸 참고 있는 건가? 게다가 방금 그 말이 왠지 귀에 익은데…….

"그것보다, 이제 이해했지? 딱히 높은 허들이 아니라는 걸 말이야."

뭐, 확실히 이론상으로는 그렇지만…….

"하지만 어패와 인생은 달라."

히나미는 또 한숨을 내쉬었다.

"멋대로 단정 짓지 말아줄래? 너는 어패에 있어서는 프로지만, 인생에 있어서는 완전 아마추어잖아? 일단 해보기로 했으면 내가 시키는 대로 해."

"……미안해. 일단 그렇게 할게."

나는 순순히 사과했다. 내가 결정한 일이다. 확실히 나는 인생의 룰, 그리고 캐릭터의 올바른 조작 방법을 알지 못한다. 그러니 인생이라는 게임의 슈퍼 베테랑이 하는 말에 일단 순순히 따라야만 한다. 그것이 게이머로서의 올바른 방식이다. 그러면서 이게 갓겜인지 아닌지를 판단하면 되는 것이다.

"제2피복실, 알아?"

"뭐?"

"그러니까, 구교사에 있는 제2피복실 말이야. 알아?"

아, 우리 학교에는…… 그런 오래된 건물이 있었지.

아마 구교사까지 가보면 찾을 수 있을 것이다.

"응. 어디인지 얼추 알 것 같아."

"그래? 그럼 앞으로는 매일 수업 시작 30분 전과 방과 후에 거기로 와."

"이, 이유가 뭐야?"

"그야 물론 당일에 해야 할 일의 지시, 그리고 당일에 한 일의 보고 및 반성을 하기 위해서야. 시행착오를 거치지 않는 게 무슨 노력이냔 말이야. 어차피 할 거면 철저하게 하자."

할 거면 철저하게, 라. 뭐…… 그 말에는 나도 동의한다.

"……오케이."

"하지만 각자에게 볼일이 있는 날이 있을 수도 있으니까, 임기응변적으로 대처하도록 하자. 내 메일주소는 알지?"

"그래. 뭐, 나는 볼일이 있는 날이 거의 없지만 말이야. 하하하."

"……너, 진짜 의욕이 있긴 한 거야? 몇 달 안에 방과 후에 볼일이 생기는 인간이 되는 게 목표잖아."

히나미가 나를 노려보며 그렇게 말했다. 아니, 잠깐만…….

"진짜?"

"당연하잖아."

엄청 믿음직했다. 진짜로 그렇게 된다면 꽤 재미있을 것 같았다.

나는 '알았어. 잘 부탁해'하고 말하며 가볍게 고개를 숙였다.

"그, 그리고……."

바로 그때, 히나미는 최소한의 쿨한 분위기만 남기며 우물쭈물하기 시작했다. 그녀는 홍차를 홀짝이며 시선을 피하고 있었다.

"내가 '응? 왜 그래?'하고 묻자, 히나미는 화들짝 놀랐다. 진짜로 왜 이러는 거지?

"저기, 말이야. 일단 이건 NO NAME과 nanashi의 오프 모임이잖아?"

왜 이렇게 느닷없이 조신한 태도를 취하는 거지?

"그, 그야 그렇지. 그게 왜?"

"왜, 왜긴 왜야. ……저기, 오프 모임이니까……."

"응?"

"아아, 정말!"

히나미는 그녀답지 않게 감정적인 목소리를 내더니, 눈을 내리깔면서 숨을 들이마셨다. 그리고 부자연스러울 정도로 나와 시선을 맞추며 이렇게 말했다.

"그러니까, 어패의 프렌드 코드를 교환하지 않을래? ……라는 소리야."

항상 내 눈을 보면서 말을 하던 히나미가 지금은 고개를 돌리면 지는 거라는 듯이 억지로 나와 시선을 맞추고 있었다.

입술을 꼭 다문 채 나를 노려보고 있는 히나미의 볼이

서서히 붉어졌다. 더위나 분노 때문에 빨개진 게 아니라는 것은 커뮤니케이션 장애인 나도 알 수 있었다. 알기 때문에 어떤 말을 건네야 할지 감이 오지 않았다. 어패가 얽히면 폭주한다는 말을 아까 들었지만 이 정도일 줄이야.

"그게 다야. ……너, 뭔가 할 말이 있는 듯한 눈치네."

괜히 자극해서 화나게 하는 것도 본의는 아니기에, '별거 아냐'하고 말하며 바로 프렌드 코드를 교환했다. 이걸로 언제든지 프렌드 대전을 할 수 있다.

방금 본 그녀의 새빨개진 얼굴은 머릿속에 새겨두기로 했다. 참고로 이 가게는 홍차도 엄청 맛있었다.

2 전투 한번으로 레벨이 연달아 오르면 기분이 엄청 좋다

수업 시작 40분 전. 장소를 찾는데 시간이 걸릴까 싶어서 일찍 왔는데, 뜻밖에도 바로 찾았다. 결국 나는 약속 시간보다 10분이나 일찍 제2피복실에 도착했다.

제2피복실은 꽤 고풍스러운 분위기를 띠고 있으며, 지금은 초여름인데도 칠판에 『10월 26일』이라고 적혀 있는 점이 폐허 같은 느낌이라 기분 좋았다. 주위에 흩날리는 먼지 또한 아침햇살을 받으며 신비하게 보였다. 창가에 같은 간격으로 놓여 있는 커다란 재봉틀은 꽤 구식 같았고, 그 점이 오히려 모던한 인상을 자아냈다. 원래 새하얀 색을 띠고 있었을 도자기 재질의 겉면이 햇빛 때문에 변색됐는지 희미하게 노란색을 띠고 있으며, 그 절묘한 색조합이 보는 이들에게 그리움을 안겨줬다.

그런 조용한 분위기에 잠겨 있을 때, 히나미가 안으로 들어왔다.

"안녕, 토모자키 군. 자아, 오늘이 기념비적인 첫날이네."

"으, 응."

"분위기가 나쁘지 않지?"

히나미는 교실을 둘러보면서 그렇게 말했다.

"아, 그래. 폐허 같은 느낌이 감도는 게 나쁘지 않은걸."

"어머, 뭘 좀 아네. 센스가 괜찮잖아. 앞으로 수도 없이 올 장소니까, 나름 괜찮은 곳을 골라봤어."

히나미는 그렇게 말하면서 근처에 있던 의자에 앉았다.

"착석감은 나쁘지만 말이야."

그리고 쓴웃음을 지었다. 나는 히나미의 맞은편에 있는 의자에 앉았다. 내가 앉자 의자는 덜컹거리는 소리를 냈으며, 등받이도 없었다. 확실히 착석감은 좋지 않았다.

"뭐, 이런 것도 나쁘지 않네. 나는 고전게임이나 보드게임도 좋아하거든."

"어머, 그렇구나. 기회가 된다면 붙어보고 싶어."

"바라는 바야. 내가 어패만 잘할 거라고 생각했다간 큰코 다칠 걸?"

"후후, 그렇게 생각하지는 않아. ……그래도 그건 내가 할 말 같네."

nanashi와 NO NAME의 자존심이 한 순간 격돌했다.

"뭐…… 그런데, 오늘은 뭘 할 거야?"

"……으음, 우선 과제부터 낼게. 일단 작은 목표를 달성하기 위해 마스크 근육 트레이닝을 계속 하기로 하고……. 중간 목표 달성을 위한 사전 작업을 해두고 싶어."

"중간 목표…… 애인 만들기, 말이구나……."

솔직히 말해 아직 현실성이 느껴지지 않았다.

"용케도 마스크를 쓴 상태에서 그렇게 칙칙한 아우라를 뿜네. 그것도 일종의 재능이야."

"헛소리 하지 마."

"아무튼, 과제는 이미 정해졌어."

"오오······."

꿀꺽.

"······오늘 과제는 『이 학교에 다니는 여자애 세 명 이상과 이야기를 나눌 것』이야."

으음······.

"엄청 단순한데? ······아니, 그것보다 이렇게 느닷없이 실전편에 돌입하는 거야?"

아직 표정근 훈련밖에 하지 않은데다, 그것도 시작한지 얼마 되지 않았다.

"궁금한 거라도 있어?"

"아니, 뭐랄까, 너무 이르지 않아? 아직 전혀 달라지지 않았잖아."

예를 들어 대화 연습이라거나, 표정근 트레이닝 같은 걸 끝낸 다음에 한다면 이해가 되겠지만, 지금 해봤자 상대를 기분 나쁘게 할 것만 같은데?

"뭐, 네가 어떤 생각을 하고 있는 건지는 알아. 하지만 꼭 필요한 일이니까 잠자코 따라줘."

"으음, 그렇다면야······ 알았어."

기왕 하기로 한 이상, 나는 최선을 다하겠다고 결심했다.

"하지만 주의사항이 몇 개 있어. 그것만은 신경써줘."

"주의사항?"

"응. 우선 상대방에게 처음에 건넬 말은 내가 지정해

줄게."

"지정?"

"감기에 걸렸는데 휴지가 다 떨어졌다. 혹시 휴지가 있다면 한 장만 달라, 같은 식으로 말해. 뭐, 꼭 휴지를 달라고 할 필요는 없지만, 감기에 걸렸다는 걸 이유로 삼는 거야."

"감기가 이유이기만 하면 무슨 말을 하든 상관없는 거야?"

"그래. 지금까지 이야기를 나눈 적이 없는 사람에게 말을 걸 때, 표면적인 이유가 없으면 상대방은 경계할 거야. 반 안에서 서열이 밑바닥인 사람이 그러면 '얘가 갑자기 왜 이래?' 하고 생각하겠지. 뭐, 상대방이 그런 생각을 하지 않도록 자연스럽게 말을 건다면 좋겠지만, 너는 어차피 듣는 사람이 기분 나쁘게 말을 걸 게 뻔하잖아? 그러니 감기를 이유로 삼는 거야. 마스크를 쓰고 있으니 감기에 걸렸다는 것도 자연스럽게 어필이 되잖아?"

"그, 그렇구나."

히나미의 발언에는 내 험담이 섞여 있었지만, 나는 납득했다.

"그리고 네가 완전 기분 나쁘게 대응을 해서 상대를 질리게 만들더라도, 나중에 만회하기만 하면 그 상대는 '그때는 감기 때문에 그런 거구나' 하고 멋대로 생각하지 않겠어?"

"그, 그렇구나……."

그런 안타까운 가능성도 염두에 두고 있군요. 감사합니다. 그렇게 될 가능성이 매우 크다고 생각합니다.

"그리고 주의사항이 하나 더 있어. 내가 근처에 있을 때 말을 걸도록 해."

"히나미가 근처에 있을 때? 내가 세 사람에게 말을 걸었는지 감시하려는 거야?"

"으음…… 뭐, 비슷해."

히나미는 꽤 엄격한 녀석 같았다.

"알았어."

"좋아."

"아~. 그런데 히나미가 근처에 있으면서, 내가 자연스럽게 여자애에게 말을 걸 기회가 세 번이나 생길까?"

"물론이지. 조례 전에 옆자리에 앉은 유즈한테 말을 걸어. 이즈미 유즈. 그리고 가정과목 이동수업 때 네 옆자리에 앉는 애는 미미미지? 나나미 미나미 말이야. 그 애한테도 자연스럽게 말을 걸 수 있을 거야."

"……내 옆자리가 누구인지 용케도 기억하네."

"어머, 나는 자리 바꾸기를 할 때마다 클래스메이트들의 자리 배치를 전부 외워."

우와, 대단하네. 확실히 그 두 사람이라면 좀 노력한다면 어찌어찌 될 것도 같았다. 하지만…….

"마지막 한 명은……."

"너 말이야. 한 번 정도는 쉬는 시간에 자력으로 어떻게 좀 해봐."

"……그렇게 하겠습니다."

나한테는 너무 높은 허들인데 말이야.

그렇게 작전회의를 끝낸 후, 히나미와 시간차를 두며 교실에 돌아온 나는 깨달았다. 바로 지금 이 순간, 이즈미 유즈에게 말을 건다고 하는 과제를 실행에 옮겨야 한다는 사실을 말이다. 마음의 준비가 되지 않아서인지 초조함이 엄습했다.

그것보다. 하필이면 이즈미 유즈가 타깃인 거냐. 잘 나가는 그룹의 구성원이잖아. 그 그룹의 우두머리 격은 아니지만 명랑하고, 목소리도 크며, 잘 웃는 쾌활한 여자애다. 또한 때때로 넥타이를 매고 있다는 점 또한 잘 나간다는 증거다.

우리가 다니는 세키토모 고교의 여학생은 리본과 넥타이 중에도 선호하는 것을 맬 수 있다. 하지만 선배들 때부터 이어져 내려온 분위기가 『서열이 낮은 여자애는 넥타이를 매선 안 된다』는 암묵의 룰을 자아내고 있었다. 이즈미 유즈는 기분에 따라 바꿔매는 것 같으며, 서열을 신경쓰지 않는 듯한 그런 행동에서는 여유마저 느껴졌다. 참고로 이 현대적인 교풍과 교복은 학생들 사이에서 인기가 있지만, 논밭 투성이인 동네에서 괜히 교복만 멋들어지니

꼴사납다는 평도 듣고 있다. 이것이 사이타마의 운명인가.

뭐, 아무튼 치마는 짧고, 리본만이 아니라 때때로 넥타이도 착용하며, 게다가 리본이든 넥타이든 항상 느슨하게 착용할 뿐만 아니라, 밝은 색 카디건을 착용하는 이가 바로 이즈미 유즈다. 잘 나가는 여자애의 견본 같은 소녀인 것이다. 흔히 노는 애라 불리는 타입이다. 가슴 또한 크다. 항상 청결하며, 귀여운 타입이라 위압감이 느껴지지는 않지만, 그래도 이즈미 유즈에게 내가 말을 걸어야만 하는 것이다. 확실히 감기를 핑계 삼지 않으면 무리이리라.

내가 자리에 앉자, 이즈미 유즈는 뭔가를 찾듯 자신의 자리에서 가방을 뒤지고 있었다. 그 무언가를 찾는다면, 아마 창가에 모여 잡담을 나누고 있는 잘 나가는 그룹에 합류할 것이다. 그럼 기회는 지금뿐이다. 히나미 또한 근처에 있다. ……좋아.

될 대로 되라!

"아, 저, 저기, 이즈미 양."

"응? 토모자키 군? 무슨 일이야?"

역시 내가 느닷없이 말을 건 바람에 약간 당황한 것 같았다. 하지만 나를 향해 고개를 돌리는 동작에서도 명랑함과 쾌활함이 느껴졌다. 살짝 벌어진 단추 사이에 존재하는 희미한 틈을 통해 풍만한 가슴이 언뜻 보였다. 단추가 커다란 가슴 때문에 압박을 당하고 있으며, 가슴과 옆구리 사이가 잡아당겨지면서 수평으로 주름이 잡혔다. 즉, 가슴의 라인이 훤히 드러날 만큼 옷과 가슴이 밀착되어 있었다. 크다. 그런데 왜 이런 여자 리얼충들은 자기 몸에 딱 붙는 사이즈의 셔츠를 입는 거지? 일부러 작은 사이즈를 고르는 걸까. 괜히 눈에 들어오니 자제 좀 해줬으면 좋겠다.

"으, 으음, 혹시 휴지 있어? 감기에 걸렸는데, 챙겨오는 걸 깜빡해서……."

몸이 좋지 않은 척을 하고, 가슴에 눈길이 가지 않도록 필사적으로 참으며, 또한 마스크로 가린 입으로는 근육 트레이닝을 하기 위해 만면의 미소를 짓느라, 나는 내 목소리가 어떤지 알 수 없었다.

"아, 응. 잠깐만 있어봐. ……아, 미안해! 휴지가 없어!"

그녀는 두 손바닥을 맞대며 미안해했다. 가슴 위에 놓인 커다란 가슴이 더욱 강조되었다. 안 볼 거야. 안 볼 거라고. 아무튼 상대는 리얼충 그룹답게 가벼운 반응을 보였다. 예상과 다르게 나를 평범한 인간처럼 대해주자, 왠지 안심이 되었다.

"아, 그래? 괜찮아. 나야말로 미안해."

내가 뭐가 괜찮고 뭐가 미안한 건지 머릿속으로 생각하며 그렇게 말한 순간이었다. 이즈미 유즈가 뒷자리를 돌아보더니, '저기, 휴지 있어?'하고 묻는다고 하는 놀라운 사태가 벌어졌다. 우와, 뜻밖이야. 반사적으로 남에게 묻는다고 하는 이 인간관계의 운동신경이 정말 대단해. 나

같으면 절대 무리일 거야.

"아, 있어요…… 여기요……."

말은 좀 느릿느릿하지만, 상대가 묻자마자 바로 휴지를 꺼내든 것처럼 보일 만큼 상대방은 빠르게 반응을 보였다. 전개가 너무 빨라. 이 애, 항상 자기 책상 안에 포켓티슈를 넣어두기라도 하는 걸까.

으음, 키쿠치 후카 양.

피부가 희고, 책을 좋아할 듯한 검은색 단발머리 소녀, 라는 흔하디흔한 카테고리가 집어넣기에는 아까울 만큼 독특하면서도 섬세한 분위기를 지닌 요정 같은 존재다. 뚫어져라 살펴보지 않아도 미인이다. 항상 고개를 숙이고 있으며, 긴 속눈썹이 눈에 띄었다. 그리고 어찌된 영문인지 동급생에게도 존댓말을 썼다.

"고마워! 자, 받아."

이즈미 유즈는 키쿠치 양에게서 휴지를 넘겨받더니, 그걸 나에게 내밀었다.

"고, 고마워."

나는 이즈미 유즈와 키쿠치 양을 번갈아 바라보며 두 사람에게 고마워하고 있다는 뜻을 표시했다. 그게 내가 할 수 있는 최대한의 성의였다. 이즈미 유즈는 휴지를 찾다 발견한 듯한 조그마한 손거울을 들고 자리에서 일어나더니, 친구들이 있는 곳으로 향했다. 아무래도 아까부터 찾고 있었던 것은 바로 저 손거울인 것 같았다.

그러자 갑자기 1대1 상황이 벌어졌다. 나는 아직 코를 풀지 않았다. 휴지 한 장이 아니라 통째로 받았으니, 코를 풀고 돌려줄 때까지 이 상황은 종료되지 않는다. 키쿠치 양은 딱히 할 일이 없는 것처럼 나를 멍하니 쳐다보고 있었기에, 왠지 거북했다. 코를 푸는 시늉을 한 다음, 바로 돌려주자. 하지만 멍하니 있는 듯한 그녀에게서 힘 같은 게 느껴졌다. 불가사의한 시선이었다. 검은 눈동자가 밀림 속에 있는 보물처럼 요사한 빛을 뿜고 있었다.

　나는 현재 옆쪽으로 몸을 돌려서 앉아 있었다. 그러니 이대로 코를 풀었다간 키쿠치 양의 반짝이는 눈동자가 그 순간을 목격하고 말 것이다. 하지만 앞쪽으로 몸을 돌리는 것도 왠지 그녀를 의식하고 있는 것 같아서 왠지 거북했다. 결국 이 상태에서 마스크를 풀고 코를 풀었다. 키쿠치 양도 아마 일부러 눈을 떼는 것도 좀 그러니까, 같은 느낌으로 쳐다보고 있는 것이리라. 그 사실을 증명하듯, 그녀가 지닌 마법의 눈동자가 내가 코를 푸는 장면을 멍하니 응시하고 있었다. 이 공간은 대체 뭐지. 그야말로 소극적 태도가 자아낸 한 편의 드라마네.

　내가 코를 풀고 키쿠치 양을 향해 고개를 돌려보니, 그녀는 시선을 아래쪽으로 살짝 내렸다.

　"……으음, 고마워."

　"……예."

　이것만 보면 풋풋하고 흐뭇한 광경 같지만, 코를 푼 직후라는 사실이 그런 분위기를 박살내고 있었다. 나는 바로 휴지를 돌려준 후, 코를 푼 휴지를 쓰레기통에 버리고 와서 다시 자리에 앉았다. 미션 완료. 두 사람에게 말을 건 거라고 생각해도 될까? 내가 그런 생각을 하고 있을 때…….

"토모자키 군."

"히익?!"

키쿠치 양의, 마치 귀를 통해 뇌에 직접 숨결을 불어넣은 듯한 맑디맑은 목소리가 나에게 기습을 가했다.

"왜, 왜 그래?"

"저기……."

어, 내가 뭘 잘못했나? 키쿠치 양은 꽤 의아한 눈빛으로 나를 쳐다보고 있었다.

"저기…… 물어볼 게 있는데……."

"응……?"

"저기…… 왜……."

왜……?

"왜…… 웃고 있었던 건가요?"

하하하, 사고 쳤네.

결국, 이가 시려서 입꼬리가 올라간 바람에 그렇게 보였던 거다~ 같은 말을 엄청 횡설수설하며 이야기해서 상황을 어찌어찌 무마했다. 그러자, 키쿠치 양은 '그런, 가⋯⋯
요⋯⋯?'하고 말하며 눈썹을 찌푸렸고, 눈에도 물음표가
떠 있었으니, 아무래도 무마하지 못한 것 같았다.

내가 판정을 요구하듯 히나미 쪽을 힐끔 쳐다보니, 그녀
는 과장스럽게 한숨을 내쉬었다. 역시 실패한 것 같았다.
키쿠치 양은 분명 기분이 상했을 것이다. 뭐, 사소한 문제
가 발생하기는 했지만, 최소한의 조건은 클리어했다. 실수
를 반성하고, 이것은 커다란 한 걸음이라 생각하며 앞으로
나아갈 수밖에 없다.

자아, 다음 작전은 4교시, 가정과목 수업 때 실행에 옮
길 것이다. 그리고 나는 또 초조해지기 시작했다. 그때『미
미미』혹은『나나나』라 불리는 나나미 미나미에게 말을 걸
어야만 한다. 두 종류의 소리만으로 이름이 구성되어 있어
서 그렇게 불리며, 요즘은 주로 미미미라 불리는 것 같
았다. 새하얀 피부와 검은 장발, 단정하고 뚜렷한 이목구
비, 또한 일본인형 같은 외모를 지녔으면서도 성격이 쾌활
하다는 점이 특징이다. 그녀는 히나미와 마찬가지로 육상
부 소속이다.

이동수업 때 너무 일찍 가면 나와 다른 외톨이가 떨어진
자리에 앉아서『개의치 마시길』틱한 분위기를 자아내며
공책이나 교과서만 멍하니 쳐다보고 있게 된다. 나는 그런

분위기에 삼켜지는 게 싫기에, 항상 도서실에 가서 시간을 보낸 다음에 이동했다.

겨우 10분밖에 안 되는 쉬는 시간에 도서실에 가는 녀석은 거의 없기에, 보통 나 이외에는 아무도 없었다. 참고로 나는 이곳에서 책을 읽는 척 하면서 어패 전술을 검토했다. 하지만 오늘은 도서실에 갈 짬이 없었다. 가능한 한 빨리 가서 나나미 미나미 혹은 다른 여자애에게 말을 걸어야만 한다.

3교시 수업이 끝나자마자, 나는 가정과목 교과서와 문제집, 필기도구 및 공책을 들고 교실을 나섰다.

교정실습실에 가보니, 예상했던 대로 개의치 마시길 공간―― 플러스알파가 펼쳐져 있었다. 외톨이 두 명이 따로 앉아있는 가운데, 내가 소속되어 있는 조, 아니 내 옆자리, 아니, 까놓고 말해 나의 이번 타깃인 나나미 미나미가 이미 자리에 앉아 있었다. 왜 이렇게 일찍 온 거냐고. 문제집을 펼친 그녀는 샤프로 뭔가를 하고 있었다. 아무튼 이건 기회지만, 이 상황에서 말을 걸었다간 침묵이 어려 있는 이 교실 안이 나와 나나미 미나미의 목소리로 가득 차고 만다. 딱히 남들이 듣는 것 자체는 아무래도 상관없지만, 자신의 목소리가 이 방을 가득 채운다는 것은 여러모로 힘들었다.

힘든 상황인걸. 어떻게 하지. 다음 기회를 노리고 싶지만……. 응? 잠깐만 있어봐. 그래. 히나미가 없어. 맞아.

그 녀석이 보는 데서 해야만 하니까, 지금 하면 안 되는 거
잖아. 맞아. 좀 있다 해야만 해. 사람들이 좀 더 모인 다음
에 해야지.

백점 만점짜리 변명을 찾아낸 나는 침착한 정신 상태로
나나미 미나미의 옆에 앉았다.

"응? 토모자키 군, 웬일로 이렇게 일찍 온 거야?"

뭐, 뭐가 어떻게 된 거지?!

방금까지 묵묵히 문제집을 쳐다보던 나나미 미나미는
내가 옆자리에 앉자마자 한 치의 망설임도 없이, 평소에도
그랬다는 듯이 나에게 말을 걸었다. 너무 자연스럽게 말을
걸었기에, 한순간『나한테 말을 건 게 아냐』같은 착각을
할 뻔했지만, 그녀는 분명『토모자키 군』이라는 말을 입에
담았다.

그냥 무시할 수는 없지만, 그녀가 물어본『빨리 온 이유』
에 솔직하게 이야기하자면 '나나미 양에게 말을 걸려고 일
찍 온 거야'하고 말해야 한다. 그리고 그런 짓을 했다간 상
대방이 기분 나쁘다며 나를 죽일 것이다. 하지만 나는 커
뮤니케이션 쪽으로는 완전 잼병이다. 그래서…….

"……그게…….."

"응?"

"……아, 으음, 저기, 그냥 일찍 와봤어."

"아~, 그래? 흐음, 그렇구나. 뭐, 그렇겠지!"

이렇게 됐다.

하지만 '그냥 일찍 와봤다'는 그런 아무 의미 없는 대답에 '그렇구나'하고 대답하다니, 요즘 젊은 애들의 공감능력은 대단하다. 나도 언젠가 이렇게 될 수 있을까.

그것보다 이 상황을 어떻게 하지. 일단 대화를 시작했으니, 이대로 침묵을 계속 유지했다간『각자가 따로 자기 일을 하고 있는 상태』가 아니라『대화가 지속되지 않는 상태』라고 분위기의 신이 판단하고 말 것이다. 하지만 나는 요즘 유행하는 방송이나 반 안의 화젯거리처럼 무난한 이야깃거리를 가지고 있지 않다. 최악의 경우에는 휴지 달라, 같은 걸로 밀어붙일 생각이지만 그것도 꽤 부자연스러웠다.

그러니 일단 최대한 발버둥을 쳐보는 수밖에 없다.

"이, 이야~, 대단하네~."

나는 머뭇거리면서도 가능한 한 자연스럽게 말을 걸었다.

"응? 뭐가 말이야?"

나나미 양은 눈을 동그랗게 뜨면서 나를 쳐다보았다. 맑지만 목소리가 꽤 큰 편이기에, 그녀의 목소리는 교실 전체에 울려 퍼졌다.

"아니, 내가 방금 '그냥'이라고 말했잖아? 솔직히 그건 아무 의미도 없는 대답이야."

"응?"

나나미 양은 영문을 모르겠다는 반응을 보였다. 그럴 만도 했다.

"하지만 나나미 양은 아무 의미 없는 내 말에 '그렇구나!' 하고 대답했어……. 요즘 젊은 애들의 공감능력은 대단하다는 생각이 들었다니깐……."

…………. 나나미 양은 방금 들은 말이 무슨 소리인지 이해가 안 된다는 듯이 침묵했다. 그럴 만도 했다. 방금 내 머릿속에 떠오른 생각을 그대로 말했을 뿐이니까 말이다. 대화라고도 할 수 없다.

"…………."

"…………."

거북하다. 아아, 실수했다. 이건 완전 내 잘못이다. 대실패다. 대화라는 건 어떻게 하면 되는 거지? 히나미가 말을 걸라고 해서 시키는 대로 하기는 했는데, 이런 결과가 벌어질 줄이야.

"아, 저기, 미안——."

"아하하하하하하하하!"

"어?"

나나미 양이 웃음을 터뜨렸다. 이 교실 안에 있는 다른 두 사람이 우리 쪽을 힐끔힐끔 쳐다보고 있었다.

"어, 라, 라?"

"토모자키 군, 대체 무슨 소리를 하는 거야? 네가 무슨 나이 먹은 아저씨야? 아하하하하!"

이, 이게 대체 어떻게 된 거지.

"어, 저기, 나는 그저 요즘 젊은 여자애들의 테마에……."

내가 진지하게 대답하려고 하자, 나나미 양은 더 크게 웃었다. 대체 무슨 일이 일어난 거지. 그녀가 웃는 사이에 이 교실에 들어온 학생들이 '토모자키와 미미미?!'하고 말하는 듯한 눈길로 우리 쪽을 쳐다보았다.

"아, 나는 그저 이야기는 들었지만 실감이 나지 않았는데, 역시 이렇게 실제로 접해보니 박력이 엄청나다고나 할까……."

"아하하하! 박력은 또 뭐야?!"

"귀중한 샘플이라고 생각했을 뿐……."

"너, 진짜로 아저씨야?! 샘플이라면 주위에 얼마든지 있잖아! 아하하하하!"

"밈미~. 무슨 일이야?"

나와 같은 반이자, 나나미 양과 사이가 좋은 나츠바야시 하나비가 나나미 양의 맞은편에 앉으며 그렇게 물었다. 날씬하고 아담한 체구와 보브 헤어, 앳된 얼굴, 그리고 앙증맞은 움직임이 조그마한 동물을 연상케 했다.

나나미 양은 '아, 타마! 너는 오늘도 쪼끄마하네~!'하고 말하면서 나츠바야시 양의 머리를 헝클어뜨렸다. 이유는 모르겠지만, 나츠바야시 양은 조그마한 애완동물에게 주로 붙여주는 이름인 『타마』라고 불리곤 했다. 참고로 그 『타마』는 나나미 양을 『밈미』라고 부르는데, 사실 그 호칭의 유래는 잘 모르겠다.

"이딴 짓 그만하고 질문에나 대답해!

나츠바야시 양은 한손으로 나츠미 양의 팔을 떨쳐내더니, 150센티미터 이하로 추정되는 낮은 각도에서 날카로운 질타를 날렸다. 말은 날카롭지만 박력이 전혀 느껴지지 않았다.

"타마는 정말 무섭다니깐~."

"이야기 돌리지 말고 설명이나 해!"

"미안해~. 저기, 토모자키가 아저씨처럼, 으음, 뭐라고 했더라? 으음, 모르겠어! 패스!"

"뭐?!"

"헤헤헤~. 이 교실에 일찍 온 사람만 즐길 수 있었습니다~, 인걸로 해둘래!"

"약았어! 저기, 으음, 토모자키, 맞지? 뭐가 어떻게 된 건지 설명해줘!"

하나도 무섭지 않은 질타의 창끝이 나를 향했다. 하지만 그녀가 내 이름을 정확하게 알지 못했다는 사실이 내 가슴에 더욱 깊숙이 박혔다.

"어, 나?"

"너 말고 토모자키가 있어?"

"없는데……."

"자, 그럼 우물쭈물하지 말고 빨리 말해!"

"파이팅, 토모자키!"

그녀는 말아 쥔 두 손을 얼굴 높이로 들면서 장난기 섞

인 미소를 지었다.

"아니, 파이팅, 이라니…… 으음, 그게…….."

결국 나는 파이팅을 하면서 설명을 했다. 그 사이에 히나미가 친구 몇 명과 함께 가정실습실에 들어오더니, 이 상황을 보고 몇 초 동안 얼어붙었다. 하지만 곧 평소의 밝은 히나미로 되돌아갔다.

"……이렇게 된 거야."

"아하하하하!"

나츠바야시 양은 '하나도 재미없어!'하고 말했다.

"무슨 소리 하는 거야. 엄청 재미있잖아~."

"재미없어! 밈미의 머리가 이상한 것뿐이야!"

"뭐~. 너무해~! 아하하!"

"웃지 마!"

나츠바야시 양은 기분 좋을 정도로 단칼에 모든 발언을 두 동강 냈다. 이 애는 공감의 공 자도 모르는 것 같다. 요즘 젊은 애들은 타입이 다양하네. 뭐, 나도 진지하게 이야기했다가 웃음거리가 됐을 뿐이니, 나츠바야시 양의 의견에 동의하지만 말이다.

"나도 재미없다고 생각하는데……."

"뭐~?!"

"그렇지?! 역시 밈미가 이상한 거야!"

"그럴 리가 없어~. 타마가 애라서 이해 못하는 거 아냐~?"

"시끄러워! 그리고 성가시게 굴지 좀 마!"

"그건 또 무슨 소리야? 아하하! 참, 토모자키? 너도 타마가 어린애 같다고 생각하지?"

어?! 나한테 물은 건가? 어린애 같지는 않지만, 뭐라고 대답하면 좋을까. 어쩌지. 정답이 뭔지 짐작조차 되지 않았다. 뭐, 일단 머릿속에 떠오른 생각을 그대로 말할 수밖에 없을 것 같았다.

"으…… 음…… 어린애 같은지는 모르겠지만……."

"나는 어린애 아냐!"

"아, 그래……. 아무튼, 아까 나나미 양은 공감능력이 엄청났지만, 방금 나츠바야시 양은 그걸 전부 일도양단해버렸잖아. 그러니 젊은 여자애들도 사람마다 타입이 다르니, 전부 뭉뚱그려서 생각하면 안 되겠다고나 할까……."

"아하하하하하하하하! 또 튀어나왔다!"

"……."

나나미 양은 폭소를 터뜨렸고, 나츠바야시 양은 불만 섞인 눈길로 나를 올려다보았다.

"그러니까, 딱 하나의 샘플만으로 전체를 판단하는 건 위험하네~ 하고 생각……했어……."

"이제 그만 좀 해! 아하하하!"

나나미 양은 여전히 폭소를 터뜨리고 있었다. 웃음소리가 주위에 울려 퍼지는 가운데, 나츠바야시 양은 나를 똑바로 쳐다보며 입을 열었다.

"……방금."

"뭐?"

"……방금 그 말은 좀 재미있었어!"

정말?!

"미미미와 하나비와…… 토모자키? 무슨 이야기를 그렇게 재미있게 하는 거야?"

내가 횡설수설 이야기를 하고 있을 때, 갑자기 귀에 익은 목소리가 들렸다. 초조한 나머지 시간이 흐르고 있다는 걸 깜빡했다. 그림자가 다가오고 있다는 걸 눈치채지 못했다. 뭐, 이럴 줄 알았어. 나는 이런 상황을 어렴풋이 두려워하고 있었거든. 이렇게 되기 전에 마무리를 지어야만 했어.

토모자키, 나츠바야시, 나나미. 가정실습실의 자리는 출석번호 순서로 배치된다. 그리고 출석번호 순서가 토모자키와 나츠바야시의 사이인 사람이 바로…….

──나카무라, 인 것이다.

"뭐야? 토모자키와 무슨 이야기를 그렇게 즐겁게 하는 건데?"

나카무라는 언짢다는 듯이 인상을 쓰면서 다가왔다. 그

리고 나카무라와 같은 그룹인 미즈사와…… 타케이였나? 아무튼 그 두 사람도 다가왔다. 이 두 사람은 나카무라 파벌의 고정 멤버이며, 나카무라의 양옆을 지키듯 행동한다. 또한 미즈사와는 단순한 들러리가 아니라 참모 격이며, 교활한 짓을 꾸미기도 했다.

"어, 나카무~! 토모자키가 엄청 재미있는 소리를 하네~."

"흐음…… 토모자키가 말이지."

나카무라는 나를 힐끔 쳐다보았다. 히죽거리고 있었다. 눈은 전혀 웃고 있지 않았다.

"어떻게 된 거야?"

그의 뱀 같은 눈빛이 나를 향하자, 심장이 옥죄어드는 듯한 느낌이 들었다. 나카무라는 나를 대체 어떻게 하려는 걸까. 어패 대결을 치르고 일주일 넘게 지났다. 결과는 다들 짐작하고 있기에 긴장된 분위기는 완전히 완화되었으며, 지금은 패거리들까지 데리고 있었다. 나카무라는 꽤나 세게 나올 수 있을 것이다.

"이야~. 토모자키가 완전 와이드쇼 아저씨 같은 소리를 하잖아~."

"뭐? 와이드쇼 아저씨?"

나카무라는 언짢은 목소리로 그렇게 말했다.

"그래."

"무슨 소리를 하는 건지 모르겠는걸."

나카무라가 그렇게 말하자, 옆에 있던 미즈사와가 눈빛

만으로 주위를 둘러본 후, 입을 열었다.

"토모자키, 설명해봐!"

미즈사와는 나카무라의 뜻을 존중하는 건지 나에게 일부러 질문을 던졌다. 이 상황에서 개인을 지명하는 것만 봐도 정말 음흉했다. 내가 말을 길게 늘어놓다 보면 혀가 꼬일 거라고 생각하는 걸까. 그리고 그걸 가지고 놀릴 생각인 건가. 하지만 나를 얕보지 말라고. 나는 커뮤니케이션 능력이 나쁘지만, 설명 정도는 할 수 있어. 그리고 너희보다 어패를 압도적으로 잘한다고.

나는 설명을 했다.

"⋯⋯이렇게 된 거야."

"아하하. 맞아~!"

나나미 양은 두 번째 설명이라 그런지 아까보다 리액션이 약했다. 나츠바야시 양 또한 나카무라가 온 다음부터 계속 입을 다물고 있었다. 리얼충 그룹의 남자가 셋이나 나타나서 위축된 걸까?

"⋯⋯으음, 그래서?"

나카무라가 이야기를 다 듣더니, 나에게 물었다.

"뭐?"

"아니, 그게 다야?"

"그런데⋯⋯."

"완전 재미없잖아."

나카무라는 그렇게 말하면서 자신의 들러리인 두 사람

에게 '안 그래?'하고 물었다.

"응. 완전 재미없어……."

"아하하하!"

타케이는 연기 톤으로 그렇게 말하며 나카무라의 말에 동의했고, 미즈사와는 그걸 보더니 웃음을 터뜨렸다.

"너무해~! 세 사람 다 개그 센스가 없네."

"아니, 항상 하는 말이지만 이상한 건 미미미야."

"우와~! 나카무~, 너무해!"

그러면서 나와 나츠바야시 양 이외의 다른 이들이 웃음을 터뜨렸다. 왠지 거북한 분위기였다. 나나미 양의 코미컬한 표정과 말투 덕분에 분위기가 겨우 유지되고 있는 느낌이었다.

"그럼…… 다수결이라도 할까?"

미즈사와가 그런 제안을 했다.

"아, 그거 좋은 생각이네."

나카무라는 참모의 말에 따르는 장군처럼 그렇게 말했다.

"……짜고 치는 고스톱 냄새가 풀풀 나는걸~?"

나나미 양은 웃으면서 그렇게 말했다.

"자아~! 그럼 미미미가 이상했다고 생각하는 사람은 손!"

타케이가 이때라는 듯이 그렇게 말했다. 나카무라, 타케이, 미즈사와가 손을 들었다.

"아하하하! 어이!"

나나미 양은 힘차게 딴죽을 날렸다. 왠지 공허한 것 같지만, 이 코미컬함이 없다면 질식할 것만 같았다.

"아~, 과반수는 안 되네~!"

미즈사와가 장난치는 듯한 어조로 그렇게 말했다.

"뭐, 투표권을 포기하는 사람이 있을 수도 있으니까, 아직 몰라~."

……묘한 게임이 시작됐다. 나는 어떻게 하는 편이 좋을까? 우선 이 다수결 같은 이상한 게임에 응하는 것 자체가 왠지 싫었다. 이건 집단 괴롭힘이라기보다 집단 놀림이지만, 그래도 거북했다.

그리고 나츠바야시 양은 아까부터 언짢은 표정을 짓고 있었다. 위축된 것과는 명백하게 다른 태도였다. 대체 인간관계가 어떻게 얽혀있는 걸까?

"아아, 정말! 나카무~는 이해했으면서 이러는 거지?"

"그럼 슈지가 이상하다고 생각하는 사람은 손!"

나나미 양은 코미컬하게 척 하고 힘차게 손을 들었다. 나츠바야시 양은 역시 고개를 숙인 채 완전히 무시하고 있었다. 역시 뭔가가 있는 것 같았다. 나는 다른 이들의 표정을 보며 무슨 일이 일어나고 있는 것인지 생각했다. 뭐가 어떻게 된 거지? 뭘 어쩌면 좋지?

나는 인간관계 경험이 거의 없다고 해도 과언이 아니지만, 그래도 나름대로 생각해봤다.

……우선 이 상황에서 손을 들지 않는다면 왜 투표를 하지 않았느냐는 이야기가 나올 게 뻔했다. 그리고 나츠바야시 양의 태도로 볼 때 그 말을 들어도 계속 무시할 가능성이 컸다. 그럼 내가 손을 들든 말든 '왜 손을 들지 않은 거야~?'하며 나츠바야시 양이 계속 놀림을 당할 게 틀림없다.

즉, 내가 손을 들면 나츠바야시 양이 외톨이가 되고 만다. 내가 손을 들지 않는다면, 표적은 두 명이 되는 것이다. 그리고 내가 주로 공격을 당할 게 뻔하다. 그럼 나도 손을 들지 않는 편이 좋을까? 음, 그러자. 들지 말자.

애초에 이 상황은 대체 뭐지? 나츠바야시 양은 왜 이런 상황에 처한 거지? 나나미 양은 왜 이 상황에서 이렇게 웃고 있는 거지? 이 상황을 눈치채지 못한 걸까? 아니면 별것 아닌 일인데 내가 과잉반응을 하고 있는 것뿐인가? 아아, 정말! 뭐가 어떻게 되고 있는 거냐고! 집단적인 대화는 너무 어려워!

"저요~! 나도 슈지가 이상하다에 한 표~."

──바로 그때, 쾌활하면서 애교 있는 목소리가 등 뒤에서 들려왔다.

아니, 정확하게 말하자면 쓸데없이 쾌활하면서, 쓸데없이 애교 있는, 엉터리 목소리다.

"아오이한테 물어본 게 아니거든?"

나카무라는 밝지만 위압적인 톤으로 그렇게 말했다.

"에이~. 나도 뒤쪽에서 계속 듣고 있었단 말이야. 좀 봐줘~."

"안 돼. 이건 우리 4조만의 문제야. 외부인은 바이바이~."

나카무라는 히나미를 향해 손을 내저었다. 히나미는 지나치게 자연스러운 거짓 미소를 여전히 유지하고 있었다.

"약았어~. 토모자키 군에게 어패로 졌다고 이러는 거지~?"

──공기가 얼어붙었다.

히나미는 꽤 큰 목소리로 입에 담았다. 이 반의 그 누구도 건드리지 않는 금기를 말이다. 나카무라가 대화에 끼어들었을 때부터 이 교실 안에 있는 이들은 4조에 관심을 가지고 있었으니, 다들 방금 그 말을 들었으리라. 어? 그 말을 해도 되는 거야? 그런 분위기가 형성된 것이다. 아하하~ 하고 계속 웃고 있던 나나미 양의 미소도 한순간 굳은 것처럼 보였다.

"어이, 아오이."

"게임에서 졌다고 다수결로 공격하는 거잖아! 완전 꼴사납네~! 그러니까 시마노 선배에게 차이는 거야! 역시 연하는 믿음직하지 못하다니깐…… 같은 소리를 들으면서 말이야!"

히나미는 손짓발짓을 섞으며 말하다, 선배 대사 부분에서는 귀여운 목소리를 냈다.

"너…… 쳇, 시끄러워."

"아하하하하하! 닮았어!"

"푸하하!"

"하하하하하!"

나나미 양만이 아니라 타케이와 미즈사와도 웃었다. 보고 있던 클래스메이트도 웃음을 흘렸다.

대단하네.

"자아, 미미미와 나까지 해서 두 표네~. 딴 사람 없어~?"

히나미는 나를 힐끔 쳐다보았다. ……오호라.

"여기 있어."

"어이, 약았잖아!"

나카무라는 약간 분한 듯하면서도 밝은 목소리로 그렇게 말했다. 히나미가 이 분위기를 휘어잡은 것이다. 그렇다면 다음은…….

"자아."

나는 작은 목소리로 그렇게 말하면서 나츠바야시 양을 쳐다보았다.

"……."

나츠바야시 양은 아무 말 없이 손을 들었다.

"자아, 이걸로 네 표! 이상한 사람은 슈지네!"

"나카무~, 수고했어!"

히나미와 나나미 양이 애교 있는 어조로 나카무라를 놀렸다.

"다수결 결과니 어쩔 수 없지."

나카무라는 눈썹을 찌푸리면서 어쩔 수 없다는 듯이 그렇게 말했다.

"그럼 리벤지를 기대할게! 토모자키 군에게도 어패로 리벤지해!"

교실 안에 있는 이들 모두가 그 말을 듣고 크게 웃었다. 뭐야. 금기가 순식간에 개그로 변했다. 뭐가 어떻게 된 거지.

"알았다고! 박살을 내줄 테니까 두고 봐, 토모자키."

나카무라는 연기하는 듯한 말투와 표정으로 나를 쳐다보았다. 이렇게 똑바로 눈길이 마주치니 진짜로 상대방이 화가 난 것 같아서 무섭다. 역시 나는 남과 시선을 맞추는 게 고역이다.

"그, 그래. 바라는 바야."

내가 그런 소리를 한 순간, 가정과목 교사가 들어왔다. 완벽한 타이밍이다.

설마 아오이가 여기까지 계산한 건…… 에이, 그럴 리가 없어.

"아까는 고마웠어, 아오이~! 진짜 멋졌다니깐!"

"아하하. 고마워, 하나비."

수업이 끝난 후, 나카무라가 교실을 나서자마자 나츠바야시 양이 히나미를 꼭 끌어안았다.

"내가 또 분위기를 망칠 뻔 했어."

"그럴 것 같았어. 하나비는 감정이 표정에 훤히 드러나잖아."

히나미는 그렇게 말하면서 자신을 꼭 끌어안은 나츠바야시 양의 머리를 쓰다듬어줬다. 이 장면 자체는 절로 흐뭇해지는 광경이지만, 방금 나츠바야시 양이 말한 '또 분위기를 망칠 뻔 했다'는 말은 여러모로 의미심장했다. 바로 그때, 나나미 양이 '타마도 수고했어~! 잘 참았네!'하고 말하며 나츠바야시 양을 흉내 내는 것처럼 두 사람을 향해 뛰어갔다.

그리고 그대로 히나미와 나츠바야시 양을 한꺼번에 꼭 끌어안았다.

히나미에게 포옹을 당한 나츠바야시 양, 그리고 그런 나츠바야시 양을 뒤편에서 꼭 끌어안고 있는 나나미 양. 미녀 둘 사이에 끼인 조그마하고 귀여운 소녀, 라고 하는 멋진 여고생 샌드위치 상태다.

"앗! 멋대로 끌어안지 마!"

나츠바야시 양은 주의를 주는 듯한 어조로 그렇게 말했지만, 나나미 양은 전혀 개의치 않았다.

"참 잘했도다~! 칭찬해 주겠노라!"

나나미 양은 그렇게 말하면서 양손으로 나츠바야시 양의 머리를 거칠게 쓰다듬었다. 그리고 나츠바야시 양이 손을 쳐내자, 나나미 양은 물 흐르는 듯한 동작으로 그녀의 귓가에 있는 머리카락을 쓸어 넘기더니, 노출된 귀를 입술로 부드럽게 깨물었다.

"꺄아?!"

그 반응을 본 나나미 양은 희죽 웃으면서 기뻐하더니, 길고 새하얀 손가락이 나츠바야시 양의 다른 쪽 귀와 목덜미 사이의 라인을 매만졌다. 나츠바야시 양이 몸을 부르르 떤 순간, 나나미 양은 그녀의 귀를 날름 핥았다. 그러자 나츠바야시 양은 몸을 더욱 격렬하게 떨었다.

"앗, 밈미……! 그건…… 앗! 간지럽…… 아앗!"

나츠바야시 양은 못 참겠다는 듯한 목소리로 그렇게 말하며 히나미를 꼭 끌어안았다. 게슴츠레 눈을 뜬 나나미 양은 볼을 붉게 물들인 채, 뜨거운 숨결을 토했다.

"미미미, 너무 심하잖아."

히나미는 어이없다는 투로 그렇게 말하며 미나미 양의 머리에 살며시 꿀밤을 날렸다. 나나미 양은 황홀한 표정으로 히나미 쪽을 쳐다보았다. 그리고 그녀는 씨익 웃었다. 그러자 히나미는 뒷걸음질을 치려고 했지만, 나츠바야시 양에게 포옹을 당하고 있는 탓에 물러설 수가 없었다. 그 사실을 눈치챈 나츠바야시 양이 히나미에게서 떨어졌지만, 이미 늦었다. 히나미는 나나미 양의 사정거리에서 벗어나지 못한 것 같았다.

"흐음……? 아오이가 그런 소리를 하는 거야~?"

아까와 마찬가지로 밝은 목소리지만, 왠지 장난기와 어른스러운 분위기가 어려 있는 것 같았다.

"에잇."

"꺄앗?!"

나나미 양은 히나미의 오른쪽 옆구리를 가볍게 두드렸다. 그러자 히나미는 그녀답지 않게 요염하기 그지없는 목소리를 흘렸다. 그리고 나나미 양의 검지와 중지가 발걸음을 옮기듯 움직이더니, 히나미의 옆구리에서 겨드랑이 아래쪽으로 이동했다. 느릿하면서도 상대를 애태우는 듯한 손놀림이었다.

"아오이는 여기가 약하지?"

"그만…… 해! 미미미……!"

히나미는 두 팔을 붙여서 겨드랑이를 지키더니, 자신의 몸 위를 걷고 있는 나나미 양의 손을 쳐냈다. 그러자 나나미 양은 그 틈을 노리듯 나츠바야시 양에게서 떨어지더니, 미끄러지듯 히나미의 뒤편으로 이동했다. 그리고 오른손을 히나미의 허리 쪽에 두르더니, 그녀의 셔츠와 치마 사이의 틈을 통해 왼쪽 갈비뼈 쪽으로 손을 집어넣었다. 또한 왼손으로 히나미의 턱을 살며시 잡더니, 검지를 그녀의 입술에 댔다. 그와 동시에 왼손 팔꿈치로 히나미가 왼손을 움직이지 못하게 했다. 우와, 엄청난 기술이네.

"어, 뭐~? 아오이~, 방금 뭐라고 했어~?"

나나미 양은 움직임을 멈추더니, 히나미의 볼에 자신의 숨결이 닿을 정도의 거리에서 그렇게 속삭였다.

"그러니까, 그만, 히익?!"

히나미가 말을 하려던 순간, 옆구리에 닿아있던 나나미 양의 오른손이 원을 그리듯 움직였다. 말을 하려던 타이밍에 이런 일이 벌어지자, 히나미는 크게 숨을 토했다. 나를 비롯한 인기 없는 남자들은 무표정한 얼굴로 그 광경을 지켜보고 있었다.

"뭐~? 다시 말해줄래?"

히나미는 '적당히…… 좀……'하고 말하며 자유롭게 움직일 수 있는 오른손을 비틀면서 앞으로 내밀었다. 저건 팔꿈치 치기를 날리기 위한 예비동작이다.

"에잇♡"

"으응?!"

입술을 매만지던 왼손이 어느새 히나미를 끌어안듯 오른쪽 옆구리 안으로 쏙 들어갔다. 그러자 히나미는 반사적으로 옆구리를 오므렸고, 결국 팔꿈치 치기를 날리지 못했다. 나나미 양은 이동을 하면서 얼굴을 내밀더니, 키스를 하려는 게 아닐까 싶을 정도로 히나미를 향해 다가가면서 '유감♡'하고 말했다. 요염한 미소다. ……그러자, 히나미 또한 나나미 양을 향해 얼굴을 내밀었다. 그리고 두 사람은 서로를 응시했다. 두 사람 다 눈동자가 촉촉하게 젖어 있었다. 어, 대체 뭐가 어떻게 되고 있는 거지.

히나미는 그대로 나나미 양의 입술을 향해 자신의 입술을 내밀었다. 어? 진짜로 하려는 거야? 그리고 입술이 닿을락 말락 하던 순간, 히나미는 약간만 입술을 벌렸다. 나나미 양 또한 천천히 입술을 벌렸다. 두 사람의 입술이 서서히 다가가더니, 그리고……

후우————.

"꺄아앗?!"

히나미가 나나미 양의 입 안에 숨을 토했다. 뜻밖의 기습을 당한 나나미 양은 그대로 히나미에게서 떨어지더니, 뒤편으로 몇 걸음 물러섰다. 나나미 양은 손가락을 입술에 대더니, 히나미를 향해 분함과 즐거움과 만족스러움이 뒤섞인 미소를 지었다. 볼 또한 붉혔다.

"……으음, 역시 아오이는 못 당하겠네."

히나미는 어이없다는 표정을 지었다. 그리고 약간 어린애 같은 목소리로 이렇게 말했다.

"미미미는 진짜 바보야! 이제 질렸으면 앞으로 이런 짓 하지 마. 알았지?"

"으음, 질렸다기보다……."

미나미 양은 젖은 눈동자로 히나미를 올려다보며 말

했다.

"다음에는 지지 않을 거야, 같은 느낌이 드는데 말이지~."

미나미 양은 그렇게 말하면서 혀를 살짝 내밀었다. 그리고 귀엽게 윙크를 날렸다.

"무슨 말도 안 되는 소리를 하는 거야! 아무튼, 이걸로 성희롱은 끝!"

나츠바야시 양은 나나미 양을 손가락으로 가리키며 그렇게 외쳤다.

"아하하. 여전히 아오이 말은 잘 듣네."

"그렇지 않아!"

그렇게 말한 나츠바야시 양은 고개를 돌리더니…….

"……밈미, 아까는 정말 고마웠어."

……진지한 눈길과 어조를 띠면서 그렇게 말했다.

"……뭐가 말이야~? 나는 아무 것도 안했어~."

"정말! 그런 소리 좀 하지 마! 잔말 말고 순순히 내 감사 인사를 받아들이란 말이야!"

"어~? 타마는 때때로 어려운 소리를 한다니깐! ……참! 타마는 원래 그런 애였지!"

나나미 양은 장난기 어린 목소리로 그렇게 말했지만, 왠지 의미심장하게 들렸다. 방금 나츠바야시 양이 고맙다고 말한 건 나나미 양이 아까 계속 밝게 행동해줬기 때문일까. 확실히 그때는 엄청 도움이 됐다.

백합 낙원 같은 광경이 끝나자, 남자 관객들은 가정실습실 밖으로 우르르 빠져 나갔다. 나도 그들 사이에 섞여 밖으로 나갈까 생각했지만, 곧 생각을 바꾸며 그녀들을 향해 걸어갔다. 나 또한 당사자 중 한 명인데, 히나미도 같이 있으니 여러모로 안심이 되었다. 게다가 목표를 달성하기 위해서도 이래야 할 것 같았다.

"아, 히나미…… 양. 아까는 고마웠어. 덕분에 살았어."

히나미는 영업용 스마일로는 전혀 보이지 않는 자연스러운 미소를 머금은 채 내 말을 들었다. 이중인격자 같네.

"괜찮아~! 그것보다 토모자키 군은 의외로 재미있는 소리도 하네. 뒤편에서 네 이야기를 들으며 웃고 있었어."

여고생스러운 그녀의 어조를 들으니 왠지 웃음이 났다.

"아, 그냥 내 생각을 말한 것뿐인데……."

"그럴 것 같았어."

"아하하하하하! 아직도 그런 소리를 하는 구나!"

히나미가 미소를 짓고 있을 때, 옆에 있던 나나미 양이 폭소를 터뜨렸다.

"나나미 양, 너무 웃는 거 아냐?"

"아, 미안…… 참, 미미미라고 불러도 돼!"

"어, 그 말은……."

"얘를 나나미 양이라고 부르는 건 아마 선생님들 뿐일 거야~!"

히나미가 그렇게 말했다. 나나미 양이 시키는 대로 하라는 명령 같았다. 뭐, 좋다. 이름으로 부르는 것보다는 훨씬 나을 것이다.

"뭐, 알았어. 미미미라고 부를게."

"잘 부탁해, 토모자키!"

"하나비는 어떻게 할래?"

"나는 어떻게 부르든 딱히 상관없어."

"그럼…… 타마라고 부르는 건 어때?"

히나미는 그런 제안을 했다.

"아오이?!"

나츠바야시 양은 화들짝 놀란 표정을 지으며 히나미 쪽을 쳐다보았다.

"아하하하하! 그거 괜찮네! 토모자키와 나는 이제 타마 동료야!"

"으…… 음. 왜 타마라고 부르는 거야? 그녀의 이름은 나츠바야시 하나비잖아?"

"그게 말이지~. 불꽃놀이를 할 때 타마야~라고 말하잖아(일본어로 불꽃놀이를 하나비(花火)라고 하며, 불꽃놀이를 하면서 타마야~ 라고 외치는 점을 이용한 언어유희.)? 그래서 타마라고 부르는 거야! 그리고 귀엽잖아!"

나나미 양…… 미미미는 즐거운 듯한 목소리로 그런 설명을 했다.

"맞아! 타마가 딱이네!"

"아오이도 배신하는 거야?!"

이것도 명령이겠지. 좀 허들이 높기는 하지만 그래도 이름으로 부르는 것보다는 나을 것이다.

"으음, 그럼 타마…… 양?"

"아하하하하! 그렇게 부르니 마치 동물 이름 같아!"

"남의 이름 가지고 장난치지 마!"

"으음, 그럼……?"

내가 혼란스러워하자, 타마 양은 별 생각 없는 듯한 투로 말했다.

"그냥 타마 양이라고 불러. ……이미 익숙해졌거든."

딱히 질색하는 듯한 표정은 아니었다. 오히려 이 상황과는 어울리지 않을 만큼 표정이 진지했다. 약간 장난스러운 분위기 속에서 이런 표정을 짓고 있는 게 좀 불가사의하기는 하지만, 딱히 거짓말을 하는 것 같지는 않았다.

"……그럼, 으음, 타마 양이라고 부를게. ……잘 부탁해."

"시시콜콜 잘 부탁할 필요 없어!"

"하하하."

이상한 애다.

그리고 교실로 이동하는데 걸리는 1~2분 동안, 나는 이 세 사람과 어찌어찌 대화를 나눴다. 뭐, 히나미가 시종일관 도와준 덕분에 말이다. 참고로 『밈미』라고 부르는 이유는 『미미미』가 발음하기 어렵기 때문이라고 한다.

── 이렇게, 예상보다 힘들었던, 격동의 첫날이 끝났다.

내가 방과 후에 제2피복실에서 기다리고 있자, 얼마 지나지 않아 히나미가 안으로 들어왔다.

"……왔구나."

"응. 그럼 바로 시작하자."

"그, 그래."

생각했던 것보다 엄숙하게 시작되었기에, 좀 긴장됐다.

"……우선, 미션 완수 축하해."

히나미에게 칭찬받았다.

"고, 고마워."

"뭐, 상대방 쪽에서 말을 걸어오기도 했지만, 목표보다 더 많은 여자애들과 이야기를 했으니까 봐줄게."

"응. 고마워. 그 점이 불안했거든."

사실 네 명 중 세 명에게는 내가 말을 걸지 않았던 것이다.

"자아, 직접 해본 감상을 말해줄래?"

"감상?"

"뭐든 좋아. 가장 인상에 남았던 건 뭐야?"

"아, 많은 일들이 연달아 터지기는 했는데……."

나는 머리를 감싸 쥐었다.

"뭐, 그래도 가장 인상에 남은 건…… 가정실습실에서의…… 어패 이야기일 거야."

"어패 이야기?"

"히나미가 반 애들 앞에서 나카무라가 어패로 나한테

졌다는 이야기를 했잖아."

"아, 그거 말이구나."

히나미는 쓴웃음을 지었다.

"게다가 그걸 웃음거리로 삼았지? 그때는 정말 놀랐어."

"뭐, 반성회니까 내가 아니라 네가 한 일에 대해 이야기하고 싶지만……."

"그건 그렇겠지."

"뭐, 좋아. 그건 언젠가 꼭 해야만 하는 일이었어."

"해야만 하는 일?"

"응. 나카무라는 너한테 지고 꽤 앙심을 품은 것 같아. 언급하지 않기를 바라는 것 같다고 할까, 흑역사 취급을 하고 있는 것 같다고나 할까…… 꽤 심하게 밟아줬나 봐?"

"뭐…… 찍 소리도 못할 정도로 자근자근 밟아줬어."

"그럴 줄 알았어."

히나미는 또 쓴웃음을 지었다.

"그게 문제가 되는 거야?"

"그렇지는 않아. 하지만 주위 사람들이 그걸 문제시하며 언급하지 않은 바람에 곪아버린 것 같아. 져서 분한 마음과, 아무도 그걸 언급하지 않으면서 발생한 거북한 분위기 같은 게 발산되지 않은 채 나카무라의 마음속에 쌓여가고 있었어."

"그래?"

"응. 시간이 지나며 점점 쌓인 끝에, 풍선처럼 빵빵해진

거야. 그래서 더 언급하기 힘들어진 거지. 뭐, 내가 보기에
는 말이야."

"그랬구나."

"그렇게 되면 나카무라는 너한테 더욱 신랄해질 테고,
풍선 안의 공기를 빼는 것도 어려워질 거야. 나카무라는
반의 중심인물이니까, 그가 너한테 신랄하게 대하면 네 지
위도 안정되지 않아. 리얼충이 되는 게 네 목표니까 그런
상황에 처하는 건 좋지 않을 거야. 그래서 가능한 한 빨리,
풍선에 바늘을 찔러 넣어서 폭발시킬 필요가 있었어."

"폭발?"

"응. 톡 하고 찌르는 거야. 남들 앞에서 그걸 언급해서,
그냥 웃고 넘길 일로 만든 거지."

웃고 넘길 일로 만든다. 말은 쉽지만……

"쉬운 일이 아니잖아?"

"맞아. 기술적으로는 그렇게 어렵지 않지만, 아마 다른
사람은 못할 거야."

히나미는 그렇게 말하며 씨익 웃었다.

"그런 일을 할 용기가 없거든."

"그, 그렇구나……"

우와. 이 사람, 무서워.

"뭐, 내가 이번에 한 건 그런 일이야. 이제 나카무라의
태도도 조금은 부드러워질 거라고 봐."

설마 거기까지 생각한 끝에 그렇게 화려한 행동을 취했

을 줄이야.

"그럼 다시 본론에 들어갈게. 오늘 네가 한 일 중에서 뭐가 가장 인상에 남았어?"

내가 한 일, 중에서……

"으음, 내가 대화의 요령을 너무 모른다는 점일 거야."

"요령?"

"뭐랄까…… 분위기를 띄우기 위해 건네는 적절한 한 마디 같은 게 생각이 안 나."

"아하……. 하지만 가정실습실에서 이야기할 때는 분위기를 잘 이끌어갔잖아. 솔직히 말해 좀 놀랐어."

"아…… 그건 요령 같은 게 아냐."

"아니라니?"

"머릿속에 떠오른 생각을 그대로 말했는데, 그게 우연히 잘 먹혔던 것뿐이야. 그러니 커뮤니케이션 같은 건 아니었어."

"자기 생각을 솔직하게 말했을 뿐이니, 커뮤니케이션이 아니다?"

히나미는 상대의 마음속을 읽으려는 듯한 눈길로 나를 쳐다보았다.

"그래."

"그건 착각이야."

"뭐?"

"잘 들어. 대화라는 건 원래 『자기가 머릿속으로 한 생각」을 상대에게 전하는 거야."

"어, 그랬다간…… 자기 아집을 강요하는 거나 다름없지 않아?"

서로가 서로의 의견을 존중하고, 공감하는 것이 대화 아닐까? 미미미처럼 말이다.

"그렇지 않아. 너는 상대의 생각에 동조하거나 공감하는 게 대화라고 생각하나 본데, 그건 대화의 본질이 아냐."

이 녀석이 방금 말한 것처럼, 나는 동조와 공감이 대화라고 생각한다.

왜냐하면 이 세상을 살아가는 어른도, 클래스메이트도, 전부 그러고 있다. 적어도 나한테는 그렇게 보였다. 그리고 나는 그게 맞지 않기 때문에, 어디에 있든 숨이 막히는 것이다.

"본질이 아니라고?"

"응. 뭐, 상대의 말을 무시하며 자신의 생각만 고집한다면 그건 아집이나 다름없겠지. 하지만 이번에는 그렇게 되지 않았잖아?"

어, 뭐?

"그랬어?"

"응. 너는 미미미의 말을 듣고 '요즘 애들은 공감능력이 대단하네'하고 생각했지? 그래서 그걸 그대로 상대에게 전한 거야. 그건 상대의 말을 듣고, 자신이 생각한 거잖아. 그럼 그건 아집이 아냐."

"어…… 그런 거야?"

"확실히 동조와 공감만 하는 편이 상황이 원만하게 굴러갈 때도 많아. 하지만 인간의 직감은 의외로 날카로워. 그런 사람은 언젠가 간파당하고 말아. 그러니 결국 장기적으로 봐서 최종적으로 타인에게 신뢰받을 수 있는 이는 상대의 말에 무턱대고 동조하기만 하는 사람이 아니라, 상대의 말을 듣고 생각을 해봐서 나온 대답을 말해주는 사람이야. 그리고 너는 그렇게 했어. 그러지 못해서 고민하는 사람도 정말 많은데 말이야."

"그, 그렇구나."

알쏭달쏭한 이야기였다.

"그러니까, 오늘 네가 실천한 것 중에서 그 부분만큼은 처음 해본 것치고는 대성공이야."

우와. 대성공이라는 말을 들으니 정말 기뻤다.

"하지만 다른 부분은 완전 꽝이야. 칭찬할 곳이 전혀 없어. 키쿠치 양 때는 최악이었어. 휴지를 빌려 달라서 줬더니 히죽거리지 않나, 코도 대놓고 풀었잖아. 그야말로 최악 중의 최악이었어. 쥐구멍에 들어가도 부족할 지경이란 말이야."

"히나미 양……. 당근과 채찍 중에 채찍 쪽이 너무 세요……."

"무슨 소리를 하는 거야. 그게 전부가 아니거든? 너, 가정실습실에서 내가 없을 때 여자애에게 말을 걸었지? 내가 말 안 했어? 내가 있는 자리에서 말을 걸라고 했잖아."

"아니, 그게……."

"잘 들어. 이번에는 내가 있을 때 나카무라가 난입해서 살았지만, 만약 내가 없었다면 어떻게 됐을 것 같아? 하나비가 화를 냈을지도 모르고, 네가 구경거리 취급을 당했을지도 몰라. 그렇게 되면 목표 달성이 더 힘들어지겠지?"

"미, 미안해. ……어? 그럼 네가 자기가 있을 때 하라고 한 건 여차할 때 나를 도와주기 위해서야?"

"당연하잖아. 제대로 했는지 확인하는 것 정도는 나중에 네가 말을 건 여자애에게 물어보면 바로 알 수 있는 걸."

"히, 히나미……."

정말 상냥해…….

"저기, 혹시 내가 너를 걱정한다고 생각하는 거야? 목적 달성을 위해 최선을 다하기로 결정했으니까, 괜한 수고를 줄이고 싶은 것뿐이야."

"아, 그렇군요."

"그리고 돕기만 하는 게 아냐. 네가 말을 걸었을 때 여자애가 보이는 첫 리액션을 통해서, 대화의 분위기, 네 대화 스킬 같은 걸 보고 앞으로의 지침을 결정하고 싶거든. 누구와 친해지는 방향으로 나아갈지, 어떤 연습을 할지 같은 걸 말이야."

"그, 그런 것까지 생각하는 거야?"

"당연하잖아. 보스에게 도전할 때, 상대의 능력을 파악

해서 지금 레벨로 이길 수 있을지 확인하지 않으면 이길 수가 없잖아?"

"그건……."

나는 진심에서 우러나온 말을 입에 담았다.

"지당하기 그지없는 의견이네."

……정말, 게임 이야기를 할 때면 정말 죽이 척척 맞는다니깐.

"자아. 그럼 앞으로의 방침 말인데…… 마스크 좀 벗어봐."

"뭐? 알았어."

나는 히나미가 시키는 대로 마스크를 벗었다. 그러자 만면의 미소가 훤히 드러났다.

"이제 평소 같은 표정을 지어봐."

나는 시키는 대로 했다.

"응. 꾸준히 했더니 효과가 있네."

"뭐?"

"자아, 어때?"

"아~."

나는 손거울을 보고 약간 놀랐다. 평소와 다름없는 표정을 지을 생각이었는데, 예전에 봤을 때보다 입가에 힘이 들어간 것처럼 보였다.

"이틀 만에 이렇게 달라진 걸 보니 열심히 하고 있나 보네. 잘했어."

"뭐, 네가 항상 하라고 했잖아."

"으음…… 이 정도면 괜찮겠지. 앞으로는 항상 하지 않아도 돼. 다른 사람과 대화를 나눌 때나 피곤할 때는 쉬어. 마스크도 남들 앞에서 벗어도 돼. 하지만 때때로 거울 앞에서 입가를 체크하면서 자연스럽게 입꼬리가 올라가려면 얼마나 힘을 줘야 하는지 파악하고, 항상 그 상태를 유지하려고 노력해. 그걸 무의식적으로 할 수 있게 되면, 이 훈련은 끝나."

"오오, 그렇구나! 알았어!"

나도 나름 진보하고 있는 거구나. 좋아. 앞으로도 매일같이 해야지.

"……자, 이걸로 내가 할 말은 다했어. 혹시 신경 쓰이는 점 같은 건 없어?"

"으음…… 나츠바야시 양…… 타마 양 말인데…… 왠지, 아까 좀 이상하지 않았어?"

"……아, 그 때 말이구나."

히나미는 약간 난처한 표정을 지었다.

"아, 말하기 좀 곤란한 내용이라면 말 안 해도──."

"그 애는 엄청 고집이 세다고나 할까…… 솔직해."

히나미는 내 말을 끊으면서 이야기를 시작했다.

"주위의 분위기에 순순히 따르지 않아. 자신의 생각에 따라 행동해."

"흐음. ……요즘 애답지 않네."

"맞아. 그래서 친한 친구들은 그런 면을 좋아하고, 나도 좋아하지만, 성격적으로 맞지 않는 애도 있나봐."

"뭐, 그렇겠지."

요즘 애 같지 않은 면이기도 하니까 말이다.

"그리고 나카무라처럼, 주위의 분위기를 컨트롤해서 남과 커뮤니케이션을 취하는 타입과는 상성이 나빠."

아하~.

"음, 그럴지도 몰라."

"그 탓에 몇 번…… 다툼이 일어났어. 하나비도 그게 트라우마가 된 것 같고, 자기 책임이라고 생각해. 하지만 나카무라도 고집이 센 하나비를 어떻게든 자기 말을 듣게 만들 작정인 것 같아. 자존심 혹은 고집 때문에 그러는 거니까, 악의는 없는 것 같지만 말이야. ……뭐, 나한테만 그렇게 보이는 걸지도 몰라."

"아~. 하지만 그렇다면…… 꽤 골치 아프게 됐네."

내가 그렇게 말하자…….

"맞아! 내가 있을 때라면 오늘처럼 어떻게 되지만, 나카무라 상대로 아까 같은 짓을 할 수 있는 사람은 나뿐이거든. 내가 안 보는 데서 하나비에게 또 트라우마가 생길지도 몰라. 하지만 나도 항상 하나비에게 붙어있을 수는 없잖아? ……그래서 골치가 아픈 거야."

히나미는 감정이 희미하게 드러나는 듯한 어조로 그렇게 말했다.

"……너조차도 어쩌지 못하는 일이 있구나. 너라면 뭐든 다 할 수 있을 거라고 생각했어."

내가 별 생각 없이 그렇게 말하자, 히나미는 일전에 봤던 우려 섞인 표정을 지으며 낮은 목소리로 '내가 할 수 있는 일 같은 건 없어'하고 말했다.

"뭐?"

"……같은 소리를 할 줄 알았어? 내가 할 수 없는 일 같은 건 이 세상에 존재하지 않아. 언젠가 하나비의 문제도 해결하고 말 거야."

"그, 그래?"

히나미는 또 평소처럼 자신만만한 표정을 지었다. ……농담한 거야? 연기력 낭비도 작작했으면 좋겠다는 생각이 들었다.

"하지만…… 타, 타마 양은 남들에게 맞춰주라고 말해봤자 자기 뜻을 굽히지 않을 것 같아."

"맞아. ……그리고 나는 그 애가 그러지 않았으면 해. 실오라기 하나 걸치지 않은 자신의 마음을 그대로 드러낼 수 있는 애는 많지 않거든."

"뭐, 그런 애는 흔치 않긴 하지."

"하나비는 언제나 마음을 알몸인 채로 두니까, 마음의 방어력도 낮아. 그러니 누군가가 갑옷이 되어주거나, 날아오는 공격을 막아주지 않으면 마음이 금방 너덜너덜해져. ……뭐, 하나비에 관해서 해줄 이야기는 이게 전부야."

"그렇구나."

내가 감탄하면서 고개를 끄덕이자, 히나미는 '그러니까 어쩌면 너와 상성이 좋을지도 몰라' 하고 말했다.

"뭐? 그래? 어째서?"

"……뭐, 아무튼 오늘 있었던 일과 배운 점을 오늘 밤에 네 나름대로 생각해봐. 그냥 남의 지시에 따르기만 해선 성장 속도가 느려. 그러니 스스로 납득 할 필요가 있어. 알았지?"

"으. 응. 알았어."

"그럼 오늘은 이쯤에서 끝내도 되지?"

내가 '그래'라고 말하자, 히나미는 나한테 먼저 제2피복실을 나서라고 지시했다. 히나미도 나와 시간차를 두며 이곳을 나선 다음, 하교할 거라고 말했다. 나는 그 말을 듣고 순순히 하교하다…… 나중에야 깨달았다. 이럴 때는 레이디 퍼스트인 편이 좋겠지. 리얼충으로서는 말이야. 나는 아직 멀었다니깐.

***

잠을 자기 위해 침대에 누운 나는 히나미의 지시에 따라 나름대로 생각해보려 했다. 하지만 대체 어떤 생각부터 하면 좋을까. 솔직히 말해 나는 인간관계 관련 경험치가 압도적으로 낮다. 그러니 오늘 경험만으로 히나미보다 더 정확한 분석을 하라고 한다면 꼬리를 말고 도망칠 수밖에 없다. 아무튼 오늘 내가 느낀 것은 집단이라는 전장에서는 분위기라고 하는 눈에 보이지 않는 괴물이 내 생각보다 더 활개치고 있다는 점이다. 그럼 그 분위기라는 것과 어떻게 싸우면 좋을지는 전혀 짐작도 되지 않았다. 아니, 싸운다는 표현 자체가 옳은지도 모르겠다. 아는 거라고는 눈에 보이지 않는 괴물을 능숙하게 길들인 히나미나 나카무라 같은 맹수 조련사가 집단이라는 전장을 제압하고 있다는 점뿐이다. 원형 콜로세움에서 히나미와 나카무라가 대치하고 있으며, 그들은 중앙에 있는 거대한 괴물을 자신의 손에 익은 무기로 조련해서 상대방을 먹어치우게 하려 한다. 나카무라는 채찍을 쥐고 있고, 히나미를 망토를 걸쳤다. 그런 광경이 내 머릿속에 떠올랐다. 서로를 직접적으로 공격하지는 않는다. 어디까지나 분위기에게 서로를 죽이라는 명령을 내리고 있었다. 나도 그 전장에서 싸울 수 있을까. 상상조차 되지 않았다. 나는 그런 생각을 하면서 그대로 잠에 빠져들었다.

　——참고로 히나미에게서『오후 일곱 시 반에 5선승 승부』라는 감정 제로의 메일을 받고 시작된 프렌드 대전은 나의 5연승으로 막을 내렸다. 아직 멀었어.

3 솔로로 사냥을 했더니 경험치가 잔뜩 들어와서 깜짝 놀랐다

"오늘부터 자세도 교정할게."

다음날 아침, 히나미는 나에게 이런 지령을 내렸다.

"자세?"

"응, 자세. 기억 나? 인간의 겉모습에서 중요한 건 표정, 체격, 자세라고 내가 말했었잖아."

"아, 기억해."

히나미의 방에서 이야기를 나눴을 때 들었다.

"그 세 개를 어떻게든 한다면 그걸로 기초는 끝이야. 너는 체격이 평범한 수준이니까, 표정과 자세만 고치면 합격점에 도달할 수 있어. 마스크 트레이닝으로 표정은 교정하고 있으니까, 이제 자세만 손보면 돼."

의외로 골은 멀지 않은 것 같았다.

"하지만 대체 어떻게 자세를 손볼 건데? 아니, 그것보다 내 자세가 그렇게 나쁜 거야?"

"뭐, 나쁘기는 한데…… 사실 이 세상 사람들은 대부분 자세가 좋지 않아."

"아, 그렇구나. 그럼 자세를 교정해서 눈에 띄려는 거지?"

"뭐, 절반은 맞고, 절반은 틀렸어."

"절반?"

"나쁜 자세에도 종류가 있거든."

히나미는 그렇게 말하면서 무릎을 살짝 굽히며 고개를 비틀더니, 어깨를 크게 흔들면서 안짱다리로 걸었다.

"이것도 나쁜 자세지만, 위압감이 느껴지지? 최선과는 거리가 멀지만, 그래도 일단은 리얼충들의 자세야."

"양아치 같네. 위압감이 느껴져."

"맞아. 그리고 이건……."

이번에는 허리를 굽히더니, 목을 앞으로 쑥 내밀고, 어깨를 웅크린 채 걸었다.

"이것도 나쁜 자세야. 이러고 있으면 인상이 약해 보이지."

"아~. 확실히 오타쿠나 책벌레 같은 느낌이야."

운동을 못할 것 같은 느낌이 감돌았다. 자세를 통해 그런 느낌이 꽤 달라지는 것 같았다. 그리고 히나미는 제대로 시범을 보여주고 있었다.

"즉, 사람은 하나같이 자세가 나쁘지만, 리얼충이 아닌 사람들은 나쁜 자세 중에서도 약해보이는 타입의 자세를 취할 때가 많다는 거야."

"그래? 어째서?"

"글쎄. 그 이유는 여러 가지일 거야. 리얼충이 아닌 녀석은 컴퓨터나 게임을 자주 하니까 이런 자세가 되기 쉽다, 같은 것도 이유가 될 거야."

"그렇구나."

"하지만 가장 큰 이유는 그게 아냐. 몸과 마음의 문

제지."

"몸과 마음?"

"그래. 그럼 시험 삼아 가슴을 쭉 펴고, 양손을 허리에 대며 에헴, 하고 말하는 듯한 자세를 취해볼래?"

"이, 이렇게?"

나는 히나미가 시키는 대로 자세를 취했다.

"……어때? 자세를 바꾸기만 해도 대범해진 것 같은 느낌이 들지 않아?"

"……진짜네."

확실히 가슴을 펴며 에헴 하고 말하는 듯한 자세를 취하니 자신감이 생긴다고나 할까, 나는 나의 길을 갈 거야 같은 마음이 들었다.

"……아, 하지만 네 말을 듣고 그런 느낌이 든 거 아닐까?"

"뭐, 다소 그럴지도 몰라. 하지만 긴장했을 때 팔짱을 끼기도 하지? 그리고 릴랙스했을 때 다리를 벌리거나 어깨의 힘을 빼기도 해. 그런 걸 보면 알 수 있듯이, 몸과 마음은 밀접하게 관련되어 있어. 그리고 슬플 때 미소를 지으면 슬픈 감정이 옅어진다는 건 꽤 유명한 이야기야."

"아~, 나도 들은 적 있어."

"몸이 당당해지면 마음도 당당해진다. 거꾸로 마음이 움츠러들면 몸도 움츠러든다. 어느 쪽이 항상 우선되는 게 아니라, 세트로 움직여. 그리고 리얼충은 마음이 리얼충이라서 자세도 자연스럽게 리얼충스러워 지는 거야."

"그렇구나."

히나미는 '뭐, 그러니까······' 하고 말하면서 몸매가 좋아
보이면서도 위압감이 느껴지지 않으며, 자신감과 어른스
러운 아우라가 은연중에 느껴지는 자세를 취하며 걸었다.

"이 정도 수준의 자세를 취할 필요는 없어. 솔직히 말해
서 이건 하루아침에 익힐 수 있는 게 아니거든. 비틀린 골
반과 근육 등을 오랜 시간을 들여 고쳐나가야 이런 자세를
취할 수 있어. 하지만 너는 그런 걸 할 필요가 없어. 할 필
요도 없지."

우와. 이 녀석은 정말 못하는 게 없구나.

"그럼 어쩌면 되는데?"

"그 허약해 보이는 분위기만 없애면 돼."

히나미는 내 가슴 언저리를 손가락으로 가리켰다.

"······어떻게?"

"그건 간단하게 교정할 수 있어. ······이쪽으로 와봐."

나는 고개를 갸웃거리면서 그녀가 시키는 대로 했다.

"벽에 허리와 어깨를 대. 그리고 발꿈치를 댄 상태에서
발가락 쪽을 벌려."

나는 시키는 대로 했다.

"어때? 지금 엉덩이 근육 쪽에 힘이 들어갔지?"

"응? 아, 맞아. 진짜네."

어느새 그 부분에 자연스럽게 힘이 들어가 있었다. 바로

그때, 히나미가 벽에 기대 선 나를 향해 진지한 얼굴로 다가왔다. 어, 뭐야. 코앞에 여자애의 예쁘장한 얼굴이 있었다. 등 뒤에 벽이 있어서 물러설 수가 없다. 고급스러움과 청결함이 느껴지는 이 향기는 샴푸 냄새일까요. 그리고 히나미는 천천히 나를 향해 손을 뻗더니…….

"음. 괜찮네."

……하고 말하면서 내 엉덩이를 만졌다.

"우와아앗?! 뭐, 뭐, 뭐하는 거야?!"

"체크하는 거야. 엉덩이 좀 만졌다고 호들갑 떨지 말아줄래? 너는 남자잖아?"

"어, 어이! 남자라도 놀라고 남을 상황이라고!"

그리고 심장에 나쁘니까 이런 짓 좀 하지 마! 갑자기 확 더워졌잖아!

"……왜 그런 표정을 짓는 거야? 그래도 꽤 괜찮네. 그럼 지금 엉덩이에 들어간 힘을 유지한 상태에서 발끝을 원위치로 돌려. 그리고 그대로 벽에 어깨와 허리를 대. 엉덩이에 준 힘은 빼지 마."

히나미는 아무 일도 없었다는 듯한 어조로 그런 지시를 내렸다. 나는 허둥대면서 그녀의 지시에 따랐다.

"이, 이러면 돼?"

"응. ……자아, 아까보다 당당해진 느낌이 들지 않아?"

……진짜다. 나도 모르는 사이에 그렇게 됐다.

"맞아."

"그대로 벽에서 떨어진 다음…… 이제 허약해보이지 않는 자세가 됐어. ……응. 괜찮네."

히나미는 약간 떨어진 곳에서 내 몸 전체를 쳐다보며 그렇게 말했다. 진짜?

"이거, 꽤 힘드네."

"맞아. 평소에 쓰지 않는 근육을 쓰거든. 하지만 앞으로 서있을 때는 항상 이 상태를 유지해. 가능하면 앉아있을 때도 가슴을 펴면서, 엉덩이 근육에 힘을 줘. 아무튼 너 같은 사람 중에는 항상 가슴을 웅크리고 있고, 엉덩이 근육이 축 처진 애가 많아. 그러니까 가슴을 펴고, 엉덩이에 힘을 주는 걸 습관화하는 거야."

"또 『항상』인 거냐."

"당연하잖아. 지금 하고 있는 건 캐릭터 메이킹이야. 기초능력을 손보고 있는 거란 말이야. 항상 그 상태를 유지하지 못해서야 기초능력이라고 할 수 없잖아?"

뭐, 맞는 말이다.

"알았어. 그럼 오늘 할 건 이게 전부……일 리가 없지?"

"물론이지. 이것 말고도 할 게 하나 더 있어."

역시 간단히 끝날 리가 없다.

"뭘 하면 되는데?"

"오늘은 난이도가 그렇게 높지 않아. 나와 때때로 같이 행동하면서, 미미미나 하나비, 그리고 나와 사이좋은 남자애들과 이야기를 나누기만 하면 돼."

이야기를 나눌 뿐인가. 별것 아니라는 듯이 말하네.

"뭐, 네가 있으니까 어제보다는 간단하겠네."

"그래. 그리고 이번 주 금요일까지는 쭉 이 과제만 할 거야."

"나흘 동안 계속?"

"응."

파악에 꽤 시간을 들이는군.

"그런데, 나는 그걸 통해 뭘 배우면 되는데?"

그걸 이해하고 임하지 않으면 효율이 나쁠 것 같았다.

"흐음, 꽤 적극적이네. 좋은 경향인걸."

"칭찬 고마워."

"뭐, 간단해. 경험치 벌이야."

"경험치 벌이?"

"맞아. RPG에 흔히 나오잖아? 초반에 일시적으로 엄청 센 캐릭터가 동료가 된 상태에서 강적과 싸우는 이벤트 말이야. 그리고 그 센 캐릭터는 파티에서 이탈했다가 후반에 중요 캐릭터가 되거나, 다시 파티에 참가해. 그 즈음에는 주인공들도 그 캐릭터에 버금갈 정도로 강해졌어. 그리고 '아아, 성장했구나' 같은 생각이 들지."

이 녀석은 게임 이야기를 할 때면 항상 즐거워보였다.

"그래. 있어. 왜 이 녀석은 성장하지 않은 거냐고! 같은 생각이 들기도 해."

히나미는 '맞아, 맞아!'하고 힘찬 목소리로 외쳤다. 그리고 어험 하고 헛기침을 한 다음, 말을 이었다.

"······아무튼, 그것과 같아. 나와 일시적으로 파티를 짜서 강적과 싸우는 거야. 그러면서 경험치를 버는 거지."

"아하."

핸디캡 전투로 레벨을 올리는 거다.

"그리고 겸사겸사 정보도 모을 거야. RPG에서도 보스와 한 번 싸워보면 상대의 행동 패턴을 알기 때문에, 다음에 싸울 때 뭘 하면 되는 지 알 수 있잖아? 약점이나 플레이어에게 입히는 대미지 량 같은 것도 알 수 있어. 그러면 다음에는 어떻게 공격하고, 어느 타이밍에 회복을 하면 되는지도 알게 돼."

"맞아."

"우리가 하려는 건 그런 거야. 실제 대화의 흐름을 보며 배우면 돼."

배운다, 라. 아직은 제대로 이해하지 못한 채 그냥 대화의 흐름에 휘둘릴 것 같은 느낌이 들었다.

"그냥 멍하니 보면서 막연하게 생각하기만 하면 돼? 주의 깊게 관찰해야 할 점 같은 건 없어?"

히나미는 잠시 생각해본 다음에 말했다.

"으음······ 그럼 앞으로 나흘 동안 얼추 스무 명 정도와 이야기를 할 건데, 그들과의 대화를 분석해봐."

"분석?"

그것보다 스무 명과 이야기를 한다니, 엄청난걸.

"응. 대화의 전개와 거리를 줄이는 법. 대화에 관한 각자의 방식에 대해 너 나름대로 고찰해보는 거야."

"아하…… 그래서 분석이라고 한 거구나."

해낼 수 있을지는 모르겠지만, 일단 할 수 있는 데까지 해보기로 했다.

"하지만…… 나는 모르는 애들과의 대화에 능숙하게 끼지는 못할 거야. 그건 어떻게 할 건데?"

"아, 끼지 않아도 돼."

"뭐?"

"이번에는 관찰이 목적이야. 뭐, 부자연스럽지 않도록 내가 조절할 테니까, 마음 놓고 관찰해."

이 녀석에게 맡겨도 괜찮……겠지. 아마도 말이야.

"이게 다야. 그럼 오늘은 방과 후에 말을 걸 테니까 자습이라도 하면서 기다려."

"방과 후? 오늘은 뭘 할 건데?"

내가 그렇게 묻자, 히나미는 당연한 소리를 하듯 이렇게 말했다.

"미미미와 하나비, 그리고 남자애 몇 명을 모아서 방과 후에 역 쪽으로 갈 건데, 너도 끼는 거야."

"뭐어?!"

말 몇 마디만 나누는 게 아니라, 같이 하교하라는 거냐?!

***

"그래~. 미미미는 몰랐구나."

"몰랐어~. 어, 뭐야. 다들 이걸 알고 있었어?"

"응. 알고 있었어."

"뭐, 아오이라면 당연히 알고 있었겠지."

"나도 알아."

방과 후. 교실 뒤편의 칠판의 꽤 잘 그린 그림은 사실 지금 이 자리에 있는 마츠모토 다이치가 그린 거라는 이야기를 다들 즐겁게 나누고 있었다. 그리고 하시구치 쿄야라는 남자도 함께 하교하고 있었다. 물론 나는 없는 사람 취급을 당하고 있었다. 하지만⋯⋯.

"토모자키 군은 알고 있었어?"

히나미가 항상 나에게 이런 식으로 말을 걸어줬다.

"으음, 전에 그리는 모습을 본 적이 있거든. 그래서 알고 있었어."

"어! 토모자키도 아는 걸 나만 몰랐던 거야?!"

"그건 너무 무례한 소리 아냐?! 아하하."

그리고 이런 식으로 대화의 폭을 넓혀가다 또 다른 이와 이야기를 나눈다고 하는 패턴이 펼쳐지고 있었다. 나는 히나미의 패스를 헛되이 하지 않기 위해 무난하게 토스를 했다. 일단 공이 지면에 떨어지지만 않으면, 제아무리 엉뚱한 방향으로 날아간 공일지라도 히나미가 반드시 상대편 코트에 꽂기 때문이다.

　그래서 나는 마음 놓고 이 대화를 관찰할 수 있다. 하지만 아마 완전 아마추어라서 능숙하게 관찰하고 있지는 않았다.

　"……맞아~. 정말 피곤하다니깐."

　"그러고 보니 다이치는 어제부터 피곤해 보였어."

　"아~, 실은 근육 트레이닝을 하거든~."

　"와아~!"

　다음은 남자들 간의 근육 트레이닝 대화에 미미미가 맞장구를 쳤다. 미미미는 대단했다. 이야깃거리도 내놓고, 남의 이야기에도 잘 끼어들며, 큰 웃음소리로 분위기를 띄우기도 했다. 이런 애가 천성적으로 밝은 애일 것이다. 나도 이 애의 스킬을 익혀야겠다는 생각이 들었다. 새로운 이야깃거리를 내놓지는 못하니까, 남의 이야기에 끼는 방법은 익히는 편이 좋을 것 같은 느낌이 들었다.

　"흐음, 어디를 단련하는데?"

　"온몸을 다 해. 팔도, 가슴도, 복근도, 등도, 다리도 단련하지."

　"우와."

　"아, 그럼……."

　나는 대화에 끼어들었다. 기회는 지금 뿐이다! 하고 생각하면서 말이다. 눈가가 약간 경직된 히나미가 나를 쳐다보았다. 어? 실수한 거야? 하지만 이제 돌이킬 수 없어.

해보는 수밖에 없다고.

"엉덩이 근육도 단련하는 거야?"

영문을 모르겠다는 분위기가 주위를 가득 채웠다.

***

"어제는 정말 죄송했습니다!"

다음날 아침. 제2피복실. 나는 히나미의 얼굴을 보자마자 바로 사과했다.

"……엉덩이 근육 이야기 말이야?"

"예! 괜한 발언으로 분위기를 이상하게 만들어서 죄송합니다!"

나는 『엉덩이 근육 이야기』라, 왠지 여러모로 엄청난 이야기 같네.'하고 생각하며 진심으로 사과했다.

그 후, '어? 엉덩이 근육 같은 건 보통은 단련 안 할 걸?' 하고 마츠모토 다이치가 당혹스러워하면서 말하면서 '어? 혹시 개그한 거야?'같은 위험한 분위기가 생겨났다. 하지만 바로 그때, 히나미가 '아, 나는 엉덩이도 단련해~'하고 천연덕스럽게 말해준 덕분에 어찌어찌 넘어갔다. '아오이의 나이스바디 비결은 엉덩이 근육?!'같은 흐름이 만들어진 것이다. 그 후, 나는 입을 다물고 얌전히 있었다.

"제멋대로 행동해서 정말……."

"똑같은 소리 여러 번 할 필요 없어. 딱히 개의치 않거든."

"뭐?"

"네 나름대로 생각해서 행동한 결과잖아? 뭐, 헛수고로 끝나기는 했지만, 네 시도를 칭찬하면 했지, 꾸짖을 생각은 없어."

"히…… 히나미……."

정말 마음이 넓은 녀석이야…….

"그것보다 내가 준 과제는 어떻게 됐어? 이상한 행동을 하느라 과제를 제대로 하지 않았다면 진짜로 화낼 거야."

"아, 일단은 했어. 내 나름대로 생각해보며 분석해봤지."

"그럼 됐어. 아직 사흘이나 남았으니까, 보고는 마지막에 한 번에 들을게. 그럼 오늘은 이만 끝내도 되지?"

"아, 잠깐만 있어봐."

"응? 질문이라도 있어?"

"아, 질문이랄까…… 사건이랄까……. 실은 어제 하굣길에……."

"……무슨 일 있었던 거야?"

히나미가 경계심 어린 눈길로 쳐다보는 가운데, 나는 어제 있었던 일을 이야기했다.

***

"그럼 안녕~."

"잘 가~."

"내일 봐~."

나를 포함한 여섯 명은 학교에서 나와 역에 무사히 도착했고, 그 다음에는 흩어져서 열차를 타게 됐다.

"아, 열차가 왔네. 나는 이걸 타야 해."

"아, 나도 그래! 그럼 안녕!"

"바이바이~!"

"내일 보자~."

다들 그런 말을 하면서 흩어졌다. 히나미는 나와 반대 방향이며, 방금 열차를 타고 갔다. 즉, 나는 이제부터 같은 방향으로 가는 이들과 히나미가 없는 상황에서 이야기를 나눠야만 하는 것이다.

하지만 히나미도 그 점을 알고 있는지 '뭐, 열차 안에서 십여 분 정도 같이 있기만 하면 되니까 괜찮을 거야. 미미미와 다이치도 같은 방향이잖아. 그 두 사람이라면 너한테 말을 걸어줄 거야. 두 사람 다 내리는 역이 너와 다르고, 미미미도 같이 있으니까 별 문제는 없겠지'하고 말했다. 히나미가 당연하다는 듯이 이 자리에 있는 이들이 내리는 역까지 파악하고 있다는 사실에 경악하면서도, 나는 안심했다.

그리고 열차 안. 커뮤니케이션 능력의 화신 같은 미미미와 다이치 덕분에 나는 어찌어찌 대화를 이어나갈 수 있었다. 특히 미미미는 나에게 자주 말을 걸어줬고, 내가 어찌어찌 대답을 하면 그 안에서 재미있는 부분을 찾아내서 웃어줬다. 일전의 가정실습실에서와 비슷한 느낌이며, 바보 취급을 당하고 있는 것 같지도 않았다.

그래서인지 대화에 있어서만큼은 미미미가 히나미에게 버금갈 정도로 대단하다는 생각이 들었다.

그리고 나는 내려야 하는 역에 도착했다. 이걸로 오늘 미션 클리어! 라고 생각했다.

"아, 나는 여기서 내려. 그럼 다음에 봐."

"아, 그렇구나! 나도 내려! 자아, 같이 돌아가자~!"

"뭐?!"

같은 역?! 히나미 양, 어떻게 된 겁니까?

"그래, 잘 가. 토모자키, 허튼 짓 하지 말라고~."

잠깐만! 이렇게 당황한 순간에 그런 강렬한 농담을 건네지 말라고!

"아, 아니, 아, 안, 건드려!"

"당황했네……! 혹시 저, 나나미 미나미는 현재 정조의 위기에 처한 건가요?!"

"아하하하하하! 괜한 소리 그만하고 문 닫히기 전에 내려. 내일 보자~."

나는 미미미와 함께 열차에서 내렸다.

"어, 미미미도 진짜로 여기서 내리는……."

열차의 문이 닫혔다.

"……지, 진짜구나……."

"맞아~. 그런데 왜 그런 걸 물어보는 거야?"

"아, 아니, 그게…… 아무 것도 아닙니다."

     ***

"미미미는 나와 내리는 역이 다르다며?"

내가 추궁하자, 히나미는 납득이 되지 않는 듯한 표정을 지었다.

"으음…… 미나미는 기타요노 역에서 내리지? 그리고 너는 오미야에서 내리니까……."

"나도 기타요노에서 내려!"

"뭐……?"

히나미는 그렇게 말하며 잠시 생각에 잠기더니, 곧 화들짝 놀라면서 고개를 들었다.

"……너, 나를 신경을 써줬구나……. 내 실수야. 거기까지 생각이 미치지 않았어……."

"무슨 소리야?"

"나는 너희 둘이 내리는 역이 다르다고 말했지?"

"맞아. 그게 왜?"

"그리고 nanashi와 NO NAME의 오프 모임 때, 너희 집 근처 역에서 만나기로 했었잖아!"

"……앗!"

그렇게 된 거구나! 나는 그때 상대방을 생각해 교통편이 편한 터미널 역에서 만나자고 했다. 그래서 히나미는 내가 내리는 역을 착각한 것이다…….

"뭐, 후회해봤자 소용없어. 이미 지나간 일이니까 그냥 잊자. ……그리고, 어떻게 됐는데?"

"그, 그게……."

하나미의 재촉에 나는 계속 이야기를 이어나갔다.

***

역을 나선 우리는 길을 따라 걸었다. 나는 긴장한 탓에 발이 꼬일 것만 같았다.

"이렇게 단둘이서 이야기를 나누는 건 처음이네~. 아, 제대로 이야기를 나눈 것도 얼마 전부터였지!"

미미미는 자기 이마를 살짝 때리면서 웃음을 흘렸다.

"그, 그래."

"왜 긴장한 거야~? 당당하게 행동하란 말이야~!"

미미미는 내 등을 약간 세게 때렸다.

"아얏! 아프다고!"

"어~. 그~래~?"

미미미는 활기차게 웃었다. 왠지 평소보다 더 밝아 보였다. 그녀 나름대로 나를 배려해주고 있는 걸까.

"미, 미미미는 항상 활기차네……."

"그렇지~? 나는 활기와 미소만으로 이 세상을 살아가거든~."

"아하하. 대단하달까…… 고생이 많을 것 같다고나 할
까……."

"고생?"

미미미는 불가사의한 표정을 지으며 내 얼굴을 들여다
보았다.

"어…… 그야 활기차게 행동할 수 없을 때나, 미소를 지
을 수 없을 때도 있을 거잖아. ……안 그래?"

미미미는 눈을 깜빡거렸다.

"무슨 소리 하는 거야! 힘들 때야말로 미소를 지어야지!
안 그러면 더 힘들잖아!"

"아~."

히나미도 비슷한 말을 했었다. 몸과 마음은 링크된다,
같은 내용이었다.

"들은 적 있어. 자세나 표정이 밝아지면 마음도 밝아
진다는 거지?"

"맞아! 그러니까 활기차게 행동하며 미소 짓는 편이 훨
씬 즐거울 거라고 생각해!"

나는 그런 그녀가 엄청 긍정적이라고 생각하면서도……
마음 한편으로는 하루하루가 꼭 즐거울 필요는 없지 않을
까, 하고 생각했다. 아니, 어쩌면 나는 즐겁지 않은 날이
너무 많아서 그런 감각이 마비된 걸지도 모르지만, 즐겁지
않은 순간이 계속되더라도 인간은 괜찮을 거라는 생각이

들었다. 그것보다 자신의 세계를 지키는 게 더 중요하다고 나 할까?

그런 생각을 하다 보니 침묵이 이어졌다. 지금은 내가 말을 할 차례구나. 응. 틀림없어.

"아, 너는 그렇게 생각하지 않는 구나~? 뭐, 사람마다 다르니까 말이야~."

"아, 그, 그건 그렇지."

한순간 거북한 분위기가 흘렀다. 아아아아앗! 죄송합니다! 미미미가 침묵에 빠진 나를 배려해서 저런 말을 해줬는데, 무성의한 대답을 하면 어떻게 하냐고, 이 나란 놈아! 이게 커뮤니케이션 장애의 관록이냐!

"저기! 뭐 하나만 물어봐도 돼?"

하지만 미미미는 개의치 않는다는 듯이 미소를 지으며 나에게 또 말을 건넸다. 역시 대단하다.

"어? 뭔데?"

내가 그렇게 말하자, 미미미는 손이 마이크라도 되는 양 내 얼굴을 향해 내밀면서 말했다.

"토모자키 선수! 실은 아오이와 수상한 관계 아닌가요?!"

그 순간, 나는 사레가 들린 것처럼 콜록콜록 하고 헛기침을 해댔다.

"오~, 수상한 반응을 보이는 군요~. 뭐가 어떻게 된 거죠?! 자아~! 이 누님에게 전부 말해주세요! 예~?"

"아, 아무 사이도 아냐!"

"정말인가요~? 묘~~~한 눈짓을 교환하는 것처럼 보였는데 말이죠~. 어제도 아오이를 그냥 히나미, 라고 부를 뻔 했었잖아요~?"

……그랬었나? 설령 그런 일이 있었더라도 보통은 눈치 못 채고 지나가야 정상 아냐? 리얼충은 실없이 밝기만 한 것 같지만, 실은 분위기 및 감정 파악 스킬의 숙련자이기 때문에 방심할 수가 없다. 이런 상황에서 괜히 얼버무리려고 했다간 오히려 들킬 것 같았다.

"그, 그게 말이야! 사이가 나쁘지는 않지만! 히나미와 사이가 나쁜 사람은 우리 학교에 없다고!"

"오! 역시 경칭을 붙이지 않는 군요~. 역~~~시 수상해! 토모자키 선수! 왜 그때는 아오이는 그냥 히나미라고 부른다는 걸 숨기려고 한 거죠? 찔리는 구석이 있는 건가요? 자아! 말씀해주시죠!"

"진짜로 없다고! 우리 학교의 아이돌, 히나미 아오이가 나 같은 녀석과 수상한 관계일 리가 없잖아!"

"그건 맞아!"

"어이!"

미미미가 바로 납득하자, 나는 바로 딴죽을 날렸다.

"아하하하하! 역시 토모자키는 때때로 재미있다니깐!"

"시끄러워~. 재미있으라고 일부러 때때로 이러는 것도 아니라고."

왠지 긴장이 풀렸다. 미미미의 대화 센스 덕분인 걸까. 아니면 입이 험한 모 게이머에 대해 이야기하고 있기 때문일까.

"평소에도 이렇게 즐거운 애면 좋을 텐데 말이야~. 평소의 토모자키는 엄청 어둡잖아."

"됐어. ……나는 즐겁지 않은 순간이 있어도 괜찮다고."

"……흐음──! 그게 무슨 소리야? 가르쳐줘!"

미미미는 내가 방금 한 말에 관심을 가졌다. 어, 뭐라고 하면 좋을까.

"으음…… 뭐랄까, 꼭 즐거운 것만이 정답은 아니라고나 할까……."

"뭐어~?! 그런 소리를 하는 사람은 처음 봤어! 자세하게 말해줘! 케이더블류에스케이~!"

"케이더블……?"

……아, kwsk* 말이구나. 그건 남과 대화할 때 쓰는 말이 아닐 텐데?

"으음, 뭐라고 할까? 예를 들자면, 나는 어패를 비롯해 여러 게임을 좋아하는데……."

"아~! 엄청 잘한다며? 그래서?"

"으, 으음…… 하지만 그건 학교에서 즐겁게 지내는 것

---

* kwsk : 우리나라의 초성체와 비슷한 일본 인터넷 용어. '자세하게 알려줘'등의 의미로 쓰이는 'くわしく'를 알파벳으로 입력할 때 가장 앞 글자만 따온 것이다.

과는 전혀 상관이 없어. 그래도 나는 어패에 시간을 할애하고 싶다고나 할까……."

"으음~. 하지만 그건 어패를 할 때가 즐겁기 때문 아냐?"

"아…… 뭐, 그럴지도 몰라. 하지만……. 즐거움을 추구하며 어패를 하는 게 아니라, 어패가 좋아서, 열심히 한 결과, 즐거워졌을 뿐이라고나 할까…… 미안해. 내 말이 이해가 안 되── ."

"으음~. 아냐. 이해했어."

"뭐?"

"뭐랄까~. 토모자키의 그런 면은 타마와 좀 닮은 것 같아."

"……뭐? 타마 양과?"

무슨 말인지 이해가 되지 않았다. ……그러고 보니 히나미에게서도 비슷한 말을 들은 적이 있었다.

"으음, 뭐라고 할까? 그 애는 자신의 뜻을 굽히지 않는다고나 할까, 굽힐 수 없다고나 할까…… 아하하. 그건 엄청난 장점이지만, 아무튼 그런 면을 지녔어."

"뭐, 그런 것 같았어."

"아, 토모자키도 눈치챘구나? 예를 들어 자신의 뜻을 굽히며 남에게 맞춰주면 상황이 즐겁게 굴러갈 때도, 자기가 납득을 못하면 절대 그러지 않아. 정말 대단하다니깐~. 존경스러울 정도야."

"뭐, 요즘 젊은 애 중에서는 흔치 않지."

"아하하하하! 또 와이드쇼 아저씨 같은 발언을 하네!"

"시끄러워!"

"아하하하! ……뭐, 그게 대단하다고 생각하면서, 나에게 없는 면이구나~ 하고 생각하면서 그 애를 지켜봐. 나는 항상 남에게 맞춰주거든! 맞춰주고, 맞춰주고, 맞춰주면서, 반드시 즐겁게 만들어주겠어~ 하고 생각해!"

"어, 그랬구나."

나는 미미미가 그런 쪽으로 재능이 있거나, 아니면 천성적으로 타고나서 그러는 줄 알았다.

"맞아~. 실은 고민 많은 소녀예요……. 뭐, 그래도 타마에 비하면 아무 것도 아니지~. 내 고민 같은 건 별 것도 아냐!"

"뭐, 그 애는…… 고생이 많을 것 같기는 해."

"그렇지~? 이해했어? 하지만 그러니까 마구 맞춰주는 내가 그 애를 지켜줘야겠다~ 같은 느낌이 드는 거야~! 어때?! 눈물 나?! 헌신적이지 않아?!"

미미미는 내 앞에 서더니 손을 펼치며 그렇게 말했다.

"그랬구나."

생각에 잠기느라 그 말을 자연스럽게 무시한 나는 말이었다.

"그런데…… 미미미는 어때? 자기가 그러는 게 싫지는 않은 거야?"

"어? 무시하고 넘어가는 거야~?! 아, 나? 아무렇지도 않아! 즐겁기 위해서 그러는 건데, 안 즐거울 리가 없잖아? 뭐, 내 뜻을 굽히는 게 싫을 때도 있지만, 그건 어쩔 수 없어. 인생에 백점 만점은 없거든! 굽히지 않으면 더 힘드니까 굽히는 거예요! 더욱 즐거울 수 있도록, 말이야!"

"……그렇구나. 적재적소, 인 거네."

"맞아, 적재적소! 토모자키는 꽤 괜찮은 소리를 하네! 맞춰주는 건 내 일, 맞춰주지 않는 건 타마의 일이랍니다! 우리는 그런 식으로 맞물려서 돌아가고 있어요!"

"그렇게 서로의 버팀목이 되어주고 있는 거구나."

"맞아! 버팀목~! 토모자키는 진짜 멋진 말을 아무렇지도 않게 하네! 뭐, 굳이 따지자면 내가 타마를 보호해주고 있는 거에 가깝지만 말이야! 그러니까 저는 그걸로 오케이인 거예요!"

미미미는 그렇게 말하며 또 웃음을 터뜨렸다.

"으음, 내가 보기에는……."

"아! 나는 이쪽으로 가야 해! 저기, 방금 무슨 말 했어?"

"아, 아무 말도 안 했어."

"그래? 그럼 토모자키, 내일 봐!"

"아, 응. 내일 보자."

미미미는 크게 손을 흔들면서 태풍처럼 사라졌다. 뭐, 어떤 말을 하려다 말기는 했지만, 괜찮을 것이다. 내 일방적인 추측이니, 말하지 않는 편이 나을 것 같았다.

　　──내가 보기에는 미미미야말로 보호받고 있는 것 같

아, 같은 내용이니까 말이다.

*＊＊

"흐음, 꽤 대처를 잘했네."

히나미는 감정이 묻어나지 않는 목소리로 그렇게 말했다.

"뭐, 내가 겨우겨우 입에 담은 진지한 말을, 미미미가 잘 받아줬을 것뿐이지만 말이야."

"뭐, 그렇기는 하지만…… 너한테도 특기가 있구나."

"……나한테…… 특기?"

그게 뭐지?

"가정실습실 때도 느꼈지만, 너는 아무래도 『자신의 생각을 솔직하게 말하는 것』이 특기인 것 같아."

"뭐? 내 생각을 솔직하게? 그건 아무나 다 하는 거 아냐? 그냥 그대로 말하기만 하면 되잖아."

히나미는 손가락을 좌우로 까딱거렸다.

"그게 그렇지도 않아. 오히려 그러지 못하는 사람이 더 많아."

"뭐?"

"미미미를 예로 들어볼게. 남에게 맞춰주는 게 특기인 걔가 자신의 생각을 솔직하게 말하는 데 능숙할 것 같아?"

"……아, 그렇구나. 주위에 맞춰주며 말하는 게 특기

였지."

"맞아."

히나미는 고개를 끄덕였다.

"이번에는 하나비를 예로 들어볼게. 그 애는 자기 생각을 말하는 게 특기지?"

"……아마 그럴 거야."

"그 애 같은 타입이 많을 것 같아? 적을 것 같아?"

그야…… 적다. 나는 그제야 히나미의 말을 이해했다.

"그래……. 이게 특기인 사람은 흔치 않구나."

"맞아. 그러니 어찌 보면 그건 네 무기이자, 장점이며, 또한 필살기야. 그리고 자신에게 유리한 필드에서 싸우는 건 게임의 기본이지?"

"그래."

"그러니까, 만약 난처한 상황이 벌어지면, 그것에 의지하도록 해. 꼭 기억해둬."

"……알았어."

"뭐, 미미미와 나눈 대화에는 딱히 문제가 없는 것 같으니까 스케줄대로 계속 진행하자. 경험치를 쌓을 수 있어서 러키~ 정도라고 생각하면 될 것 같네. ……사람들의 대화 방식을 관찰할 준비는 됐어?"

"준비는 무슨…… 일단 부딪쳐볼 수밖에 없잖아……."

"잘 아네. 그럼 기합을 잔뜩 넣고 임해. 최종일에 분석 결과를 들어볼 거야."

──이렇게, 사흘간의 레벨 올리기 겸 정보 수집이 다시 시작됐다.

　　수요일, 점심시간, 교내 식당.

　　"어제 봤어? 최종화에서 대체 어떻게 될까?"

　　"하지만 그 '돌아와!'하고 외치는 장면에서 너무 발연기라 웃겼어."

　　"아하하하! 동감이야! 완전 발연기의 극치였다니깐!"

　　"그런데 토모자키는 왜 그렇게 얼어붙어 있는 거야? 아까부터 아무 말도 안 하네!"

　　"진짜야! 기분 나빠~!"

　　……흠흠.

　　목요일, 방과 후, 역으로 향하는 하굣길.

　　"아, 맞다. 유미코, 어제 괜찮았어? 어제 화난 아버지한테서 전화통에 불이 날 정도로 전화가 왔었잖아."

　　"아! 그게 말이야~! 아빠보다 동생이 더 오버하는 거 있지~?"

　　"뭐? 그 꼬맹이 말이야?"

　　"응! 현관을 딱 여니, 팔짱을 딱 낀 채 서 있지 뭐야. 분위기 팍팍 잡으면서 말이야."

　　"우와, 기분 나빠!"

　　"토모자키 군이라면 그런 짓도 할 것 같아~."

"아하하하! 동감."

……호오호오

금요일, 쉬는 시간.

"타카히로, 뭐 재미있는 이야기 없어?"

"뜬금없이 무슨 소리를 하는 거야?"

"있지? 있잖아~."

"어…… 음…… 아, 어제 애인이 말이야."

"우와~ 애인 자랑 하는 거야?"

"그런 거 아냐~!"

"토모자키는 애인……이 있을 리가 없지."

"아하하! 심한 소리 좀 하지 마!"

……음음.

──같은 느낌으로 하루하루가 지나갔다.

"자아, 어땠어?"

금요일 방과 후의 회의. 매일 딱히 친하지도 않은 집단에 섞여 관찰 및 행동을 해야만 했던 나흘이 끝났다. 지옥 중의 지옥 같았던 나흘이었다. 그리고 오늘, 이 나흘간의 분석 결과를 보고해야 한다.

"마음이 죽어버렸습니다."

"……뭐, 그건 칙칙한 아우라를 뿜는 인간의 숙명이야.

하지만 표정과 자세, 그리고 대화 능력을 단련하면 금방 극복할 수 있을 거야."

"……정말입니까."

"험담을 듣는 건 어쩔 수 없다고 생각해. 집단이라는 건 원래 그런 거야. 대여섯 명이 모이면…… 누구 한 명이 희생될 수밖에 없어."

"……알았습니다."

"아무튼, 중요한 건 분석 결과야."

"으음, 뭐, 여러모로 생각해보기는 했어……."

"그랬구나."

커뮤니케이션 장애인 내가 필사적으로 관찰한 결과를 초절정 리얼충에게 보고하려니, 긴장이 되었다.

──내가 눈치챈 것은 대화에서의 역할 분담이다.

대화에 참가하는 사람들에게는 각자가 『주로 담당하는 역할』이 있는 것처럼 보였다.

그 역할이란 『새로운 이야깃거리를 내놓는 사람』, 『이야기의 폭을 넓히는 사람』, 『리액션을 취하는 사람』, 이렇게 세 가지다.

예를 들자면, 월요일에는 이런 대화를 나눴다.

『내 말 좀 들어봐! 어제 학원에서 말이지…….』

미미미는 항상 이런 식으로 『들어봐』, 『그러고 보니』, 『어제 말이지』 같은 표현을 사용하면서 이야기를 시작한다.

지금까지 나눈 대화와 그다지 관계가 없는 이야깃거리를 투입하는 것이다. 대화란 우선『새로운 이야깃거리를 내놓는 사람』을 통해 시작된다. 당연한 거지만 말이다.

또한, 그런 이야깃거리를 듣고, '그러고 보니 이런 일도 있었어', '그건 이것과 비슷하네'같은 식으로 살을 붙이는 사람도 있다. 그런 사람이 바로『이야기의 폭을 넓히는 사람』이다.

그리고 그 말을 듣고 맞장구를 치거나, 혹은 자신의 의견을 내놓으며 즐기는 사람이 있다. 그런 사람이 바로『리액션을 취하는 사람』인 것이다.

그리고 그 이야기가 얼추 끝났을 즈음,『새로운 이야깃거리를 내놓는 사람』이 다른 화젯거리를 내놓는다.

물론『이야기의 폭을 넓히는 사람』과『리액션을 취하는 사람』이 새로운 이야깃거리를 내놓을 때도 있으며,『새로운 이야깃거리를 내놓는 사람』이 이야기를 듣는 역할을 맡을 때도 있다. 하지만 집단에 따라 그 역할이 얼추 정해져 있는 것처럼 보였다. 그리고 월요일에는 이런 일도 있었다.

『우와~. 선생님이 일부러 그런 게 분명해.』

『역시 그런 거지?!』

『밈미, 그 선생님에게 사랑받고 있는 거 아냐?』

『뭐?! 미움받는 게 아니라?!』

이런 식으로, 하시구치 쿄야와 타마는 주로 이야기의 폭을 넓히는 역할을 맡았다. 그러면 그 두 사람은 계속 대화에 참가하고 있지만 왠지 『분위기의 중심』에는 있지 않은 듯한 느낌이 들었다.

『그런데, 단어는 다 외웠어? 갑자기 100개나 외우는 건 힘들지?』

이건 수요일에 어느 리얼충 그룹의 중심인물이 한 말이다.

이 대화를 중요하다고 생각한 것은, 대화를 나누는 사람들 전원이 『이야기의 폭을 넓히고』 있지만, 새로운 이야깃거리를 내놓는 사람은 항상 정해져 있었기 때문이다. 월요일에 접한 대화에서는 마츠모토 다이치, 미미미, 그리고 히나미가 이야깃거리를 내놓았다. 타마 양과 하시구치 쿄야는 이야깃거리를 거의 내놓지 않았다. 장기적으로 보면 내놓을 때도 있겠지만, 그 횟수는 적었다. 그러니 새로운 이야깃거리를 내놓아야만 『이야기의 중심』에 있을 수 있는 것이리라.

뭐, 그게 뭐 어쨌냐고 누가 묻는다면 대답을 하기는 힘들겠지만, 일단 내가 눈치챈 것은 그 정도였다.

"……그리고 타마 양과 하시구치 쿄야는 이야깃거리를 내놓지 않았기 때문에 분위기를 주도하고 있는 것처럼 보이지 않았어. 뭐, 이 정도야."

히나미는 고개를 끄덕이며 입을 열었다.

"그랬구나. 평범한 사람이 들으면 '그래서? 그딴 게 무슨 의미가 있는데?'하고 생각할 만큼 당연한 소리네."

"그, 그런가요……."

나도 그렇게 생각하고 있었기에, 가슴에 더욱 깊이 꽂혔다.

"──하지만 나나 너처럼 매사를 파악할 때, 그 목적과 원인에 주목하는 타입에게 있어서는 중요한 발견이야. 역시 nanashi네."

엄청난 대미지를 받고 있을 때, 느닷없이 칭찬을 받았다.

어, 기쁘네. 당근과 채찍에 완전히 농락당하고 있는 것 같은 기분이 들었다.

"그, 그래?"

"이제 너도 알잖아? 대화를 나누기 위해 필요한 두 가지 요소 말이야."

……아, 그렇구나. 그거야 알지.

"『새로운 이야깃거리를 내놓기』와 『이야기의 폭을 넓히기』에 능숙해지라는 거구나."

"귀정이야."

"뭐?"

"그러니까 이제부터는 어떻게 그것들에 능숙해질 건지가 중요해."

"자, 잠깐만. 그 귀정이라는 말을 벌써 세 번이나 들었거든? 그게 대체 뭐야?"

"……."

내가 묻자, 히나미는 입을 꾹 다물었다!

"……좋아. 세 번째니까 이제 포기할래. 그건 내 입버릇이야. 무심코 입에 담을 때가 있어. 『돌격! 난사 부잉』이라는 고전게임, 알아? 나는 어릴 적에 그 게임에 나오는 부잉의 이 대사를 좋아했어. 실은 부끄러워서 계속 얼버무리려고 했는데, 이제는 귀찮네. 숨기려고 해봤자 또 입에 담을 것 같거든. 이제 자주 쓸게. 그러니까 너도 사사건건 이거 가지고 딴죽을 걸지 마. 알았지?"

뭐, 뭐야. 이 녀석, 느닷없이 이렇게 말을 늘어놓더니 멋대로 결론까지 내렸잖아.

아니, 그것보다…….

"아아, 부잉의 대사구나! 왠지 귀에 익은 것 같았어! 이제 생각났네! 그걸 좋아하는 구나!"

"……흐음. 그 게임을 아는구나. 역시 일본제일의 게이머답네. 엄청난 명작인데도 아는 사람이 거의 없는데 말이야!"

히나미는 밝은 목소리로 그렇게 말했다.

"맞아! 어릴 적에 친구 집에서 해봤어. 돼지인 부잉이 진짜 귀여웠다니깐! 『귀신같이 정확하다! 귀정!』이라는 대사도 있었지. ……정말 재미있는 게임이었어."

"맞아. 단순한 캐릭터 게임인가 했더니, 실은 당시 스펙으로는 구현하긴 힘든 유사 3D 이너(inner) 스크롤이었잖아. 기술적으로 엄청났어. 그뿐만 아니라 동심을 자극하는 그 독특한 세계관! 귀여운 캐릭터! 정말 끝내주는 게임이야."

히나미는 진심으로 즐거워하는 듯한 미소를 지으며 그렇게 말했다. 이, 이런 표정도 지을 때가 있구나.

"응, 동감이야."

나는 고개를 돌리면서 맞장구를 쳤다.

"역시 뭘 좀 아네! 부잉은 나를 게임 세계에…… 잠깐만."

히나미는 갑자기 화들짝 놀라며 고개를 돌리더니, 헛기침을 했다.

"이야기가 너무 엇나갔네."

히나미는 좋아하는 것에 대해 이야기하는 게 즐거웠는지 볼을 희미하게 붉혔다.

"으, 응. 맞아. 으음……."

"어떻게 하면 대화를 잘 나눌 수 있는지에 대해 이야기하다 엇나갔지?"

히나미는 퉁명한 어조로 그렇게 말했다. 그녀는 불만을 표시하듯 팔짱을 꼈다.

"그래. 부잉에 대해서는 다음에 이야기하자."

"좋아. 그럼 하던 이야기를 계속하자. 그것보다…… 이제 알겠어? 대화를 잘 나누는 방법 말이야."

"으음…… 뭐, 뛰어난 사람의 흉내는 내는 건 어때?"

"귀정."

"바로 쓰네."

"그 두 개가 중요하다는 걸 눈치챘다면, 남은 건 그걸 잘하는 사람이 어떻게 하는지 보고 흉내 내기만 하면 돼. 뭐가 중요한지 아니까, 뭘 주목해야 하는지도 알겠지?"

"응. 그건 얼추 알겠어."

"참고로 아까 말한 『분위기』가 뭔지는 알아?"

"으음? 『분위기』가 뭐냐고?"

⋯⋯듣고 보니 막연하게 분위기를 주도하고 있다거나, 위험한 분위기 같은 말을 쓰기는 했지만, 그게 진짜로 어떤 건지는 알지 못했다.

"⋯⋯모르겠어. 뭔데?"

나는 솔직하게 물어봤다.

"『분위기』라는 건 말이지. 『각 집단에서의 선악의 기준』이야."

으음, 『각 집단에서의 선악의 기준』?

"그게 무슨 소리야?"

"으음, 알기 쉽게 설명하자면 어떤 행동이 올바르고, 어떤 행동이 그른지를 가르는 기준이야. 그 집단 내부에서만 통용되는 기준이지. 예를 들어 분위기를 잘 띄우는 이를 좋게 평가하는 집단도 있고, 거꾸로 그런 걸 질색하며 싫어하는 집단도 있잖아? 그 기준이 바로 『분위기』라고 불리는 거야."

"아…… 그렇구나."

왠지 알 것 같았다. 그럼 미미미는 그 분위기에 쉽게 좌우되고, 타마 양은 그런 것에 전혀 좌우되지 않는 것이다. 확실히 그렇게 생각하니 납득이 됐다.

"그런 식으로, 다른 장소에서는 통하지 않지만 특정 집단 안에서만 성립하는 선악의 기준을 『분위기』라고 불러."

흠.

"……얼추 알겠지만, 방금 들은 것만으로는 완전히 이해하지는 못할 것 같아."

"괜찮아. 지금 단계에서는 이렇게 세세한 건 중요하지 않아. 언젠가 도움이 되는 날이 올지도 모른다는 생각으로 기억해두기만 하면 돼. 지금은 막연하게나마 『분위기』를 느낄 수 있는 것만으로도 충분해."

"그래? ……알았어. 그렇게 할게. 하지만 아직 중요한 이야기는 듣지 못했어."

히나미는 씨익 웃었다.

"어머, 그게 뭔데?"

"솔직히 말해, 뛰어난 사람을 흉내 내기만 해서는 만족스러운 성과를 얻지 못할 것 같거든. 몸에 익지 않았다고나 할까…… 기초 능력에서 차이가 나기 때문에 하고 싶은 행동을 할 수 없을 수도 있잖아."

그렇다. 뛰어난 사람의 움직임을 흉내 내려 한들 뜻대로 안 될 수도 있다. 적어도 게임에서는 그럴 때가 많다. 조작

능력에서 차이나기 때문이다.

그러니 대화에 있어서도, 새로운 이야깃거리를 꺼내고 싶거나 적절한 딴죽을 날리고 싶지만 그러지 못할 경우가 있을 것 같았다. 즉,『조작 능력의 차이』때문에 뛰어난 사람의 흉내를 내지 못하는 것이다. ……뭐, 이런 점을 보면 확실히『인생』또한 게임이다.

"정확해. 맞는 말이야. 그러니 스킬을 단련해야만 해."

"그렇지? 하지만 그건 하루아침에 익힐 수 있는 게……."

"그건 의외로 간단해."

"뭐? 간단하다고?"

"응, 간단해."

히나미는 유쾌하다는 듯이 오른손 검지를 세우며 이렇게 말했다.

"외우기만 하면 되거든."

"……외워?"

"응. 간단하지?"

히나미는 장난기어린 어조로 그렇게 말하며 웃었다. 나를 놀리고 있었다.

"제대로 설명해봐. 그게 대체 무슨 소리야?"

"간단해."

히나미는 가방에서 필통을 꺼냈다. 그리고 그 안에서 단어장을 꺼내더니, 넘겨보기 시작했다.

"그게 뭐야?"

그렇게 말하면서 히나미가 들고 있는 단어장을 쳐다본 나는 깜짝 놀랐다.

"……맙소사. 너, 그건……."

그 단어장에는 글자가 빼곡히 적혀 있었다. 예를 들자면 『2반의 나카지마 켄타로의 동생 이야기』라고 적힌 카드 뒷면에는 『국립대 중등부 정도는 식은 죽 먹기라고 했지만 시험도 치지 않았다』라고 적혀 있었다. 『5월 중순에 내가 엄마에게 들은 말』이라는 카드 뒷면에는 『공부는 잘하지만 옷차림은 바보 같다』고 적혀 있었다. 『드라마 '비밀의 아버님' 제3화에서 웃겼던 장면』이라고 적힌 카드의 뒷면에는 『스가와라 유스케가 넘어지는 장면, 부상 입지 않으려고 신경써가며 넘어지는 꼴이 완전 코미디 같았다』…… 하고 적혀 있었다. 그런 내용이 적힌 종이가 꽤 두꺼운 다발을 이루고 있었다.

"어때? 간단하지?"

아오이는 씨익 웃었다. 무서워.

"암기……하는 거야? 이야깃거리를?"

"응."

아오이는 오싹한 느낌이 감도는 미소를 머금은 채 그렇게 대답했다.

"이 정도면 완전 정신 나간 짓이잖아……."

"무슨 소리를 하는 거야? RPG 장비품의 공격력과 방어력 수치를 전부 외우거나, 육성 배틀 타입 게임에서 몬스터의 고유능력치를 전부 외우는 거나 마찬가지잖아."

히나미가 그렇게 말하면서 보여준 커다란 필통 안에는 아까 그것과 같은 용도로 보이는 단어장이 잔뜩 들어 있었다.

"히익……."

"한심한 소리 내지 마. 이러면 이야깃거리가 바닥날 일이 없을 거야."

그건 그렇지만…… 평범한 애들이 이걸 보면 그대로 질려버릴 것이다.

"……그래도 대단하네. 이렇게 해두면 이야깃거리가 바닥날 걱정은 안 해도 되겠어……."

나는 납득을 하긴 했지만…….

"그리고 나한테도 이렇게 하라는 거지?"

……그와 동시에 약간 긴장하고 말았다.

"당연하잖아. 하지만 꼭 똑같은 방식으로 할 필요는 없어. 단어장이 아니라도 돼. 너, 공부를 못하는 편은 아니지? 그럼 자신한테 맞는 공부 방식으로 이야깃거리를 외우기만 하면 되는 거야."

"아, 알았어."

"자아, 대화에 관한 지도는 이정도면 될 것 같네."

"아, 잠깐만. 모르는 부분이 있어."

"뭔데?"

"이야깃거리는 외운다고 쳐. 하지만 나는 남에게 말을

걸 때마다 항상 혀가 꼬이잖아? 그건 어떻게 하면 돼? 아, '저기, 실례합니다'라도 연습할까?"

"······그냥 익숙해지도록 해."

히나미는 내 질문을 듣더니, 손가락으로 내 이마를 누르면서 지긋지긋하다는 듯한 어조로 대답했다.

"그리고 동급생한테 말을 걸 때 할 말은 '저기, 실례합니다'가 아니잖아······."

"아, 그, 그렇지."

히나미는 '정말' 하고 중얼거리며 한숨을 내쉬었다. 그리고 단어장을 필통에 넣더니, 그 필통을 가방에 넣었다.

"휴우······ 오늘은 지쳤어."

"그럴 거야. 오늘은 새로운 점에 대해 이야기한데다, 너도 자기 생각을 잔뜩 이야기했잖아. 하지만 오늘 이야기한 것들 중에는 중요한 부분이 많으니까, 토요일 밤에라도 복습해둬."

"복습? 머릿속으로 떠올려보기만 하면 돼? 제대로 기억······하고 있을지 좀 불안한데 말이야."

"뭐, 그럴 줄 알았어. 자, 받아."

히나미가 가슴 호주머니에서 꺼낸 것은 손바닥만 한 크기에 길쭉하게 생겼으며, 재생 버튼과 녹음 버튼이 달린 기계였다.

"······녹음기?"

"흔히 IC레코더라고 하는 거야. 오늘 여기서 나눈 대화를 전부 이걸로 녹음해뒀어."

대체 어느새 녹음한 거지?

"하하, 용의주도하네……. 아, 혹시 나 때문에 일부러 산 거야?"

"원래 가지고 있던 거야. 이건 여러모로 쓸모가 많거든. 한동안 너한테 빌려줄게."

여러모로 쓸모가 많다, 라. 대체 어디에 쓰는 걸까……. 이 녀석의 단어장 활용법 같은 걸 보니 왠지 엄청 무시무시한 용도로 쓸 것 같아서 물어보는 게 무서웠다. 히나미는 '자아' 하고 말하며 그것을 건넸다.

"고, 고마워."

"폴더 분류는 해뒀고, 지금 폴더에는 오늘 대화만 녹음되어 있으니까 재생 버튼을 누르면 바로 들을 수 있어. 여기에 이어폰을 꽂아서 들으면 돼."

"아, 알았어."

이런 세세한 배려 또한 궁극의 리얼충다운 스킬이라는 생각이 들었다.

"자아, 그럼 내일 할 일 말인데……."

"어? 내일? 내일은 토요일인데?"

우리 학교는 토요일에 수업이 없다.

"응. 맞아. 참, 혹시 다른 볼일이라도 있어? 당연히 없을 거라고 생각했는데 말이야."

"아…… 없긴 해."

분하지만 그렇게 말할 수밖에 없었다.

"대체 뭘 하는 건데? 집에서 개인 훈련이라도 하라는 거야?"

"그런 게 아냐."

"응?"

그리고 히나미는 당연한 말을 하듯 이렇게 말했다.

"오전 열한 시까지 오미야 역으로 와. 내일은 하루 종일 나랑 어울려줘야겠어."

데이트?! ……는 아니라고 생각하지만, 뭐어?!

4 첫 번째 동료가 여자애면 한동안 데이트하는 기분으로 모험을 할 수 있다

그리고 당일. 나는 이케부쿠로나 신주쿠에 가는 게 귀찮을 때 방문하는 도시로서는 일본 최대 규모를 자랑하는 곳인 오미야에 도착했다. 참고로 오미야에서 해결할 수 있는 일인데도 일부러 이케부쿠로에 갔다는 게 높은 분들에게 알려졌다간, 사이타마 현의 마스코트인 코바톤에게 배신자로서 처형당한다.

"허억…… 허억…… 오래 기다렸어?"

"아냐. 나도 방금 왔어."

히나미가 교과서를 읽는 듯한 목소리로 자신의 분노를 표현했다. 오히려 음성 합성 소프트가 더 억양 있는 소리를 만들어 낼 수 있지 않을까 싶을 정도로, 무미건조한 목소리였다.

"잘못했습니다!"

1분 지각했다.

"……입을 만한 옷이 한 벌도 없지만, 가능한 한 쪽팔리지 않게 꾸며보려고 고민하다 늦은 거지? 정말 한심해."

"……용케도 알았네."

듣는 이의 마음이 침울해질 여지조차 주지 않는 듯한 느낌이 들 만큼 완벽한 정답이었다.

"뭐, 오프 모임에 그딴 꼴로 나타났던 정신상태가 조금은 진보됐다고 보면 되겠네."

"시끄러워."

그런 게 아니라, 『히나미 아오이와 나란히 거리를 걷는다』라고 하는 게 그 정도로 당치도 않은 일인 거라고. 이 녀석은 그게 얼마나 엄청난 일인지 모르는 걸까. 나는 이래 봬도 나름 신경을 써준 거란 말이다.

"자아, 그럼 가자."

"잠깐만. 그 전에 오늘 목적을 가르쳐줘."

어제 그녀는 목적도 가르쳐주지 않고 약속 장소와 시각만 알려줬던 것이다.

"흐음. ……우선 네 생각을 말해볼래? 리얼충이 되기 위해, 오미야에 온 이유가 뭔지 한 번 말해봐."

"어? 퀴즈?"

직접 생각해보라는 건가. 오호라. 으음.

나는 약속 장소인 『콩나무』 앞에 서있는 히나미를 쳐다보았다.

——이렇게 가만히 서있기만 하는데도 한 폭의 그림 같은 게 정상인 걸까. 히나미는 끝자락이 길고 얇아 보이는 파란색 코트? 안에 원피스처럼 상하의가 하나로 된 티셔츠? 같은 옷을 입었다. 그 옷들은 심플하지만 기묘하게도 히나미에게 잘 어울렸다. 귀엽다고도, 아름답다고도 할 수 있는 모습이었다. 히나미가 원래 예쁘게 생겨서 그런 것인지, 아니면 복장 센스가 좋아서 그런 건지는 알 수가 없

었다. 만약 연예인을 두 눈으로 직접 본다면 이런 느낌이 들 것이다, 라는 생각이 들게 하는 아우라만이 느껴졌다.

그런 생각을 하면서 멍하니 히나미를 쳐다보고 있을 때, 옆에서 누군가를 기다리고 있는 듯한 남학생 두 명이 '저 애는…… 히나미……?', '……정말이네……' 하고 낮은 목소리로 말하며 이쪽을 힐끔힐끔 쳐다보고 있었다. 어, 나도 아까 연예인을 진짜로 본 것 같다고 생각하기는 했지만, 이 녀석은 진짜 연예인인가……? 뭐, 이 녀석의 오버 스펙이라면 충분히 가능할 것 같았다.

"……저기, 히나미. 너, 혹시 연예인이야?"

나는 아연실색할 정도의 아우라를 뿜고 있는 눈앞의 여성에게 낮은 목소리로 물었다.

"느닷없이 무슨 소리를 하는 거야?"

"아니, 아까 옆에 있던 남자애들이……."

나는 방금 있었던 일을 설명했다.

"아하. ……뭐, 연예인은 아니지만 유명인이기는 해. 이 지역에서는 말이야."

"유명인? 연예인과 뭐가 다른데?"

"딱히 연예인 활동을 하지 않는데도 유명하거든."

"그게 무슨 소리야?"

"뭐, 나는 전국 모의고사 상위 단골이고, 작년에 육상으로도 전국대회에 나갔었거든. ……그런 것들과 이 외모가 더해져서 꽤 이름이 알려진 거야."

전국 모의고사 상위나 육상으로 전국대회 출전 같은 건 평범한 인간들이 몇 시간에 걸쳐 자랑할 만한 일이지만, 히나미는 한숨을 내쉬며 별일도 아니라는 투로 그렇게 말했다. 듣는 이가 현기증이 날 지경이다.

"잠깐만 있어봐. 네가 대단한 줄은 알고 있었지만, 그 정도로 엄청났던 거야?"

교내에서 아무에게도 지지 않을 수준인 줄 알았더니, 실은 전국구였던 거냐.

"내가 몇 번이나 말했잖아? 그 어떤 분야에서도 누구에게든 지지 않을 자신이 있다고 말이야."

히나미는 딱히 자랑스러워하지도 않으며, 마치 귀찮다는 어조로 그렇게 말했다.

"……대체 뭘 어떻게 하면 이렇게 엄청난 결과를 낼 수 있는 건데?"

"별거 아냐. 그저 어느 분야에서든 누구보다 조금 더 생각하고, 누구보다 조금 더 노력했을 뿐이거든. 그딴 건 신경 쓰지 말고 빨리 대답이나 해."

아니, 말로 하면 간단하지만, 그건…….

──어쩌면 나는 상상을 초월할 정도로 엄청난 녀석과 함께 행동하고 있는 걸지도 모른다.

"여기에 온 이유…… 인파에…… 익숙해지라고?"

"너는…… 내가 생각하는 것보다 훨씬 낮은 단계에 머무르고 있는 걸지도 모르겠네……."

히나미는 어이없다는 듯이 관자놀이를 손가락으로 눌렀다.

***

히나미가 나를 데리고 간 곳은 서점이었다. 대체 왜 서점에 온 것일까.

"저기, 여기서 뭘 할 거야?"

"공부…… 아니, 정확하게는 방향성을 결정할 거야."

"방향성?"

히나미는 잡지 코너로 걸어가더니, 패션 코너에서 멈춰 섰다.

"너는 초보자에게 어패를 가르치게 된다면, 사용할 캐릭터를 지정해줄 거야?"

이 녀석이 느닷없이 게임 이야기를 하는 것에도 나는 어느새 익숙해졌다.

"아니, 그러지 않을 거야. 뭐, 엄청 불리한 캐릭터를 고른다면 말리기는 하겠지. 그래도 그 초보자가 마음에 들어하는 캐릭터를 하게 할 거야. 뭐, 어느 캐릭터가 쓰기 편한지는 가르쳐주겠지만 말이야."

히나미는 고개를 끄덕였다.

"그렇구나. 그 이유는 뭐야?"

"뭐, 그러는 편이 즐거울 거잖아. 즐겁지 않다면 의욕이 떨어질 테고, 결국 장기적으로 본다면 마이너스일 거라고."

"응. 맞아. 서점에 온 것도 그래서야."

"……무슨 소리야?"

히나미는 남성 패션 잡지를 꺼내더니, 펼쳤다.

"자아, 너는 어떤 패션이 멋지다고 생각해? 감으로 골라도 돼."

히나미는 그렇게 말하면서 페이지를 넘겼다.

"으음, 글쎄……."

"오늘은 네 생각을 기준 삼아서 옷을 사러 갈 거야. 자, 어느 게 괜찮아 보여?"

"……아~, 이제 이해했어."

즉, 마이 캐릭터를 고르는 것이다.

"하지만 내가 골라도 되는 거야? 나는 센스가 없는데……."

"괜찮아. 이런 잡지에 실려 있는 것은 대부분 패션적으로 나무랄 데가 없거든. 뭐, 너한테 어울리지 않는 것도 있을 테니까, 그런 건 말릴게."

"그렇구나."

하지만 이렇게 보니 전부 화려했다. 내가 입기에는 허들이 너무 높아 보였다. 내 주제에 맞지 않는다고나 할까……. 낮은 신음을 흘리며 약 5분 동안 고민한 끝에, 이건 그나마 괜찮나? 싶은 모델을 직감적으로 골랐다.

"잘은 모르겠지만, 이건 어때?"

나는 영 자신이 없는 목소리로 그렇게 말했다. 그리고

그제야 깨달은 것인데, 재킷(¥44,800)이라고 적혀 있었다. 아, 이건 무리네.

"흐음, 이걸 골랐구나. ……응. 좋아."

히나미는 그렇게 말하면서 잡지를 덮더니, 스마트폰의 지도 어플리케이션을 켰다.

"그럼 가자."

"뭐? 어디를 말이야?"

"어디겠어. 아까 그 모델이 입고 있는 옷을 파는 가게에 갈 거야."

저, 저렇게 비싼 옷을 살 돈은 없다고!

곧 도착한 곳은 내가 지금까지 가본 공간 중에서 가장 화려하다고 해도 과언이 아닌 공간이었다. 옷가게는 이런 곳이구나……. 이곳에 오는 도중에 나는 히나미의 지시에 따라, 마치 공갈협박이라도 당한 듯한 심정으로 ATM기에서 돈을 꺼냈다. 하지만 내 전 재산이라고 해봤자 아까 본 재킷을 사면 그대로 바닥나 버릴 정도였다.

"저기, 히나미. 나, 돈이 얼마 없어. 그러니까 비싼 옷을 사는 건 좀──."

"괜찮아."

히나미는 나에게 재킷을 건네줬다.

"아니, 그러니까 4만 엔이나 하는 걸 살 수는…… 어라?"

내 눈에 들어온 가격표에 적혀 있는 숫자는 (¥9,720)이
었다.

"어…… 잠깐만. 너, 아까 그 모델이 입고 있는 옷을 파
는 가게에 갈 거라고 하지 않았어?"

"응. 그렇게 말했어."

"그, 그럼 왜…… 같은 가게인데도 이렇게 가격에서 차
이가 나는 거야?"

"착각을 했나 보네. 여기는 네가 아까 봤던 모델이 재킷
안에 입고 있던 셔츠의 브랜드를 취급하는 가게야."

"……아, 그렇게 된 거구나."

그러고 보니 히나미는 재킷의 브랜드를 취급하는 가게
에 간다고는 말하지 않았다. 꼭 그렇게 배배 꼬아가면서
이야기를 해야겠냐.

"패션 잡지에는 실려 있는 옷의 브랜드 명칭과 가격이
적혀 있어. 자기가 멋지다고 생각한 코디네이트를 발견하
면, 그 가격 부분을 보면 돼. 그리고 아, 이거라면 살 수 있
겠다 싶은 브랜드를 찾아서 가면 되는 거야."

그리고 전부 비싼 브랜드라면 다른 코디네이트를 찾는
식으로 하다보면 언젠가 적당한 녀석을 찾을 수 있다고
한다.

"그렇게 하면 거의 틀림없어. 오늘 네가 고른 코디네이
트에 쓰인 이 브랜드의 의류는 셔츠뿐이야. 하지만 이 셔
츠는 코디네이트 안에서 자기 브랜드의 느낌을 잘 살려내

고 있어. 그러니 이 브랜드의 다른 옷도 취향에 맞을 거라고 생각해도 돼."

단순명쾌했다.

"……그렇구나. 그럼 나도 할 수 있을 것 같아."

"흐음, 잘 됐네. 자기 혼자서도 할 수 있다고 생각할 만큼 의욕이 나는 거구나."

"전에도 말했지? 나는 게임에 있어서는 항상 최선을 다한다고."

"그랬구나."

히나미는 기분이 좋아 보였다.

"……그러고 보니 아직 중요한 걸 못 배웠어."

"옷을 고르는 법, 말이지?"

"그래. 옷이 이렇게 많으니 뭐가 좋을지 모르겠어. 어떤 걸 고르면 되는 거야?"

"어머, 그건 정말 간단해."

"간단하다고? 잠깐만, 옷이라는 건 센스와 경험을 최대한 활용해서 골라야 하는 거 아냐? 간단한 공략법 같은 게 있을 것 같지는 않은데……."

"맞는 말이야. 센스와 경험을 최대한 활용하지 않으면, 멋진 옷을 고르는 건 어려워. 패션이라는 건 하루아침에 익힐 수 있는 게 아니거든."

"그럼……."

"이게 뭔지 알아?"

히나미는 내 말을 끊더니, 어느 한곳을 손가락으로 가리키며 그렇게 말했다.

그곳에는 티셔츠와 상의, 그리고 바지를 착용한…….

"마네킹, 이잖아."

"이제 알겠지?"

히나미는 마네킹을 가리키던 손가락으로 나를 향해 들더니, 이렇게 말했다.

"이걸 전부 세트로 사는 거야."

──듣고 보니 치트 같을 만큼 단순했다. 그렇게 한다면 틀림이 없을 거라는 생각이 들 만큼 간단한 작전이었다.

"이 마네킹의 코디네이트를 누가 생각한 것 같아?"

"그야 이 가게의 점원이겠지."

"응. 옷가게의 점원은 웬만한 일반인보다 패션 센스가 뛰어나. 자기가 멋쟁이라고 생각하는 사람이 아니면 이런 일을 하지 못해."

"그건 그럴 거야. 나 같으면 옷가게 점원이 될 엄두도 못 내겠지."

"마네킹의 코디네이트라는 건 말이지. 패션에 자신이 있는 점원이 이 가게의 옷을 팔기 위해 가게 안에 전시해두는『광고』로서, 고심 끝에 만들어놓은 거야."

"……그렇구나."

"게다가 여러 사람이 의논을 해서 결정한 거겠지? 패션에 민감한 여러 점원이 일부러 말이야. 그 정도면 틀림없을 것 같지 않아?"

"뭐…… 맞아."

나는 납득했다.

"알겠지? 너는 아까, 옷이라고 하는 것은 센스와 경험을 최대한 활용해야 하는 거라고 말했어."

"응."

"그렇다면, 멋쟁이들이 센스와 경험을 최대한 활용한 결과를 그대로 따라하면 되는 거야."

"……그렇구나."

그러고 보니 어패에 빨리 숙달되는 방법 또한 흉내 내는 것이다. 잘 하는 사람을 따라하는 것이다.

"그 다음에는 그 코디네이트에 따라 옷을 입기만 하면 돼. 여러 번 그러다 보면 점점 감각이 생기니까, 마네킹 구매를 하지 않아도 되게 될 거야."

"알았어. ……아, 하나만 물어볼게."

"뭔데?"

"마네킹 구매를 하면, 마네킹도 주는 거야?"

"……너, 바보지?"

히나미의 입에서 부정이나 긍정이 아니라 『매도』가 튀어나오자, 나는 자신이 실수를 했다는 사실을 눈치챘다.

히나미는 나에게 가게 안에 있는 세 개의 마네킹 중 하나를 고르라고 했다. 나는 감에 의지해서 그 중 하나를 골랐다.

그리고 그녀는 '……그럼 입어봐' 같은 소리를 아무렇지도 않게 했다.

"뭐?! 입어보라고?!"

잠깐만, 그건 무리라고! 이걸 입어보라고요? 그럼 이 멋쟁이 공간에 살고 있는 멋쟁이 인간에게 말을 걸어야 하는 거지?! 절대 무리야!

"왜 놀라는 거야. 완전 자의식 과잉이라니깐. 상대방은 전혀 개의치 않으니까 빨리 입어보기나 해."

"잠깐만 있어봐! 마네킹이 입고 있는 걸 전부 사기만 하면 되잖아?! 그럼 미리 입어볼 필요는 없다고!"

"코디네이트적으로는 맞는 말이야. 하지만 사이즈가 맞지 않을 수도 있어. 뭐, 네 체형이라면 M사이즈로 충분하겠지만, 그래도 일단 입어봐. 참고가 될 수도 있잖아."

"아니…… 그래도, 으으…….."

사이즈가 어쩌고…… 처럼 내가 모르는 세계의 말이 나오자, 나는 반론을 할 수 없었다.

"빨리 해."

"내, 내가 말해야 되는 거야?"

"당연하잖아? 앞으로 네가 혼자서 옷을 살 때도 입어보게 할 거야. 그러니까 연습 삼아서라도 네가 직접 말해봐."

"아, 앞으로도…… 입어봐야 하는 거구나."

"응."

히나미는 괜한 소리를 하지 말라는 듯이 딱 잘라 말했다. 해야만 하는 건가…….

"……뭐, 뭐, 뭐라고 하면 되지……?"

나는 목소리가 떨렸다. 으으, 객관적으로 정말 한심하기 그지없었다.

"저 마네킹이 입고 있는 옷들을 세트로 사고 싶은데, 그 전에 한 번 입어 볼 수 있을까요? ……하고 말하면 돼."

"어? 으음, 저 마네킹이 입고 있는 옷들을 세트로 사고 싶은데…… 그 다음, 뭐?"

"그 전에 한 번 입어 볼 수 있을까요?"

"저 마네킹이 입고 있는 옷들을 세트로 사고 싶은데, 그 전에 한 번 입어 볼 수 있을까요? ……오케이?"

"응."

간호나 재활훈련 같은 단어가 머릿속에 떠오를 만큼 여러모로 신세를 지고 있는 것 같아서, 히나미에게 면목이 없었다.

"……저 마네킹이 입고 있는 옷들을 세트로 사고 싶은데, 그 전에 한 번 입어 볼 수 있을까요? ……좋아."

나는 결심을 하면서 점원에게 다가갔다. 아, 젊은 여성이다. 포니테일과 목덜미가 아름답다. 히익.

"저! 쩌기요!"

좋아. 여기까지는 순조롭다.

"예~."

나는 '으음, 저, 저기~.'하고 말하면서 마네킹을 손가락으로 가리켰다.

"저 마네킹 말인가요?"

"예. 저기…… 저 마네킹 주세요!"

이럴 줄 알았다. 마네킹을 사겠다는 듯한 발언을 했다. 완전 최악이네. 하지만……

"……으음, 저 마네킹이 입은 옷을 세트로 사겠다는 말씀이시군요? 구입 전에 한 번 입어보시겠어요?"

"그, 그럴게요!"

마음씨 넓은 점원 덕분에, 어찌어찌 목적을 달성할 수 있었다.

이런 우여곡절 끝에 옷을 입어본 나는 히나미에게 오케이를 받은 후, 3만 엔 정도의 지출을 치르며 기성복 한 세트를 손에 넣었다.

"저기! 이 옷을 입고 가자!"

계산을 마치자, 가까운 곳에서 밝은 톤의 목소리가 들렸다. 누구지? 하는 생각이 들었지만, 곧 이것이 히나미가 내숭 떨 때의 목소리라는 사실을 눈치챘다.

"손님, 입고 가시겠습니까?"

"그러자!"

히나미는 나를 향해 끝내주는 미소를 지었다. 아무래도 『입고 가자』는 명령 같았다.

"……아, 그렇게 할게요."

그러자 점원은 '그럼 이쪽으로 오시죠' 하고 말하면서 나를 탈의실로 안내했다. 내가 입고 있던 옷은 점원이 깔끔하게 개어서 봉투에 넣어줬다. 탈의실을 나서자, 점원이 '잘 어울려요~' 하고 말해줬다. 솔직히 말해 좀 부끄러웠다.

내가 멋진 서비스라고 생각하며 감탄하고 있을 때, 점원이 내 옆을 스쳐지나가면서 히나미에게 들리지 않을 만큼 작은 목소리로 '애인분도 정말 멋지고 귀엽군요. 소중히 여기세요'하고 귓속말을 하며 소악마 같은 미소를 지었다.

내가 '아, 우리는 그런 사이가 아니에요!' 하고 허둥지둥 부정하자, '아, 역시 그렇군요'라는 말을 들었다. 역시 그렇게 생각한 거냐. 그러는 게 당연하지만, 그래도 너무하잖아.

그리고…….

"미용실을 예약해둔 시간이 되려면 아직 멀었어."

"……이미 예약도 해뒀구나."

나는 어느새 이 녀석의 철저한 계획성에도 거의 놀라지 않게 되었다.

"응. 그럼 시간도 좀 보낼 겸…… 밥이라도 먹으러 가자."

두근. 하고 가슴이 뛰어야 할 장면일지도 모르지만, 왠지 뭔가 좀 다른 듯한 느낌이 들었다.

"그래. 가자. 나도 배가 고프던 참이야. 근처에 있는 적당한 패밀리 레스토랑이라도 갈까? 아니면 모처럼 오미야까지 왔으니까 오미야의 별미라도 먹을래? 그런데 오미야의 별미 같은 건 딱히 없잖아. 사키타마 라이스볼이라도 있으면 좋을 텐데 말이야. 하하."

내가 농담을 하자, 히나미는 경멸에 가까운 눈길로 나를 쳐다보았다. 참고로 방금 말한 사키타마 라이스볼이라는 건 쌀가루로 만든 사이타마 명물 빵이다. 일본은 쌀, 동남아시아 일부는 타로 토란이 주식이듯, 사이타마에 사는 사람들의 주식은 사키타마 라이스볼이다.

"너 말이지. 여성, 그것도 천하의 히나미 아오이와 같이 밥을 먹는 거잖아? 그런데 무드라고는 눈곱만큼도 없는 패밀리 레스토랑에서 밥을 먹자는 거야?"

"어이, 너와 나는 애초에 그런 사이가 아니잖아."

"쓸데없는 소리 하지 마. 이 근처에 햄버그 가게가 있어."

"흐음. 가본 적 있어?"

"없어."

"그렇구나. 그래서? 그 햄버그 가게에서 특훈이라도 하는 거야?"

"안 해."

"어라? 그래? 그럼 왜 햄버그 가게에 가려는 건데?"

"내가 먹고 싶을 뿐이야."

"뭐? 정말?"

"……그래."

"햄버그가 먹고 싶은 것뿐이라고? 히나미 아오이가?"

"……왜 그래? 그러면 안 되기라도 하는 거야?"

"그게, 안 되는 건 아닌데……."

나는 히나미가 트레이닝 메뉴를 생각해둬서 그 가게에 가려고 하는 거라고 생각했다.

"너, 햄버그를 좋아하는 구나."

"시끄러워! 대체 언제까지 이 이야기를 하려는 거야……. 아무튼, 거기는 내 친구들 사이에서 평판이 좋아. 빨리 가자."

히나미는 그렇게 말하면서 앞장서서 걸음을 옮겼다. 흠음, 단순히 햄버그가 먹고 싶어서 가는 거구나. 이 녀석한테도 그런 면이 있었네. 좀 의외인걸.

히나미가 나를 데려간 햄버그 가게는 숲속의 은신처 같은 가게, 라는 캐치프레이즈가 어울릴 것 같은 작고 귀여운 가게였다. 가게 앞에 테이블이 하나 있으며, 파라솔 밑에는 목제 원형 테이블, 그리고 그 옆에는 그루터기 형태를 한 의자 두 개가 놓여 있었다. 그야말로 그림책 안의 세계 같은 느낌이 감도는 외관이었다.

나와 히나미는 그 가게 앞을 지나 안으로 들어간 후, 2인석에 앉았다. 나는 메뉴를 대충 훑어보고 시킬 요리를 정한 다음, 히나미가 메뉴를 정할 때까지 기다렸다. 하지만 그 후로 3분이 지났는데도, 히나미는 여전히 진지한 표정으로 메뉴를 쳐다보고 있었다.

"……뭐로 하지."

"엄청 고민하는 것 같네."

"그러는 너는 벌써 정한 거야? ……뭘 시킬 건데?"

히나미는 약간 머뭇거리는 듯한 어조로 그렇게 말했다. '네가 뭘 고르든 나는 흥미 없어. 나는 내가 먹고 싶을 걸 고를 거야' 같은 사고방식을 지녔을 법한 이 녀석이 이런 소리를 하니 좀 의외였다.

"아, 나는 이 토마토 치즈 햄버그를 시킬 거야."

"그렇구나. 그것도 괜찮네. 응. 괜찮아 보여……."

손가락을 입술에 댄 히나미는 범행 증거를 찾는 것처럼 심각한 표정으로 낮은 신음을 흘렸다.

"히, 히나미……?"

"저기, 토모자키 후미야 군. 제안 하나만 해도 될까?"

"응?"

히나미가 갑자기 풀 네임으로 나를 부르자, 약간 당황했다. 그녀는 상당히 진지한 표정을 짓고 있었다.

"저기 말이야. 나는 이 일본풍 소스 치즈 in 햄버그를 시킬게. 그러니까……."

"그러니까?"

"네가 시킨 토마토 치즈 햄버그와 내 걸 반씩 나눠 먹는 건 어때?"

히나미는 그 말을 매우 중대한 사실이라는 것처럼, 마치 '불명확했던 흉기가 판명되었습니다' 같은 소리를 하듯 입에 담았다. 나는 무심코 웃음을 터뜨리고 말았다.

"……왜 웃는 거야? 왠지 불쾌해."

"아, 미안해."

나는 그렇게 말하면서도 여전히 웃음을 흘렸다.

"토마토 치즈 햄버그도 먹고 싶다. 일본풍 소스 치즈 in 햄버그도 먹고 싶다. 그런 상황에서 합리적인 제안을 했을 뿐이거든? 딱히 웃을 일은 아닐 텐데?"

"마, 맞아. 그러자. 나눠먹자고."

나는 그렇게 말하다 일전에 같이 갔던 파스타 가게에서 히나미가 먹던 게 생각났다. ──그녀는 그때, 까르보나라를 시켰다.

"너, 치즈를 좋아하는 구나."

"시끄러워! 내가 뭘 좋아하든 너와는 상관없잖아! 그럼 반씩 나눠먹기로 한 거지? ……대체 언제까지 웃고 있을 건데? 진짜로 불쾌하네. 빨리 주문이나 해."

더 웃었다간 실례일 것 같다는 생각이 든 나는 억지로 웃음을 참은 후, 주문을 했다.

나는 물을 마시면서 햄버그가 나오기만 기다렸다.

"그런데 IC레코더는 들어봤어?"

히나미는 어제 나한테 줬던 IC레코더를 언급했다. 그 기기에는 방과 후 반성회 때의 음성이 녹음되어 있었다. 히나미는 복습용으로 쓰라며 그걸 나에게 줬고, 나는 어제 자기 전에 들어봤다.

"응. 들었어."

"어때? 뭔가 눈치챈 건 없어?"

"눈치챈 거?"

그날 방과 후에 나눴던 이야기를 그날 밤에 들었을 뿐이기에, 나는 내용을 거의 완벽하게 기억하고 있었다. 그러니 딱히 눈치챌 만한 건…….

"아, 내 질문이 좀 잘못됐네. 『내용이 아니라 다른 데서』 눈치챈 건 없어?"

"내용이 아니라 다른데서……? ……아."

"있나 보네."

"……목소리."

그렇다. 있다. 내용 자체는 내가 기억하고 있는 것과 똑같았다. 하지만 자신의 이미지와 다른 점이 하나 있었다.

"내 목소리, 아니, 말투? 그게 생각했던 것과……."

"맞아."

히나미는 그 말을 기다렸다는 듯이 입을 열었다.

"자신의 목소리가 이미지와 다르다는 말은 들은 적이 있지만, 내가 장시간 동안 자연스럽게 나눈 대화를 들어본 건 처음이거든……. 좀 놀랐어. 내 목소리는 웅얼거리는 것처럼 들렸거든."

"……직접 듣고 바로 눈치챘구나. 그럼 금방 고칠 수 있을 거야."

"그래?"

"응. 음치인 사람도 마찬가지인데, 자신의 목소리가 이상하다는 걸 눈치챌 수만 있다면 반복연습으로 그걸 어느 정도 고칠 수 있어."

"그렇구나."

그 말은 들어본 적이 있었다. 자기가 이상하다는 걸 눈치채지 못하는 사람이 진정한 음치인 것이다.

"……하지만 너는 심하게 웅얼거리잖아. 교정 트레이닝을 받는 편이 나을 거야."

"나, 심하게 웅얼거리는 거야?"

"응. 네 목소리가 웅얼거리는 것처럼 들리는 건, 말에 너무 의지하기 때문이야."

"말에 너무 의지하기 때문?"

"예를 들어서, 네가 뭔가에 대해 이야기할 때는 『그렇구나』, 『그래?』처럼 말에 여러 패턴을 주잖아?"

"어, 그래?"

"응. 아마 무의식적으로 그러는 거야. 뭐, 같은 말을 계속하는 건 상대방에게 실례라는 생각이 있기 때문이겠지만…… 문제는 말만 바꾸지 톤은 그대로라는 거야."

"톤은 그대로?"

"응. 즉, 표정이나 억양, 제스처, 그런 것을 대화에서 거의 사용하지 않는 거야. 쭉 같은 억양, 같은 목소리로 말하는 거지."

"아~."

그건 그럴지도 모른다.

"좋아. 오늘 점심 식사를 하는 동안에 너는 과제를 하나 수행해줘야겠어."

"과제?"

"그래. 그 과제가 뭐냐면……."

"응."

"——앞으로 내 이야기에 맞장구를 칠 때는 무조건 모음만 써."

"모음으로만 맞장구를 치라고?"

그게 어째서 톤 훈련이 되는 거지?

"이해를 못했나 보네. 잘 들어. 모음만 쓸 수 있다는 건 『아아』, 『오우』, 『어?』 같은 것만 쓸 수 있다는 거야."

"뭐, 그렇겠지……. 아, 아직은 시작 안 한 거지?"

"그래. 아무튼, 그렇게 말을 제한하게 되면 어떻게 될 것 같아? 그 상태에서 상대에게 자신의 생각을 전하려고 하면 보통 어떻게 될까?"

"……아, 그런 거구나."

"표정과 억양, 목소리의 크기와 몸의 움직임으로 감정을 표현할 수밖에 없겠지?"

"……그건 그럴 거야."

"그러니까 말이야."

히나미는 그렇게 말하더니, 눈썹을 찌푸리며 무서운 어조로 '어?'하고 말했다.

그 다음에는 눈을 동그랗게 뜨더니, 뭔가를 발견한 듯한 어조로 '어?'하고 말했다.

그리고 그 다음에는 오호라~ 하고 말하는 듯한 약간 얼간이 같은 표정을 지으면서 '어~'하고 말했다.

마지막으로 그녀는 양손으로 머리를 감싸 쥐더니, 거친 어조로 '어~!'하고 말했다.

"……보다시피 『어』 하나만으로도 다양한 표현을 할 수 있어. 방금처럼 억양과 제스처, 표정과 목소리 크기로 마음을 전하는 버릇을 들이면, 웅얼거리는 듯한 말투에서 벗어날 수 있을 거야."

"……재주도 좋네."

내 눈에는 히나미의 뛰어난 연기력이 가장 먼저 들어왔다. 그리고 화사한 분위기가 그녀를 귀여워 보이게 했다.

"이런 식으로 말에 족쇄를 채우면 다른 걸로 감정을 표현할 수밖에 없으니까, 자연스럽게 그런 능력이 숙달돼. 거꾸로 말하자면, 너는 지금까지 다양한 말을 한 탓에 말 이외의 표현법이 퇴화해버렸다고도 할 수 있어."

"……뭐, 무슨 말인지 알겠어."

"자아, 그럼 지금부터 시작하자. 네가 말을 하는 건 괜찮아. 어디까지나 맞장구만 모음으로 쳐."

이 상황에서 적당한 맞장구라면…….

나는 '오우!'하고 외치며 주먹을 얼굴 높이로 들었다.

"기세가 꽤 좋네. 의외로 소질이 있나봐?"

칭찬받았다. 그렇다면…….

나는 만세를 하면서 '……예이!'하고 말했다. 여러모로 생각해봤지만, 이것밖에 생각나지 않았다.

"바보 같아서 좋네. 처음에는 부끄러워서 큰 동작을 못 취할 거라고 생각했어."

이번에는 디스를 당했다. 지금 내가 느끼고 있는 '헛소리 하지 마!'라는 감정을 겉으로 드러내기 위해선…….

나는 납득이 안 된다는 것처럼 눈썹을 찌푸리며 "아앙?" 하고 말했다.

"물 만난 고기네. 나도 조금 화가 날 것 같아. 그런데, 어때? 꽤 괜찮은 트레이닝이지? 고맙다고 생각한다면, 점심은 네가 사는 게 어때?"

지금 느끼고 있는 '자, 잠깐만 있어봐!'라는 감정을 표현하려면…….

내가 딴죽을 날리듯 '어이!!'하고 외치며 양손을 앞으로 쑥 내민 직후…….

"오래 기다리셨습니다. 일본풍 소스 치즈 in 햄버그…… 어머? 토모자키, 군?"

점원이 느닷없이 내 이름을 입에 담았다.

"어?!"

나는 여전히 모음만으로 대답했다. 햄버그를 가지고 온 여성의 얼굴을 보니, 그림책과 순정만화를 더해서 둘로 나눈 다음 빛을 더한 듯한 여성, 즉 클래스메이트인 키쿠치 후카 양이 있었다. 나는 일전에 그녀가 보는 앞에서 코를 푼 적이 있었다. 그러고 보니 평소 안 쓰던 안경을 쓰고 있었다. 너무 잘 어울렸다.

"우오?!"

나는 또 모음만으로 반응을 보였다.

"어? 후카 양?! 어~! 여기서 아르바이트하는 구나! 이런 우연도 다 있네!"

클래스메이트가 한 명 더 나타난 건가?! 내가 그렇게 생각하며 고개를 돌려보니, 방금 그 말을 한 사람은 바로 히나미였다. 이 녀석은 정말 순식간에 돌변한다니깐.

"아, 예. ……일주일 전부터 하고 있어요. 여기가 평판이 좋아서……."

"하긴, 우리 학교에 여기 소문이 파다하게 퍼지긴 했잖아! 나도 한 번 먹어보고 싶어서 온 거야."

"마, 맞아!"

나는 방금까지 한 훈련의 여운 탓에 꽤 과장스러운 목소리로 그렇게 말했다.

"아…… 그렇군요……. 그런데, 어째서……."

"응? 어째서?"

히나미는 방금 그 말의 의미를 알겠지만, 시치미를 떼면서 그렇게 말했다. 키쿠치 양은 마치 요정이 보이는 것은 아닐까 하는 생각이 드는 불가사의한 눈동자로 나와 히나미를 번갈아 쳐다보았다.

"……두 사람, 사이가 좋았군요……. 좀, 의외예요……."

히나미는 '맞아! 일전의 가정과목 수업 때 친해졌어'하고 바로 대답했다. 거짓말을 잘하네.

"……아, 그때 말이군요."

키쿠치 양이 후후 하고 웃자, 안경 너머에 존재하는 기다란 속눈썹이 마성적인 느낌을 자아내며 흔들렸다.

"아, 참. 그건 내가 시킨 거야!"

히나미는 키쿠치 양이 들고 있는 햄버그를 손가락으로 가리키면서 그렇게 말했다.

"아, 그런가요. 자아……. 그럼 맛있게…… 드세요."

키쿠치 양은 그렇게 말하며 기품이 느껴지는 미소를 지었다. 그녀는 숲을 연상케 하는 이 가게의 분위기와 절묘한 조화를 이루고 있었다.

"……갔지?"

"응."

"저기…… 들키지는 않았겠지? 여러모로 말이야."

히나미는 잠시 침묵한 후, 입을 열었다.

"아마 괜찮을 거야. 아까 내가 했던 말을 들었더라도, 연기를 하거나 장난을 치는 것처럼 들렸겠지. 그리고 다른 사람들의 귀에 내 목소리가 들어가는 것도 나름 주의하고 있었어. 이 가게가 요즘 학교에서 화제니까, 손님 중에 클래스메이트가 있을 가능성도 염두에 두고 있었거든."

"아, 그랬구나."

나는 그런 생각을 눈곱만큼도 하지 않았다. 이게 커뮤니케이션 장애의 관록이라는 걸까.

"하지만 점원 중에 클래스메이트가 있을 거라고는 생각하지 못했어. 경계 대상이 아니라 바로 반응하지 못했어. 안경도 쓰고 있었고…… 그래도 이제 알았으니 됐어. 실수라고 할 만한 짓을 하지는 않았잖아."

……이 녀석이 이렇게 말하는 걸 보면, 안심해도 될 것이다.

"하지만 좀 성가시게 됐네. 단순한 클래스메이트라면 아까 그 맞장구 훈련을 계속해도 되겠지만……. 키쿠치 후카니까 그럴 수도 없어……."

"……그게 무슨 소리야? 왜 그녀 상대로는 하면 안 되는 건데?"

키쿠치 양은 단순한 클래스메이트가 아니라는 건가?

"응. 일전의 훈련 때는 혹시나 하고 생각했는데── 오늘 리액션을 보고 확신을 가졌어."

"확신? 뭘 말이야?"

내가 그렇게 묻자, 히나미는 자신만만한 미소를 지으며 이렇게 말했다.

"키쿠치 후카. 저 애가 네 첫『공략 히로인』이야."

                            ***

　완전히 혼란에 빠진 나는 토마토 치즈 햄버그를 가지고
온 키쿠치 양의 얼굴을 똑바로 쳐다보지 못했다.

　"자, 잠깐만! 그게 대체 무슨 소리야?"

　"네 동요한 모습을 보아하니, 아마 네가 생각하고 있는
게 정답일 거야."

　히나미는 머그컵을 기울이며 우아하게 말했다.

　"그, 그그, 그러니까, 키쿠치 양과, 사사사, 사귀라,
는……!"

　나는 감정이 격앙되었지만, 큰 목소리를 낼 수 없기에,
작은 목소리로 그렇게 중얼거렸다.

　"맞아. 중간 목표, 고등학교 2학년 때에 애인을 만든다.
그 타깃이 바로 저 애야."

　히나미는 담담한 목소리로 그렇게 말했다. 동요한 나를
놀리는 게 틀림없다.

　하지만 나는 무엇부터 물으면 좋을지, 무슨 말을 하면
좋을지 몰랐기에, 일단 '이, 이이, 이유가 뭐야?'하고 되물
을 수밖에 없었다.

　"뭐, 이유라면 여러 가지가 있어."

　히나미는 그렇게 말하며 햄버그를 입에 넣더니, 그걸 천

천히 씹고 삼켰다. 나를 골리려고 일부러 저러는 게 틀림없다.

"가장 큰 이유는 네가 말을 걸었던 네 사람 중에서 너한테 가장 호감을 가지고 있는 것처럼 보였어."

"호감?"

키쿠치 양이? 나한테?

"절반."

히나미가 당연한 소리를 하듯 그렇게 말하자, 나는 "뭐?" 하고 말하며 당황했다.

"햄버그 말이야, 햄버그."

"아, 응."

히나미는 좀처럼 본론에 들어가지 않았다. 대체 왜 이렇게 시간을 끄는 걸까. 혹시 그 정도로 햄버그가 먹고 싶은 걸까. 우리는 일단 햄버그를 절반씩 교환했다.

"이유는 모르겠지만, 일전에 유즈가 말을 걸었을 때부터 그런 편린이 보이기는 했어."

히나미는 그렇게 말하며 내 코를 손가락으로 가리켰다.

"유즈가 후카 양에게 휴지 있냐고 물었을 때, 그녀는 바로 대답을 했었지?"

"아, 그러고 보니…… 그랬어. ……그런데, 그게 왜?"

"그때 말이지. 네가 유즈에게 휴지가 있냐고 물었을 때부터, 후카 양은 휴지를 찾고 있었어. 옆에서 이야기를 듣기만 했으면서 말이야."

"흐음."

나는 전혀 눈치채지 못했다. 하지만…….

"……어, 그게 다야?"

"아니. 그건 어디까지나 편린이야. 뭐, 좀 부자연스럽다고 생각했지만, 누구에게나 상냥한 여자애일지도 모르니까, 너한테 호의가 있다고 단정할 수는 없어. 그저 딱히 싫어하지는 않는 것 같다고 판단하기만 했다니깐."

"그랬구나. 그런데 왜 이제 와서 생각이 바뀐 거야?"

"그건 말이지."

히나미는 그렇게 말하면서 자신의 치즈 in 햄버그를 가리켰다.

"후카 양은 이걸 가지고 오다 우리를 발견했지? 그리고 뭐라고 했는지 기억해?"

"뭐……? 딱히 중요한 말을 했던 것 같지는 않은데?"

"맞아. 그 애는—— '어머? 토모자키 군?'이라고 말했어."

히나미는 또 나를 손가락으로 가리키며 의미심장한 목소리로 말했다.

"……어? 그게 어쨌다는 거야? 자기가 아르바이트를 하는 가게에 클래스메이트가 있다면 이름 정도는 부르는 게 정상 아냐?"

히나미는 한숨을 내쉬더니, 자신의 가슴에 손을 대며 말했다.

"천하의 『히나미 아오이』가 있는데도?"

"⋯⋯아~. 그렇구나."

납득은 했다. 납득은 했지만, 자기 자신에 대한 히나미의 자부심에는 다시 한번 감탄했다.

"우리 학교에서, 나는 스타나 다름없는 존재야. 게다가 친근한 타입이지. 그러니 보통은 우연히 발견한 집단 안에 내가 있다면, 우선 내 이름을 입에 담아. 하지만 그녀는 '토모자키 군?'이라고 말했어. 이건 별 일 아닌 것 같지만, 꽤 결정적인 사건이야."

히나미는 당연한 소리를 하는 듯한 표정을 짓고 있었다. 이 녀석의 당당한 자신감에 익숙해지기 시작한 나 자신이 무서웠다.

"아니, 그 정도 일로 그런 판단을 내려도 되는 거야?"

"당연하지. 한 번 생각해봐. 설령 이 자리에 있는 사람이 나 같은 슈퍼스타가 아니라도, 남녀가 한 명씩 이 자리에 있다면 여자 입장에서는 같은 여자 쪽의 이름을 입에 담는 게 정상이겠지? 그런데 남자 쪽의 이름을 입에 담는 게 정상적인 일일까?"

"그건⋯⋯ 그러네."

"그런데도 네 이름을 입에 담았다는 것은 아무 일도 아닌 것 같지만, 실은 꽤 부자연스러운 일이야. 물론 나를 보지 못했다면 이야기가 달라지겠지만, 나처럼 존재감 넘치는 애를 눈치채지 못한다는 건 있을 수 없는 일이거든. 그러니까 너한테 호감이 있거나, 아니면 후카 양의 그런

쪽 감각이 비정상적이거나, 둘 중 하나일 거야."

히나미는 그렇게 말하면서 햄버그를 전부 먹어치웠다.

"너를 눈치채지 못했다는 가능성을 그딴 이유로 부정해도 괜찮은 거야?"

히나미는 내 말을 무시하며 말을 이었다.

"하지만 내가 알기로 그 애는 평범한 여자애니까……. 아마 너한테 호감이 있는 게 맞을 거야……. 저기, 혹시 짐작 가는 데 없어?"

"짐작?"

나는 여러모로 생각해봤지만…….

"딱히 없어."

"……그렇구나."

히나미는 난처한 표정을 지으며 말했다.

"그럼 역시 내가 착각한 걸까……?"

히나미는 약간 자신 없는 목소리로 그렇게 말했다.

"뭐, 착각한 거라면 그녀를 공략 히로인으로 삼지 않는 편이 좋겠지?"

"그렇지 않아."

히나미는 딱 잘라 말했다.

"어찌 됐든 간에 지금 너한테 있어서는 그 애가 최선이야. 내가 착각한 거라도, 일단 저 애를 공략 히로인으로 삼을 거야."

"하, 하지만, 내가 저 애를 좋아하는지는……."

나는 바로 그 점 때문에 거부감을 느끼고 있었다.

"……저 애가 귀엽지 않은 거야?"

"뭐?"

히나미는 느닷없이 그런 날카로운 질문을 던졌다.

"후카 양 말이야. 나는 정말 귀엽다고 생각하는데, 너는 어때?"

"……아니, 뭐……. 귀엽기는 해."

"그렇지? 그럼 괜찮겠네. 아직 좋아하는 건지는 모르겠다. 하지만 귀여우니 좀 신경이 쓰이기는 한다. 그러니 어택을 해본다. 그러면서 자신이 진짜로 저 애를 좋아하는 건지 확인해본다. ……이상한 데라도 있어?"

"아니, 딱히 이상한 구석은 없지만……."

"그런 건 딱히 신경 쓸 필요 없는 거잖아?

뭐? 그게 사소한 일인 거야? 나는 고민이 되었다. 불성실한 짓이라는 생각, 그리고 여성에게 어택을 한다는 공포. 그리고 게이머로서의 의지. 그것들이 뒤섞였다. 그리고…….

"……나는 이 게임을 최선을 다해 플레이하기로 결심했어. 그러니까 할게."

나는 이렇게 말했다. 이미 결심을 했다. 그러니 일단 하는 데까지 해보고 생각하면 된다. 느닷없이 돌이킬 수 없는 상황에 처하지는 않을 것이다. ……아마도 말이다.

"그래? 역시 nanashi야."

히나미는 그렇게 말하면서 메뉴판을 들었다.

"더 시키려는 거야? 디저트?"

"응. 너도 먹을래? 여기는 케이크도 맛있대."

"그래?"

나는 메뉴를 힐끔 쳐다보았다.

"그럼 나는 티라미수로 할래."

"나는 치……."

거기까지 말한 히나미는 얼굴을 빨갛게 붉히면서 말을 멈췄다.

"치?"

내가 되물은 순간, 히나미는 어느새 태연한 표정을 지었다. 부자연스러울 정도였다. 분명 일부러 저런 표정을 짓고 있는 게 틀림없다. 그리고 그녀는 부자연스러울 만큼 태연한 어조로 이렇게 말했다.

"나는 치즈케이크를 시킬 거야."

내가 웃음을 터뜨리자, 히나미는 테이블 아래에 있는 내 발을 걷어찼다.

식사 후에 간 미용실에서는 별다른 사건이 일어나지 않았다. 히나미는 무난한 느낌으로 해달라고 부탁한 후 전부 전문가에게 맡기라는 지시를 나에게 내렸고, 나는 그 지시대로 미션을 수행했다. 또한 눈썹도 다듬어달라는 부탁을 하라는 지시도 받았기에, 그대로 부탁했다. 옷가게에서 점원과 대화를 나눈 덕분인지 별 문제 없이 지시를 수행할 수 있었다. 전부 합쳐서 총 4800엔이 들었다. 평소보다 3800엔이나 더 들었다. 거울을 보니, 못난이가 멋쟁이 가발을 쓰고 있는 듯한 느낌이 들었다. 해냈다. 그리고 슬프다.

나는 이 날에 옷 고르기, 미용실에서의 주문 방법, 대화 톤을 연습하는 법을 배웠다. 그리고 저녁 때, 우리는 해산하기로 했다.

그리고 귀가 후, 드디어 이 『게임』의 진도가 조금이지만 나아가는 사태가 벌어졌다.

"다녀왔습니다~."

평소보다 지친 나는 신발을 벗고 거실에 들어갔다. 부모님은 없었으며, 여동생은 허벅지가 훤히 드러나는 핫팬츠 차림으로 소파와 녹아들어가 있었다.

"……인마, 너무 칠칠치 못하잖아."

나는 솔직하게 지적했다. 그러자 여동생은 나를 쳐다보지도 않으며…….

"뭐?! 오빠한테는 그런 소리 듣고 싶지 않거든? 그런 이상한 꼴…….."

……하고 말하며 나를 향해 고개를 돌리더니…….

"……어?"

다음 순간, 당혹한 것처럼, 그리고 믿기지 않는 광경을 목격한 것처럼 눈을 동그랗게 떴다. 그리고 여동생은 나를 머리부터 발끝까지 샅샅이 훑어봤다.

"……오빠…… 저기…….."

이, 이건!

* * *

"히나미! 히나미!"

다음 주 월요일 차임. 나는 먼저 제2피복실에 와있던 히나미를 향해 힘차게 뛰었다.

"……내 이름 좀 그만 좀 불러줄래? 기분 나쁜 개 같단 말이야."

"어이, 기분 나쁘다는 건 너의 지극히 주관적인 의견이잖아!"

"아침부터 정말 힘차게 딴죽을 날리네."

나는 그런 히나미를 향해 당당한 목소리로 말했다.

"네가 내준『작은 목표』, 클리어한 걸지도 모르겠어!"

내가 그렇게 말하자, 히나미의 눈빛이 달라졌다.

"뭐? 정말?! 가족한테 무슨 말 들은 거야? 빨리 가르쳐 줘!"

히나미의 눈은 반짝이고 있었다. 그런 그녀를 보니 왠지 나도 즐거웠다.

"맞아! 여동생이 한 말을 가르쳐줄 테니까, 클리어한 게 맞는지 네가 판단해줘!"

"응, 좋아. 네가 착각한 건 아니겠지?"

"응! 아마 착각은 아닐 거야!"

"그런데 어떤 말을 들었는데?"

"그게 말이지……."

어딘가에서 분위기를 고조시키는 드럼소리가 들려오는 것만 같았다.

"'……오빠…… 저기……. 오빠 센스로는 이 정도로 달라지는 건 불가능하거든? ……뭐가 어떻게 된 거야? 사춘기에 눈떠서 오타쿠 탈피 서적이라도 읽은 거야?' 하고 말했다고!"

히나미는 당혹 섞인 쓴웃음을 머금으며, 말로 형용하기 힘든 표정을 지었다.

"……응. 목표는 클리어한 것 같은데……. 그런 말을 듣고 용케도 이렇게나 기뻐하네."

"시끄러워! 아무튼, 클리어하긴 한 거지?!"

"뭐, 좋아. 첫 목표를 달성한 걸 축하할게. 잘했어."

"고, 고마워."

나는 당황하며 그렇게 말했다.

"──어쩌면 너는 자기가 아무 짓도 하지 않았다고 생각할지도 모르지만, 그렇지 않아. 복장은 마네킹이 입은 걸 그대로 따라했고, 머리카락도 미용사가 알아서 잘라준 거야. 하지만 나를 따라온 그 행동과 의지, 그리고 표정과 자세를 교정하기 위해 매일 같이 해온 노력도 적지 않은 효과를 발휘했어. 너 혼자만의 힘으로 해낸 건 아니지만, 그래도 이건 네가, 직접, 자기 손으로, 쟁취한 결과야."

히나미는 내 마음속 깊은 곳에 존재하는 미세한 위화감 같은 것을 말로 표현하면서 내 눈을 똑바로 쳐다보았다.

"그러니까 한 번 더 말할게. ——축하해."

"……응. 고마워."

그렇기 때문일까, 두 번째 말한 '고마워'에는 아까보다 진심이 어려 있었다. 그래. 나는 인생이라는 게임에서, 목표를 달성한 거구나.

"자아."

히나미는 여운에 잠겨있는 나를 향해 이렇게 말했다.

"다음 작은 목표를 발표할게."

"쉴 틈을 안 주네."

"당연하잖아. 결과를 내기 위해서는 일취월장해야 해. 꾸준히 노력하는 수밖에 없는 거야."

"뭐, 그건 나도 알아."

"그럼 발표할게. 다음 목표도 정말 간단해."

히나미는 내가 마른 침을 삼킬 틈도 주지 않으며 말했다.

"『우리 학교에 다니는 나 이외의 다른 여자애와, 단둘이서 외출하기』야."

"잠깐만!"

나는 반사적으로 손을 내밀며 그녀의 말을 막았다.

"……왜 그래? 또 인기 없는 비(非) 리얼충티 팍팍 나는 불만이라도 늘어놓으려는 거야?"

"그런 거 아냐! 이번 목표는 완전 이상하잖아!"

"뭐가?"

"그걸 몰라서 묻는 거야?! 여자애와 단둘이서 외출한다는 건, 그 애와 사귄다는 거나 다름없다고!"

내가 자신만만한 목소리로 정론을 늘어놓자, 히나미는 진심으로 어이없다는 듯한, 아니, 그것마저 넘어서서, 그야말로 자비심이 느껴질 듯한 표정을 지었다.

"하아……. 네가 연애를 한 적이 없다는 건 알지만, 연애 드라마나 만화조차 읽어본 적이 없는 거야?"

"……이, 있긴 한데……."

"그럼 단둘이서 외출=사귄다, 같은 소리는 중학생도 안 할 거라는 것 정도는 알 텐데?"

"……그, 그런 거야?"

나는 그 말을 듣고 불안에 사로잡혔다.

"그래. 뭐, 사귀어도 될 만큼 상성이 좋은지 확인해보기 위해서, 사귄다는 걸 전제에 두면서 그러는 경우도 많긴 하지만 말이야."

"그, 그럼……!"

나는 썩은 동아줄을 잡는 심정으로 외쳤다.

"내가 더 설명을 해야 되는 거야?"

히나미가 슬픈 눈길로 쳐다보며 그렇게 말하자, 나는 점점 움츠러들 수밖에 없었다.

"그, 그게…… 뭐, 원래…… 그런…… 거지?"

"응. 아무튼 그걸 목표로 삼으며 앞으로도 매진해줘. 자아, 준비는 됐지? 오늘 네가 할 일은 말이야."

그리고 히나미는 당연한 소리를 하듯 말을 이었다.

"이즈미 유즈에게 두 번 이상 말을 거는 거야."

"잠깐만!"

나는 이번에야말로 꼬리를 잡았다는 확신을 가지며 히나미를 말렸다.

"사사건건 태클 좀 걸지 말아줄래?"

"태클 아니라고! 이번에야말로 진짜 이상하잖아! 어제만 해도 키쿠치 후카가 공략 히로인이라고 네 입으로 말했지? 그럼 나는 이즈미 유즈가 아니라 키쿠치 후카에게 말을 걸어야 할 거 아냐!"

기세 좋게 지적을 한 나는 곧 허무함을 느끼며 덧붙여 말했다.

"……뭐, 단순히 이름이 헷갈린 거겠지만 말이야."

히나미가 말실수를 한 걸 가지고 이렇게 흥분한 게 부끄러웠다. 그리고 '나란 놈은 평소 당한 걸 앙갚음할 요량으로 이딴 소리를 한 걸지도 몰라…….'같은 생각을 하고 있을 때, 뜻밖의 말을 들었다.

"무슨 소리를 하는 거야. 네가 말을 걸 사람은 키쿠치 후카가 아니라 이즈미 유즈 맞거든?"

"뭐? ……에이, 고집 부리지 마. 말실수 한 거 맞잖아?"

"……저기 말이야. 나는 천하의 히나미 아오이거든? 내가 그런 실수를 할 것 같아?"

"너란 녀석은 말실수도 하지 않는 거야?"

"잘 들어. 네 공략 히로인은 어디까지나 키쿠치 후카야. 하지만 현실이라는 게임의 연애 시스템은 평범한 연애 시뮬레이션과 달라."

"……그게 무슨 소리야?"

히나미는 '그게 말이지'하고 운을 띄운 후, 말을 이었다.

"연애 시뮬레이션에서는 공략할 히로인을 정하면, 그 다음에는 그 애의 호감도가 올라갈 만한 선택지를 우직하게 고르기만 하면 공략할 수 있어."

"응. 맞아."

"하지만 현실은 그렇지 않아. 그런 정해진 루트가 없거든."

"뭐, 그야 그래. 그래도 왜 이즈미 유즈에게 말을 걸어야 하는 건데?"

"슈팅 게임을 예로 들어볼게."

또 게임을 예로 드는 설명이 시작됐다.

"목숨이 하나도 남지 않은 상태와 목숨에 여유가 있는 상태…… 어느 쪽일 때 자연스럽게 움직일 수 있을 것 같아?"

"뭐?"

나는 잠시 망설인 후, 대답했다.

"뭐, 성격에 따라 다르겠지만…… 남은 목숨이 없으면 긴장해서 평소처럼 움직이지 못하는 사람이 많지 않을까? 나도 그래."

"귀정."

"또 그 말이냐."

"보통은 남은 목숨이 있을 때 움직임이 좋아."

"……그러니까 무슨 말이 하고 싶은 건데?"

"하아."

히나미는 평소처럼 한숨을 내쉬었다.

"그러니까, 연애도 마찬가지라는 거야."

"으음…… 그게 무슨 소리야?"

"모르겠어? 사귈 수 있을 것 같은 애가 한 명 밖에 없다. 즉, 이 애 이외에는 애인 후보가 없는 상태는 목숨이 남지 않은 상태나 다름없지?"

"그건 그래."

"그렇게 본다면, 사귈 수 있을 만한 애가 여러 명 있다. 즉, 이 애와 사귀지 못하더라도 다른 애인 후보가 있는 상태인 편이 여유를 가지고 상대와 줄다리기를 할 수 있지 않을까?"

"……아하."

나는 이제야 이해했다. 하지만…….

"즉, 양다리를 걸치라는 거지? 어이, 히나미. 그래도 이즈미 유즈는 나한테 완전 무리 아냐?"

나는 자신만만한 목소리로 그렇게 말했다.

"꼭 이즈미 유즈를 노리라는 건 아냐. 그렇게 해야 정신적으로 좋은 상태를 유지할 수 있다는 거지."

"으음…… 그래도 이건 상대방에게 실례되는 짓 아냐?"

여러 여성에게 양다리를 걸친다는 행위 자체가 말이다.

"저기 말이야. 딱히 거짓말을 하라는 건 아니거든? 어쩌면 커플이 될 가능성도 있는 것 같다, 싶은 여자 사람 친구를 몇 명이나 만들어두면 너한테 여유가 생길 거라는 것뿐이야."

"아니, 그래도 일편단심인 편이…….'

"정말 말이 많네. 그렇게 『실례』니 『일편단심』처럼 내용물이 없고 겉보기에만 번지르르한 말을 종교처럼 맹신하면서 생산적인 행동에 초점을 맞추지 않으니까, 일본은 국제적인 의사결정 능력에서 다른 나라에게 뒤처지는 거야."

"이야기가 갑자기 인터내셔널한 방향으로 뻗어나간 것 같은데?"

나는 잠시 생각에 잠긴 다음 말했다.

"하지만 그러다가 키쿠치 양의 호감도가 낮아지면 손해 아냐?"

"그렇지 않아. 평범한 연애 시뮬레이션 게임에서는 다른 애의 호감도를 올리는 선택지를 고르면, 타깃인 애의 호감도가 떨어지기도 해."

"그렇지."

"하지만 현실은 달라. 오히려 현실에서는『어떤 여자애의 호감도를 올리면, 그 애뿐만 아니라 다른 여자애의 호감도도 상승』하거든."

"으음, 그 말은…….

"……여자애들 사이에서 평판이 좋아진다는 거야?"

"뭐, 간단히 말하자면 그래. 그것 말고도 독점욕을 자극하거나, 남자로서의 격이 올라간 것처럼 보이는 등, 효과는 다양해."

"으음. 그렇, 구나……. 뭐, 알았어."

어쨌든 간에, 지금의 내가 여자애들 사이에서 평판이 좋아질 것 같지는 않지만 말이다.

"……응? 그럼 키쿠치 양에게는 딱히 아무 것도 안하는 거야? 메인 히로인이잖아?"

"응. 안 할 거야."

히나미는 딱 잘라서 그렇게 말했다. ……뭐, 히나미에게 생각이 있는 것이리라.

"……알았어. 내가 불성실하지 않다고 생각하는 범위 내에서 할 수 있는 데까지 해볼게."

"그건 네 자유야. 하지만 말도 안 되는 이유를 대며 도망치지는 마."

뭐, 불성실하다는 말을 들을 만한 사태에 처하려면 이성에게 꽤 인기가 있어야 한다. 그러니 내가 그런 상황에 처한다는 게 상상도 되지 않으니 아마 괜찮을 거라는 생각을 하고 있었다. 이 말을 했다간 히나미가 '너, 의욕이라는 게 있긴 한 거야?'같은 소리를 들을 것 같아서 하지 않았다.

"알았어. 확실히 효율 자체는 그 편이 좋을 것 같긴 해…… . 게다가 그럴 작정으로 임하지 않으면……『중간 목표』달성은 힘들 것 같네."

3학년이 되기 전에 애인을 만든다, 같은 무모한 목표를 달성하려면 말이다.

"맞아."

히나미는 고개를 끄덕였다.

"그렇게 목표를 확인하는 건 정말 중요해."

"오케이…… 해볼게."

"그럼 상대방에게 할 이야기 말인데……."

"아, 일단 이야깃거리를 암기하고 있긴 한데 말이야……."

내가 그렇게 말하자, 히나미는 약간 놀라더니, 곧 환한 미소를 지으며 '그럼 네가 알아서 해'하고 말했다.

이즈미 유즈에게 두 번 말을 건다──. 뭐랄까, 예전의 나라면 절대 무리다, 같은 소리를 하면서 두 손 두 발 다 들었을 것이다. 하지만 지금은 좀 노력하면 해낼 수 있을지도 모른다, 같은 생각이 들었다. 그런 식으로 자신감이 서서히 싹트고 있는 듯한 묘한 느낌이 들었다.

"아, 참고로 이건 이번 주에『매일』하도록 해."

"뭐어?!"

그리고 그 자신감은 바로 뜯겨나갔다.

5 강한 기술과 장비를 손에 넣으면 게임이 술술 풀려서 즐겁다

히나미와 외출했던 토요일과 그 다음날인 일요일. 나는 지금까지 해온 표정 및 자세 훈련과 병행해서, 히나미에게 배운 『이야깃거리의 암기』, 그리고 『맞장구 톤 연습』을 철저하게 했다.

이야깃거리의 암기는 내가 공부를 할 때 주로 사용하는, 빨간색 펜으로 써서 빨간색 시트로 가리는 방식으로 했다. 머리를 쥐어짜내 만들어낸 수십 개의 이야깃거리를 그런 방식으로 암기한 것이다. 맞장구 톤 연습은 부모님……과 도 그다지 이야기를 나누지 않기에, 텔레비전을 켜놓고 토크 방송에 맞장구를 친다고 하는 안타까운 방식으로 연습했다. 출연자와 함께 맞장구를 치는 것이다.

그러면서 눈치챈 점도 있었다. 나는 모음만 쓸 수 있기 때문에 일부러 과장스럽게 맞장구를 치려고 했지만, 같은 타이밍에 맞장구를 치는 연예인들과 나의 톤은 크게 차이가 나지 않았다.

하지만 연예인들의 맞장구는 딱히 과장스러워 보이지 않았다.

──즉, 자신이 과장스럽다고 생각한 이 톤이, 남들이 보기에는 자연스러운 톤인 것이다. 거꾸로 말하자면, 나는 지금까지 꽤나 어두운 녀석이었던 것이다.

"이야! 알다가도 모를 일이네!"

가슴을 펴고, 입가를 굳히며, 풍부한 표정을 지으며 밝은 톤으로 그렇게 말하는 내가, 왠지 내가 아닌 듯한 느낌이 들어서 겸연쩍었다.

―― 그러니, 예전의 나보다는 여러모로 나아졌을 것이다.

월요일, 교실.

"저기, 이즈미 양. 영어 번역은 했어?"

가벼운 어조로 물어본 것처럼 들릴지도 모르지만, 아니, 그렇게 들렸으면 하지만, 이 말은 한 내 심장은 터질 것처럼 뛰고 있었다. 제2피복실에서 교실로 이동하면서 나 자신을 격려하고 또 격려한 결과, 자리에 앉고 얼마 지나지 않게 말을 건넬 수 있었다. 물론 이 영어 숙제라는 이야깃거리는 내가 미리 암기해둔 것 중 하나였다.

"뭐? 어, 토모자키 군? 왜 물어보는 거야? 혹시 안 했어?"

이즈미 양은 약간 당황한 듯한 표정을 지었다. 내가 느닷없이 말을 걸었으니 그럴 만도 했다.

"아, 하긴 했어."

이즈미 양은 영문을 모르겠다는 표정을 지었다. 하지만 지금의 나는 예전과는 다르다고.

"어, 그럼 왜 물어본 건데?"

이즈미 양은 몸을 살짝 뒤쪽으로 빼면서 나를 쳐다보

앉다. 명백하게 나를 경계하고 있었다. 어라? 큰일 난 건가? 아니, 아직 괜찮다. 나한테는 암기해둔 이야깃거리라고 하는 무기가 있으니까 말이다!

"아, 갑자기 마커스 부디라는 영문 모를 사람의 이름이 튀어나왔었잖아. 그거, 웃기지 않았어?"

나는 최대한 자연스러운 톤과 표정을 총동원하면서 그렇게 말했다.

"마커스……? 그게 뭔데? 무슨 소리를 하는 건지 모르겠어. 나, 아직 번역을 안 했거든……."

……으음, 어떻게 한다. 어라? 이야깃거리를 몇 개나 더 외워뒀더라? 잠시만 기다려. 어? 으음, 십여 개는 남아있을 텐데 말이야. 어? 머릿속이 새하얗게 됐네.

처음의 공허한 여유는 흔적도 없이 사라지더니, 갑자기 심장이 격렬하게 뛰기 시작했다.

나는 '아, 그랬구나!'하고 밝은 톤으로 말할 생각이었지만, 초조한 탓에 제대로 말을 한 것인지 알 수가 없었다.

"응. 그런데 좀 느닷없네. 할 말은 그게 다야?"

"으, 응. 미안해."

왠지 밝은 톤을 전혀 유지하지 못하고 있는 듯한 느낌이 들었다.

"딱히 미안해할 것까지는 없는데……. 아, 더는 할 말 없는 거지?"

"아, 저기……."

"응?"

"으음…… 아, 아무 것도…… 아냐."

내가 어찌어찌 그렇게 말하자, 이즈미 양은 고개를 한 번 갸웃거리더니 교실 창가 뒤편, 즉 리얼충들이 모여 있는 존으로 이동했다.

어라?

──노력했으니까 잘할 수 있을지도 모른다고 생각했는데, 완전 꽝이었다. 하하하하하. 이게 뭐야? 아니지. 이게 당연하다고. 왜냐면 나니까 말이야. 뭘 착각하는 거야. 자만하지 말라고. 나는 원래 이런 놈이잖아. 옛날부터 이랬어. 못한다고, 못해. 무리야. 역시 그래. 히나미, 나한테 실전은 아직 일러.

의욕과 자신감을 완전히 상실한 나는 수업에 전혀 집중하지 못하며, 방과 후의 반성회 때 무슨 소리를 들을까, 뭐라고 해야 할까, 같은 생각만 계속 했다. 하지만 2교시와 3교시 사이의 쉬는 시간에 내가 화장실에 다녀와 보니, 내 책상 위에 놓여 있던 프린트에 이런 글자가 적혀 있었다.

『1일 '2회'』.

맙소사……. 히나미 양. 그 지옥을 한 번 더 경험하라는 겁니까……?

"흐읍──!"

아까 자신감이 완전히 박살이 났던 탓에 망설여지기는 하지만, 내가 결정한 것이니 할 수밖에 없다. 그런 어패 밑

각종 게임을 통해 육성한 지기 싫어하는 정신을 가동시키면서 억지로 투지에 다시 불을 붙였다. 이대로 지는 건 나 자신에게 지는 거나 마찬가지다. 찰싹. 나는 양손으로 볼을 때렸다. 하기로 했으니 한다. 하기로 했으니 한다. 때려치우는 건 망겜이라는 판단이 서서 전부 관두기로 했을 때다. 그때까지는 해야만 한다.

어차피 메인 히로인이 아니고, 딱히 친한 사이도 아니니, 상대가 나를 어떻게 생각하든 아무 상관없어! 그러니 괜찮아! 상대가 나를 이상하게 생각하더라도 잠시 쪽팔리기만 하면 된다고! 괜찮아!

나는 그런 식으로 자기암시를 걸면서 타이밍을 쟀지만, 3교시 이후의 쉬는 시간, 점심시간, 그리고 5교시 이후의 쉬는 시간에도 이즈미 양에게 말을 걸 타이밍을 놓치고 말았다.

물리적으로 무리였다면 몰라도, 기회가 있었는데도 공포 때문에 놓쳐버리더니, 그건 난센스다. 해서는 안 될 짓이다. 어떻게든 투지로 몸을 움직여야만 한다.

그리고 방과 후, 종례가 끝난 직후. 이 타이밍을 놓치면, 이즈미 유즈는 또 평소처럼 창가 뒤편에 가서 리얼충 그룹과 합류한 다음, 그대로 하교할 것이다. 이게 사실상 마지막 찬스다. 이야깃거리도 아직 남아 있다. 이 방법은 그렇게 부자연스럽지 않으리라. 음, 괜찮을 것이다!

나는 숨을 크게 들이마셨다. 그리고 목소리를 쥐어짜

냈다.

"저기, 이즈미 양."

——그 목소리는 나한테만 겨우 들릴 만큼 작았다.

이즈미 유즈가 그렇게 작은 목소리를 들었을 리가 없었다. 결국 그녀는 평소처럼 리얼충 그룹에 합류한 후, 돌아갔다.

"뭐, 여기에 온 것 자체만으로도 칭찬해줄게."

방과 후, 제2피복실. 히나미는 내 심정을 꿰뚫어본 것처럼 그렇게 말했다.

"……잘못했습니다."

나는 자연스러운 어조로 그렇게 말했다. 면목이 없다고 진심으로 생각하고 있었다. 진짜로 풀이 죽을 대로 죽었다.

"내가 네 친구라면 상냥한 말로 위로해줬을 거야."

나는 고개를 숙이고 있었기에, 히나미의 얼굴이 보이지 않았다.

"하지만 나는 네 지도자야. 설령 친구더라도 어디까지나 전우라고 할 수 있어. 그러니 나는 어디까지나 너를 지도할 거야."

전부 지당하기 그지없는 말씀입니다.

"오늘 반성회는 시간이 그렇게 걸리지 않아. 할 말이 딱 두 개뿐이거든."

"두 개밖에 안 돼?"

"응. 첫 번째. 『어리광부리지 말 것. 변명하지도 말 것. 철저하게 반성할 것』."

히나미는 날카로운 안광을 띠며 그렇게 말했다.

"……예, 예입!"

그 순간, 내 마음은 크게 뛰었다.

"그리고 두 번째. 『내일 이후로도 오늘 같은 방식으로 최선을 다할 것』."

"……뭐?"

"오늘 네가 이럴 거라는 걸 내가 예상하지 못했을 것 같아? 이렇게 될 가능성도 염두에 두면서 이 과제를 냈던 거야. 그러니 문제없어. 충분히 훈련이 되고 있어. 하지만 하루 두 번이라는 횟수는 꼭 지킬 것. 알았지?"

"내가 이럴 걸 예상했던 거야?"

"응. 그러니 내일 이후로도 거르지 말고 꼭 해."

"저기…… 솔직히 말해 또 말을 걸 자신이 없는데…… 열심히 준비한 이야깃거리도, 먹히지 않았잖아."

"그건 우연이야. 유즈가 우연히 번역을 하지 않았기 때문에 실패했지만, 이야깃거리 자체는 나쁘지 않았어. 말투와 표정도 합격점이기는 해. 아슬아슬하게 말이야."

"그, 그래?"

"응."

"하지만 다음에 준비할 이야깃거리가 먹힐지 알 수가 없는데…….”

“너무 신경 쓰지 마. 이야깃거리 같은 건 뭐든 상관없어. 정 이야깃거리가 없으면 상대의 표정이나 헤어스타일처럼 『상대에 관한 것』을 이야깃거리로 삼으면 어떻게 될 거야. 아무튼, 뭐든 좋아.”

“그, 그래……?”

“응. 그러니까 내일도 오늘처럼 하면, 평범하게 대화를 나눌 수 있을 가능성이 높아.”

“하지만…….”

“아아, 정말. 하지만, 이라는 소리를 몇 번이나 하려는 건데! 잘 들어. 『하지만』이라는 말은 도망칠 이유를 위해 쓰는 말이 아니라, 타협하고 있는 상황을 더욱 좋은 쪽으로 수정하기 위해 쓰는 말이야. 내가 너한테 거짓말을 한 번이라도 했어? 잔말 말고 하기나 해.”

히나미는 그렇게 말하면서 내 엉덩이를 느닷없이 움켜잡았다.

“우와앗?!”

“나한테 설교를 들으면서도 이렇게 자세 훈련을 하고 있잖아. 최선을 다하고 있는 거지? 잘 들어. 모든 노력이 보답 받지는 않지만, 딱히 어렵지도 않은 목표를 이루기 위해 올바른 방법으로 꾸준히 노력한 사람은 누구나 다 보답 받게 되어 있어.”

“히나미…….”

너, 실은……

"……왜 멍하니 쳐다보는 거야? 또 말도 안 되는 생각을 하고 있는 거지? 그럴 시간이 있으면 지금까지 찾아낸 반성점이나 앞으로 어떻게 할지에 대해 생각해. 너는 네가 생각하는 것보다 훨씬 문제가 많아. 독, 혼란, 저주 장비 상태의 허수아비 꼴이란 말이야."

실은 상냥한 녀석……이 아닐까 하고 생각할 뻔했다. 큰일 날 뻔 했네.

그리고 다음날. 히나미가 보증한 것처럼 어제처럼 말을 걸면 대화가 성립할 가능성이 클 것이다. 아니, 틀림없다. 『대화가 성립한다』는 것 자체는 그렇게 난이도가 높지 않을 것이다. 나도 가족과는 별 무리 없이 대화를 나누고 있으며, 히나미와도 대화를 나눈다. 미미미와도 어찌어찌 대화를 나눌 수 있는 것이다. 그러니 이야깃거리와 자연스러운 어조만 있으면 충분히 가능하며, 용기만 있다면 해낼 수 있다……고 생각한다.

어제 가라앉을 대로 가라앉은 상태에서 집에 돌아온 후, 나는 히나미에게 메일로 이즈미 유즈의 교우관계에 대해 물었다. 덕분에 이야깃거리는 십여 개가 늘어났다. 완벽하게 외우기도 했다. 긴장해서 패닉에 빠지더라도 떠올릴 수 있도록 철저하게 암기했다. 그러니 해낼 수 있다……고 생각하고 싶다.

조례 때는 말을 걸 기회가 없었지만, 1교시가 끝난 후, 기회가 찾아왔다.

될 대로 되라!

"저기, 이즈미 양."

이즈미 유즈가 나를 돌아보았다. 그러자 나는 과장스럽게—— 남들이 보기에는 과장스럽게 보이지는 않을 테지만—— 목소리를 낮추면서 말했다.

"저기, 나카무라는 아직 나한테 화가 난 것 같아?"

이즈미 양은 '뭐?'라고 말하더니 약간 당황했다. 하지만 곧 나와 마찬가지로 목소리를 낮추더니, 슬며시 웃으면서 나를 향해 말했다.

"아하하, 왜 나한테 그런 걸 묻는 거야?"

그 자연스러우면서도 즐거워 보이는 미소 덕분에 긴장이 어느 정도 풀린 나는 이렇게 말했다.

"그게…… 나카무라와 사이가 좋다고 들었거든."

"뭐? 누구한테 들은 건데?"

"으음……."

솔직하게 말하는 편이 좋을 것이다.

"히나미야."

우리는 목소리를 낮춘 채 대화를 나눴다. 목소리가 작아서 톤을 거의 조절할 수가 없지만, 그 대신 표정에 신경을 썼다.

"아~. 토모자키 군은 요즘 아오이와 사이가 좋지? 혹시 그렇고 그런 사이야?!"

"아, 아무 사이도 아냐!"

"흐음, 정말~?"

이즈미 양은 약간 미심쩍어 했다.

"뭐, 좋아. 으음, 슈지가 화났냐고 물었지?"

"그래."

"화났다기보다, 엄청 분한 것 같아~."

"분하다고?"

나는 의도적으로 눈썹을 살짝 찌푸리며 그렇게 말했다.

"응. 요즘 어패 연습을 엄청 해. 기분 나쁠 정도로 말이야."

나는 마음 한편으로 놀라면서도, 어패 연습을 하는 걸 일반적인 사람들이 기분 나쁘게 생각한다는 걸 알고 충격을 받기도 했다.

"흐음, 그렇구나."

그리고 나는 암기해뒀던 이야깃거리를 꺼내들었다.

"나, 실은 나카무라한테 어패로 이겼으니 반에서 집단 괴롭힘을 당할 거라고 생각했거든."

"뭐? 그랬어~?"

이즈미 양은 작게 웃음을 흘렸다.

"큰일이네."

"응. 그래서 앞날이 걱정돼."

"괜한 걱정 하지 마! 아마 그렇게는 안 될 거야."

"어, 정말? 그럼 다행이야."

나는 안도한 듯한 표정과 톤으로 그렇게 말했다.

"아하하, 다행이네."

"응."

좋아! 이걸로 오케이~! 견뎌냈어! 대화가 끝난 느낌이니, 더 이어나가다 괜한 실수 하지 말고 일시 퇴각을 하자. 매일 두 번씩 해야 하니 금요일까지는 일곱 번이나 더 그녀에게 말을 걸어야 한다. 무리는 절대 금물이다.

나는 남은 일곱 번 또한 때로는 횡설수설을, 때로는 거북한 분위기를 조성하면서도 어찌어찌 해냈다. 솔직히 말해 나카무라와 했던 대화가 가장 잘 풀린 케이스이며, 그 외에는 겨우 말을 붙여서 대화를 나누기는 했다는 느낌이었다. 낙제점에 근접한 수준의 대화를 7연속으로 한 것이다. 그 중에서 명백한 낙제점인 게 서너 번은 될 것이다. '어? 이즈미 양, 어제와는 카디건이 어제 입은 것과 다르네?', '뭐? 같은 건데……', '아, 내가 잘못 봤나 보네', '으, 응', '……', '……'이라는 대화가 낙제점이 아니라면 세 번이다. 뭐, 이 정도면 합격점은 되겠지. 하하하하하. 하아. 최악이야.

"합격점이야."

"진짜?"

제2피복실. 나는 합격점이 아니라고 생각하고 있었기에,

히나미의 그 말을 듣고 깜짝 놀랐다.

"정확하게는 하루 두 번 말을 건다는 과제를 제대로 수행했다는 것만으로도 충분히 합격이야."

"……뭐? 대화에 실패해도 아무 문제없는 거야?"

"그래."

나는 그 말을 듣고서야 눈치챘다.

"즉…… 남에게 말을 걸 용기가 나한테 있는지 시험해보는 시련이었던 거구나!"

"땡."

"어……? 그, 그럼 뭔데?"

내가 그렇게 묻자, 히나미는 손가락을 V자 모양으로 들면서 이렇게 말했다.

"게임오버, 알지? 사실 게임오버에는 두 종류가 있다는 걸 알아?"

"느닷없는 소리네. 게임오버가 두 종류라고? ……그게 뭔데? 진짜 모르겠어."

"그게 말이지."

히나미는 주먹을 쥐더니, 손가락을 하나씩 펼쳐들면서 말했다.

"세이브한 곳에서부터 전부 다시 해야 하는 패턴과, 죽기 직전의 상태를 이어받아서 재도전할 수 있는 패턴이야."

"아, 그렇구나. 확실히 그건 게임에 따라 다르기는 해. ……그런데, 그게 왜?"

"너는 이번에 유즈와 대화를 나눴어. 이건 적과의 전투 같은 거지. 그리고 대화에 실패해서 패배했고, 게임오버가 된 거야."

"아, 역시 실패구나."

"당연하잖아. 말이 세 번도 제대로 오고가지 않았는데, 그게 무슨 대화야?"

"……그, 그렇습죠."

"그런데 말이야. 이 대화라는 전투에서 패배해서 맞이한 게임오버는 어느 패턴인지 알겠어?"

"……뭐, 죽기 직전의 상태를 이어받는 패턴이겠지."

"맞아! 인생에는 세이브 포인트가 없거든. 하지만 져도 소지금이 절반으로 줄어들지도 않아. 그러니까, 전투에 져도 손해를 보지 않는 거지. 그러니 싸우면 싸울수록 이득이야. 게다가 여러 번 싸우다 보면 운 좋게 이길 수 있을지도 모르잖아?"

"……뭐, 그건 그래."

"하지만 진짜 중요한 건 그게 아냐. 잘 들어. 『인생』의 게임오버에는 다른 게임과 전혀 다른 특징이 하나 있어. ……그게 뭔지 알아?"

히나미는 씨익 웃으면서 내 눈을 쳐다보았다.

"으음…… 짐작도 안 돼."

내가 그렇게 말하며 고민하고 있을 때, 히나미가 '그건 말이지'하고 운을 떼면서 천천히 이렇게 말했다.

"『인생』은 전투에서 이겼을 때가 아니라, 졌을 때 경험치가 들어와."

"……호오."

이야기가 꽤 재미있는 쪽으로 흘러가기 시작했다.

"그러니 일주일 동안 이즈미 유즈라는 강적과 싸우며 패배를 연달아 경험했지만, 그게 경험치가 되어서 네 안에 축적되어 있는 거야. 게다가 너는 어떻게 하면 좋을지 계속 생각하면서 도전했지?"

"뭐, 그래."

히나미가 나를 신뢰해준다는 게 좀 기뻤다.

"솔직히 말해, 이즈미 유즈에게는 『자기한테 계속 말을 걸어대는 이상한 녀석』이라는 인상을 심어줬을 것 같지만……."

"아, 역시 그런 거야?"

"그만큼 네가 얻은 것도 많아. 너도 눈치챘을 것 같은데? 가면 갈수록 긴장이 풀리면서 꽤 익숙해져가는 걸 말이야."

"뭐…… 그렇기는 했어."

대화 자체는 오랫동안 나누지 못했지만, 마지막 두 번 때는 내가 어머니 뱃속에서 나왔을 때부터 항상 뿜고 있었던 『기분 나쁜 느낌』이 거의 존재하지 않았다고 생각한다. 내 입으로 이런 말을 하는 것도 좀 그렇지만 말이다.

"그러니 일주일 동안 해온 『패배를 통한 경험치 벌이』는 이걸로 끝이야. ……그 외에도 신경 쓰이는 일이 있어?"

"아, 그게 말이지."

실은 있다.

"키쿠치 양이 나한테 호의를 가지고 있다고 일전에 네가 말했었잖아?"

"응. 맞아. 그게 왜?"

"뭐, 호의는 아닌 것 같지만…… 그 이유를 알았어."

히나미는 나를 향해 몸을 쑥 내밀었다. 너무 가깝잖아. 심장에 나쁘니까 이러지 좀 말라고.

"그게 무슨 소리야?"

히나미는 눈썹을 살짝 찌푸렸지만, 그녀의 눈동자는 기대에 가까운 무언가가 어려 있었다.

***

금요일, 4교시. 나는 이즈미 유즈와의 하루 두 번 대화 목표 달성을 위해 한 번 더 말을 걸어야 하는 상황에 처해 있었다.

이미 몇 번이나 말을 걸었던 만큼 그녀에게 익숙, 아니, 마비된 나는 대화를 오랫동안 이어가지는 못해도 상대가 또냐, 혹은 뭐, 됐어, 하고 생각하게 만드는 데는 성공했다. 덕분에 초조함에서도 해방되었다.

그러니 타이밍을 봐서 또 한 번 말을 걸면 될 것이다. 같은 여유로운 생각을 하고 있었다. 그래서 이동수업 때, 도서실에서 시간을 좀 보내고 수업 시작 직전에 교실에 간다고 하는 평소 같은 행동을 취할 수 있었다. 뭐, 평소 같으면 책을 읽는 척 하면서 어패 전술을 검토하고 있었겠지만, 오늘은 암기해뒀던 이야깃거리 복습을 하고 있었지만 말이다.

　——바로 그때였다.

"토모자키 군."

"우왓?!"

바로 그때, 무시무시할 정도로 맑은 목소리가 들려왔다. 고개를 돌려보니, 양손으로 책을 안아든 채, 내 얼굴을 뚫어져라 쳐다보고 있는 빛의 천사, 아니, 키쿠치 후카 양이 눈에 들어왔다.

"……어? 키쿠치 양? 네가 왜 여기 있는 거야?"

"예? 평소와 마찬가지잖아요……?"

"……평소와 마찬가지?"

그게 무슨 소리일까. 짐작 가는 구석은 없는 지 생각해보고 싶지만, 키쿠치 양에게서 뿜어져 나오는 천국의 꽃밭 같은 향기에 뇌가 마비된 탓에 그럴 수가 없었다.

"저기…… 토모자키 군은 이동 수업 전에 항상 나와 단둘이 여기에 있잖아요……?"

"으음…… 이동수업 때마다?"

"아…… 혹시…… 눈치 못 챘어요?"

그 말은…….

"아, 그럼……."

"우리 반이 이동수업일 때마다, 항상 여기에 들르죠……?"

"으, 응."

"저도 항상 그러거든요……. 그래서 토모자키 군을 여기서 자주 봤어요……."

"아, 그랬구나. 미안해. 나, 집중하느라 몰랐어……."

어패 전술 검토에 말이다. 내가 그렇게 말하자, 키쿠치 양은 내가 들고 있는 책을 쳐다보았다.

"……마이클 앤디를 좋아하죠……?"

"뭐?"

"어머……? 아닌가요? 항상 보고 있어서……."

아, 이제야 이해했다. 내가 읽는 척 하던 책 이야기를 하고 있는 것이다. 내가 도서실에서 앉는 자리는 항상 같았고, 그 자리에서 가장 가까운 책장에 있는 책을 구석에서부터 하나씩 뽑아서 보는 책을 했다. 그리고 그 책은 같은 작가의 책이었던 것 같았다. ……하지만 뭐라고 설명하면 좋을지 몰랐기에 일단 이렇게 말했다.

"아, 응. ……그래도 엄청 좋아하는 건 아니고……."

자아, 어떻게 하지. 상황을 어찌어찌 파악한 나는 이 상황을 극복할 방법을 찾기 위해 책에 처음으로 눈길을 줬다. 하지만 책에는 '에비 다이테!', '모즌 레쿠쿠!'같은 의미 불명의 암호 같은 대화문이 두 개나 실려 있었다. 솔직히 말해 벼락치기로 어떻게 될 상황이 아니었다.

"역시 그랬군요……!"

키쿠치 양은 평소 마법의 힘으로 빛나고 있는 것 같던 눈을 더욱 반짝였다.

"저도…… 앤디 작품을 정말 좋아해요……!"

"아, 그, 그렇구나."

큰일 났다. 어떻게 하지.

"이, 이런 우연도 다 있네……."

"예! 엄청난 우연이네요!"

키쿠치 양은 자신의 입술 앞에 양손을 살며시 모으며 말했다.

"이건 『맹금류의 섬과 포포루』 같지 않던가요……?!"

"뭐? 맹금……?"

"앤디 작품의…… 어머, 아직 읽어보지 않은 거예요……? 아, 그러고 보니 그 작품은 도서실에 없었죠……."

"뭐? 아, 응! 이, 읽어 보고 싶지만 좀처럼…… 구하지를 못했어. 아하하."

내가 그런 식으로 얼버무리자, 키쿠치 양은 정령의 이슬로 마력이 두 배로 상승한 것 같은 눈을 더욱 반짝였다.

"예! 좀처럼 구할 수가 없어요!"

"뭐?"

"그 책, 20년 전에 번역된 후로 새로 나온 적이 없어서, 좀처럼 구할 수가 없어요. 대표작 중 하나인데도요……!

정말 아쉽다니까요!"

키쿠치 양은 『읽지 않았다』는 말을 듣고도 이렇게 흥분된 반응을 보이며, 내 도주로를 막았다.

"어? 아, 그, 그래! 그렇다니깐. 아하하⋯⋯."

"저, 저기⋯⋯."

그리고 키쿠치 양은 뭔가를 결심한 듯한 표정을 지었다.

"토모자키 군이라면⋯⋯ 괜찮겠죠."

키쿠치 양은 작은 목소리로 혼잣말을 하듯 그렇게 말했다.

아⋯⋯ 왜, 왠지, 소중한 비밀을 밝히려는 듯한 분위기가 감돌기 시작했다. 에로 게임이나 라이트노벨에서 그런 플래그로 이어지는 분위기다. 하지만 키쿠치 양이 이러는 건 내가 앤디 뭐시기 동료라고 생각하기 때문이리라. 그럼 나는 그녀가 이제부터 하려는 말을 듣지 않는 편이 좋지 않을까, 같은 생각을 하고 있을 때, 키쿠치 양이 입을 열었다.

"실은 저도⋯⋯ 소설을 쓰고 있어요⋯⋯. 앤디 작품의 영향을 받았거든요. ⋯⋯저기, 제 소설을 읽어봐 주지 않겠어요?"

"뭐?! 아, 소설?! 쓰는 거야?!"

뜻밖의 방향에서 날아올 일격과, 맑디맑은 아침 이슬로 적신 듯한 눈동자가 내 뇌를 뒤흔들었다.

"예⋯⋯. 안 될까요? ⋯⋯느, 느닷없이 이런 소리를 했으니, 폐가…….”

“아, 아냐아냐아냐! 그, 그렇지 않아! 나라도 괜찮다면 읽어볼게!”

나는 반사적으로 그렇게 말했다. 그러자 키쿠치 양은 태양처럼 환한 표정을 지었다.

“저, 정말인가요? 고마워요! 다, 다음에 가지고 올게요……!”

“으, 응! 으음…… 나, 나야말로 고마워요.”

“예!”

키쿠치 양은 힘차고 맑은 목소리로 그렇게 말했다.

“……아직 아무한테도 보여준 적이 없어요.”

“아, 그렇, 구나……? 그, 그런 걸, 나한테 보여줘도 괜찮겠어……?”

따뜻한 빛으로 가득 찬 듯한 키쿠치 양의 표정과 달리, 내 등은 식은땀으로 범벅이 되어 있었다.

“괜찮아요! 저기…… 토모자키 군이니까……. 그, 그런 게 아니라! 저, 저기! ……이 일은…… 비밀이에요.”

키쿠치 양이 고혹적인 의문형을 입에 담자, 나는 세뇌라도 당한 것처럼 고개를 끄덕여댔다.

“으, 응. 알았어. 비밀로 해둘게.”

그리고 키쿠치 양은 ‘……그럼 먼저 실례할게요’하고 말하며 자리에서 일어나더니, 도서실을 나가기 직전에 나를 향해 돌아섰다. 그리고 장난스러운 표정과 목소리로 이렇게 말했다.

"에비 다이테!"

아하하. 큰일 났다. 이제 돌이킬 수 없다. 될 대로 되어 버려! 어디 한 번 갈 데까지 가보자고!

"모즌 레쿠쿠!"

키쿠치 양은 그 말을 듣더니, 숲속의 요정 같은 얼굴에 드리워진 빛의 분수 같은 미소로 도서실을 비춘 후, 종종걸음으로 도서실을 나섰다.

아직 이동수업이 시작되려면 시간이 있다. 그런데도 키쿠치 양이 도서실을 나선 건 대화가 잘 풀렸으니 말실수를 하기 전에 퇴각하자, 같은 생각을 했기 때문일까. 며칠 전의 나처럼 말이다. 나는 그런 식으로 상황을 분석하면서 현실도피를 할 수밖에 없었다. 사고 쳤다. 어떻게 하지.

***

"이런 일이 있었는데……."

나는 키쿠치 양이 소설을 쓰고 있다는 부분을 숨기며, 히나미에게 일련의 일을 설명했다.

"뭐야. 진짜로 너한테 호감을 가지고 있잖아. 일주일 후면 중간 목표를 달성할 수 있겠는걸."

히나미는 재미없다는 투로 그렇게 말했다. 어이어이.

"잠깐만 있어봐. 이런 식으로 상대방과 사귄다는 건 말

도 안 되잖아. 사기를 치는 거나 다름없다고. 애초에 좋아
하는 작가가 같더라도, 나 같은 녀석과 사귈 생각은 안 할
거야. 그리고 나도 키쿠치 양을 조, 좋아하는 건, 아니란
말이야."

"어머, 여자애를 거짓말로 유혹해놓고, 그딴 소리를 하
는 거야?"

"잠깐, 그 말에는 어폐가 있어."

"어폐 같은 건 없거든? 도서실에서 자주 마주치며 의식
하고 있던 남자애가 있다. 마음 단단히 먹고 도서실에서
그 남자애에게 말을 걸어봤더니, 뜻밖에도 막힘없이 이야
기를 나누며 즐거운 기분을 맛봤다. 게다가 마지막에는 그
작가의 작품에 나오는 비밀스러운 인사를 나누기도 했다.
⋯⋯뭐, 연애에 익숙하지 않다면, 반하더라도 이상할 게
없기는 해."

"잠깐만. 일부분만 언급하지 마. 나는 일전에 키쿠치 양
이 보는 앞에서 대놓고 코를 푼 적도 있다고."

"둘만의 비밀이네?"

"놀리지 마."

"⋯⋯뭐, 이제부터 내가 하는 말은 농담이 아니니까 잘 들
어. 그녀가 너한테 반하지는 않았더라도, 호감을 가지고 있
을 가능성은 커. 아직 확신은 할 수 없지만 말이야."

히나미의 눈빛은 진지했다.

"그러니까, 나 같은 놈한테 반할 리가 없다, 같은 자학이

나 하며 현실에서 도망치는 게 훨씬 비겁한 짓이야."

……솔직히 말해 그럴 리가 없다는 생각은 아직도 품고 있었다. 그래서 리얼하게 상상할 수가 없다. 하지만 만약 히나미의 말이 사실이라면, 도망쳐선 안 된다. 게다가 히나미는 소설에 대해서는 모른다. 그 점까지 고려하면 가능성이 더 커지겠지? 하지만 나는 어떻게 하면 될까? 어떤 식으로 생각해야 정답이지?

"일단 그게 사실이라면…… 내가 잘못한 거네."

"뭐? 그게 무슨 소리야?"

"아니, 내가 실은 도서실에서 책을 읽지 않았다는 걸 밝히지 않았잖아."

"……그게 뭐가 나쁘다는 거야? 딱히 속일 생각은 없었잖아?"

"뭐, 속일 생각은 없었지만, 결과적으로 거짓말을 해버렸으니까……."

"그 정도는 개의치 않아도 돼. 이미 지나간 일 가지고 고민하면 어떻게 해. 정말 사내답지 못하네. 중요한 건 앞으로 어떻게 할 것인가, 잖아."

"……맞아. 역시 솔직하게 말하는 편이 좋겠지?"

"데이트해."

"뭐?"

"그러니까, 후카 양과 데이트 약속을 하란 말이야."

"어이, 그건 너무 심한——."

"뭐가 심하다는 거야. 잘 들어. 『좋아하는 작가가 같다』라는 건 어디까지나 계기야. 겨우 그런 것 때문에 누군가를 좋아하게 될 만큼, 인간의 감정은 단순하지 않아. 중요한 건 어떤 식으로 이야기를 하고, 어떤 식으로 서로를 이해하며, 어떤 식으로 추억을 만드는가, 야. 첫 계기가 단순한 착각이더라도, 중요한 건 그게 아냐. 만약 데이트를 해보고, 작가나 작품 같은 것과 상관없이 즐겁게 보낼 수만 있다면, 그게 관계의 본질 아닐까?"

"그, 그건…… 그럴지도 모르지만……."

"인간과 인간이 서로를 깊이 알 기회는 많지 않아. 그렇다면 그게 거짓에서 비롯된 것일지라도, 그런 기회를 잡았다면 나서야 하지 않을까?"

"네 말을 이해하긴 했는데…… 그래도 그건 올바르지 않은 것 같다고나 할까……."

"이해를 했다면, 내 말이 옳다는 것도 눈치챘지? 동정티 풀풀 나는 소리 좀 그만해."

"시끄러워. 나는 진짜로 동정이니까 어쩔 수 없잖아."

……히나미의 말은 이해했다. 하지만 그래도 나는 그게 올바른 행동이 아니라는 생각이 들었다.

"……뭐, 좋아. 최강의 검으로 싸우는 게 아니라, 초반부터 대장간에서 연마하며 계속 써온 검으로 싸우고 싶다는 네 마음도 이해는 해. 이론에 따른 최강이 반드시 정답이라고 단정할 수 없기도 하거든. 나는 어디까지나 공략본일

뿐, 마지막에 결정을 하는 사람은 바로 너야."

……나는…….

나는 결론을 내리지 못한 채, 이 날은 그냥 돌아가기로 했다. 히나미와 헤어진 내가 혼자서 신발장으로 향하다 보니, 교실과는 다른 방향에서 힘없는 발걸음으로 걸어오고 있는 이즈미 유즈가 눈에 들어왔다. 으음, 어떻게 하지. 오늘은 이미 목표를 달성했으니, 더 말을 걸 필요는 없다. ……하지만 게임 속에서 그저 지시에만 묵묵히 따르는 것은 좀 그렇다는 생각이 들었다. 일본제일이라고 자부하는 게이머로서, 그런 행동을 취하고 싶지 않았다. 하나부터 열까지 히나미가 시키는 대로만 하는 것도 왠지 짜증났다.

그렇다면……. 좋아. 그럼 자주적으로 『레벨 올리기』를 해볼까.

나는 자세와 표정, 목소리 톤을 가능한 한 신경 쓰며, 최대한 자연스럽게 말을 걸었다.

"이즈미 양?"

그러자 이즈미 유즈는 몸을 부르르 떨면서 나를 쳐다보았다.

"……토모자키……?"

그녀의 목소리는 낙담한 것처럼도, 그리고 안도한 것처럼도 들렸다. ……왠지 평소와 분위기가 달랐다. 왠지 말을 아무렇게나 뻗고 있는 듯한 느낌도 들었다. 그러고 보니 그녀는 평소에 나를『토모자키 군』이라고 불렀다.

……왠지 위험한 느낌이 들었다. 으음, 이야깃거리는 꽤 암기해뒀지만, 방과 후에 일부러 말을 걸면서 언급할 만한 이야깃거리는 그 안에 없었다. 아~. 진짜로 큰일 났다. 또, 머릿속이 새하얗게 변했다. 완전 큰일 났어. 하지만 잘 생각해봐. 지금까지 여러 훈련을 해왔잖아. 그럼 타개책이 분명 있을 거야. 지금까지 히나미에게서 배운 공략법, 혹은 내가 해온 노력, 그 안에 답이 있을 거라고.

──『상대의 표정이나 헤어스타일처럼 '상대에 관한 것' 을 이야깃거리로 삼으면 어떻게 될 거야.』

불현듯 일전에 히나미가 한 말이 생각났다. 그렇다. 이번 주 초의 반성회 때, 히나미는 나에게 말해줬다. 이야깃거리가 없을 때는 저렇게 하라고 말이다. 이야깃거리는 없지만, 저렇게 하면 어떻게든 될지도 모른다. 상대의 표정…….

"……이즈미 양, 표정이 어둡네."

나 지금 무슨 소리를 한 거야? 잘나가는 미남 리얼충이라면 은근슬쩍 '무슨 일 있어?', '나한테 이야기해봐'같은 대사를 입에 담았을 것이다. 하지만 유감스럽게도! 나 같은 놈이 그런 매력적인 행동을 할 수 있을 리가 없지요.

"뭐어?! 딱히 어둡지 않거든?! 무슨 소리를 하는 거야?!"

"아, 저기, 미안해."

이즈미 유즈는 내 말을 듣더니 엄청 화를 냈다.

"……뭘 쳐다보는 거야?"

"아, 그게…….."

"……."

"……."

아~. 또 사고 쳤다. 이제 무리다. 이제 괜한 짓은 하지 말아야겠다. 내가 괜한 짓을 해서 잘 풀린 적은 단 한 번도 없다. 나는 아직 초심자의 영역에도 도달하지 못한 게 틀림없다.

"……저기."

"응?"

"……토모자키는 어패 잘하지?"

"뭐?"

왜 이 타이밍에 이런 소리를 하는 거지?

"………………쥐."

그녀는 고개를 숙인 채, 조그마한 목소리로 그렇게 말했다.

"……응? 뭐?"

"…………쳐줘."

"미안한데, 다시 말해줄래?"

"아아, 정말! 그러니까!"

언성을 높이며 나를 노려보는 이즈미 유즈의 눈에는 커다란 눈물방울이 맺혀 있었다.

"나한테 어패를 가르쳐달란 말이야!"

무슨 소리를 하는 건지 모르겠네!

**

——이즈미 유즈의 이야기를 정리하자면 이러하다. 그녀와 나카무라는 사이가 좋으며, 방과 후에 자주 같이 하교했다. 하지만 나카무라는 요즘 들어 교내에 있는 빈 교실을 방과 후에 점거하더니, 게임기를 가져다 놓고 친구들과 대전 혹은 교내 교무실 Wi-fi를 이용한 온라인 대전으로 어패 연습에 열중하고 있는 것 같았다. 이즈미 유즈가 방과 후에 그 교실에 가서 같이 하교하자고 해도 '시끄러워. 방해하지 마' 같은 소리만 들었다고 한다.

이즈미 유즈는 그럼 어패 연습에 어울려주겠다고 말했다. 하지만 대전을 했다가 바로 참패를 당한 것이다. 그리고 압도적인 실력 차로 이긴 나카무라는 이즈미 유즈에게 '너무 허접해서 연습도 안 되네. 귀찮게 하지 말고 꺼져'라고 말했다고 한다——.

"아~. 그렇게 됐구나."

뭐, 웬만한 여자애는 나카무라의 상대가 되지 못할 것이다. 그 녀석은 못하는 편이 아니니까 말이다.

"으음~, 뭐랄까 참담하네."

"······딱히 네 감상 같은 건 듣고 싶지 않거든?"

이즈미는 얼굴을 새빨갛게 붉히면서 감정적인 목소리로 그렇게 말했다.

"그것보다, 어떻게 할 거야? 가르쳐 줄래?! 말래?!"

이즈미는 꼴사나운 모습을 보여줬으니 될 대로 되라는 심정인 것 같았다.

"아, 가르쳐주는 건 문제가 아닌데······."

"어! 정말?! 가르쳐줄 거야?!"

이즈미는 눈을 반짝이면서 나에게 다가왔다. 너, 너무 다가오지 말라고. 히나미도 그렇고, 이즈미도 그렇고, 왜 리얼충이라는 녀석들은 이렇게 서슴없이 남에게 다가가는 걸까. 리얼충이 아닌 녀석들에게 이런 행동은 그야말로 치명적이라고.

"그런데, 이즈미 양은 어패 있어?"

"응? 없어. 토모자키 걸로 연습하면 안 돼? 아, 게임기는 있어."

"······뭐, 문제는 그게 아니라······."

나는 우물쭈물하면서 큰 문제를 언급했다.

"······어디서 할 건데?"

"······윽!"

이즈미 유즈는 눈을 크게 뜨면서 얼굴을 붉혔다. 어라, 꽤 순진해 보이는 리액션이네. 의외인걸.

"할 곳이 없어."

그렇다. 만약 이즈미 유즈가 어패를 가지고 있다면 온라인 대전으로 연습을 시켜줄 수 있을 것이다. 하지만 지금 상황에서는 필연적으로 우리 집, 혹은 이즈미 유즈의 집에서 해야만 하는 것이다. 남녀가 단둘이서 말이다.

"……하지만……!"

이즈미 유즈는 애원하는 듯한, 그리고 차마 포기하지 못하겠다는 듯한 표정을 지었다.

"하지만, 너희 집이던 우리 집이던 양쪽 다 좀……."

"……괜찮아."

그녀는 결심을 굳힌 듯한 눈빛을 띄며 그렇게 말했다. 유심히 보니 그녀의 눈가에는 눈물이 어려 있었다. 아마 무리하고 있는 것이리라. 즉, 나와 단둘이 있는 게 눈물이 날 만큼 싫은 것이다. 크윽.

"……그럼 가르쳐주기는 하겠는데……."

나는 방금 느낀 의문을 입에 담았다.

"왜 그렇게까지 하는 거야?"

내가 그렇게 말하자, 이즈미 유즈는 화난 듯한, 그리고 놀란 듯한 표정을 지었다.

"뭐?! 그걸 질문이라고 하는 거야?! 그 정도는 말 몇 마디 나눠보면 바로 눈치챌 수 있지 않아?!"

"그, 그래……?"

"바보 아냐?! 진짜 둔감하네! 완전 기분 나빠!"

요즘 젊은 애들은 툭하면 기분 나쁘다고 말하네.

"둔감……?"

그렇다면 그렇고 그런 쪽 이야기인 건가.

"……아하."

"어? 왜 그래?"

나는 눈치챘다. 그리고 눈치챈 게 너무 기쁜 나머지 입을 잘못 놀리고 말았다.

"이즈미 양은 나카무라를 좋아하는 구나!"

내가 그 말을 한 순간, 이즈미 유즈의 얼굴이 금방이라도 김이 날 것만 같을 정도로 새빨개졌다.

"정말 기분 나빠! 완전 어이가 없네!!"

그녀가 넥타이와 치마가 휘날릴 만큼 몸을 회전시키며 학교 가방으로 날린 공격은 내 안면에 정통으로 꽂혔다.

"……으으……. 저기, 으음……."

"아, 미, 미안해……. 하지만, 토모자키가 이상한 소리를 하니까……! ……괘, 괜찮아?"

이즈미 유즈는 고개를 숙인 나를 걱정스러운 눈길로 올려다보았다. 귀여운 얼굴을 지닌 그녀가 가까운 거리에서 쳐다보고 있자, 나는 무심코 '괘, 괜찮아!' 하고 외치며 몸을 뒤쪽으로 젖혔다.

"정말? 하아…… 저기 말이지! 슈지는 정말 알다가도 모르겠다니깐! 에리카라고 알지? 그 애, 슈지에게 고백을 했다가 차였어. 천하의 에리카가 말이야! 그리고 나와 자주 같이 놀아주니까…… 나를 좋아하나? 하고…… 와앗~!
그, 그런 게 아니라! 으으, 보통 그렇게 생각하는 게 정상
아냐?! 그런데 갑자기 시끄럽다는 둥, 귀찮게 하지 말라는
둥……. 정말 영문을 모르겠다니깐! 토모자키는 어떻게 생
각해?!"

"으, 응? 그, 글쎄. 나도 모르겠는걸."

"그렇지?! 게다가 말이야!"

……완전 휘둘리고 있네~. 청춘을 구가하고 있네~. 여
자애는 아무한테나 푸념을 늘어놓나봐.

나는 욱신거리는 코를 매만지면서 생각했다. 이즈미 유
즈는 분노를 터뜨리면서 사적인 푸념을 늘어놓고 있지만,
그녀의 말은 내 머릿속에 전혀 들어오지 않았다. 이거, 큰
일 났는걸. 이 녀석은 명백한 리얼충, 그것도 나카무라와
사이가 좋을 정도니까 상당한 리얼충 실력을 자랑할 것
이다. 게다가 얼굴도 예쁘고, 가슴도 크다. 그런 이즈미 유
즈와 단둘이서 한 방에 있다? 뭐가 어떻게 된 거야? 이상
하다. 저기, 히나미 양. 항상 괜한 소리만 해서 죄송해요.
그래도 좀 도와주세요. 나, 지금 뭘 어떻게 하면 좋을까요?

"그런데…… 으음, 어느 집에서 할래요?"

"으음, ……토모자키의 집은 괜찮아? 우리 집은…… 좀
그렇거든."

"아, 우리 집……. 이즈미 양의 집은 좀 그런 거야?"

"다, 당연하잖아! ……부모님에게, 뭐라고 설명해야

할지 모르겠거든……. 미안해."

"……알았어."

반사적으로 언성을 높였던 이즈미 유즈는 곧 미안하다는 듯이 고개를 숙이며 그렇게 말했다. 나쁜 애는 아닌 것 같았다.

……잠깐만, 어? ……부모님? ……아. 나는 무시무시한 사실에 생각이 미쳤다.

"아, 잠깐만. 우리 집은 안 돼. 이즈미 양의 집에서 해야겠어."

"뭐?! 이유가 뭐야?! 방금 오케이 했었잖아!"

"그게 말이지……. 이즈미 양은 배드민턴부 맞지?"

"뭐? 나? 맞아."

"그럼 1학년 부원인 토모자키라는 애도 알겠네? 꽤 친하지?"

나도 때때로 이야기를 들을 정도니까 말이다.

"아, 잣키 말이구나? 아는데…… 잠깐만, 어?『토모자키』?"

"응. 그 녀석, 내 동생이야."

"……뭐어어어어어어어엇?!"

'그렇게 놀랄 건 없잖아'라는 내 말은 그녀의 목소리에 완전히 가려졌다.

"말도 안 돼! 너무 안 닮았잖아! 성격도 완전 딴판인데! 진짜 믿기지가 않아!"

"뭐, 나도 그 녀석이 친동생이라는 게 믿기지 않기는 해."

"잣키는 엄청 밝고 좋은 애거든? 토모자키는 완전 어둡잖아! 어?! 완전 말도 안 되는 것 같은데?! 완전 어이가 없어!"

"으으~! 나도 아니까 그만 좀 하라고! 기분이 바닥까지 가라앉을 것 같단 말이야!"

"……미, 미안해."

마음이 진정된 이즈미 유즈는 그제야 문제점을 눈치챘다.

"……무리네."

"……그렇지?"

그럴 만도 했다. 대체 후배에게 어떻게 이 상황을 설명하면 좋을지 짐작조차 되지 않았다.

"그, 그럼…… 우리 집에서 할 수밖에 없다는 거야……?"

"……맞아. ……그냥 관두자."

"아냐. 우리 집에 가자."

이즈미 유즈는 마치 죽을 결심이라도 한 듯한 표정으로 나를 쳐다보았다. 음, 사랑에 빠진 여자애는 정말 강하다. 사랑하는 상대를 위해서라면, 그 어떤 고통도 참을 수 있는 것이다. 하지만 나를 자기 집에 들이는 게 얼마나 힘든 일인지에 대해서는 생각하고 싶지 않다.

"……알았어."

"그런데, 토모자키는 괜찮은 거야?"

이즈미 유즈가 나에게 그렇게 물었다. 의외로 남의 안색을 살피는 타입인 걸까. 어쩌면 이 상황에서 벗어날 수도 있을 것 같았다.

……어쩌면 좋을까. 지금 상황에서 내가 써먹을 수 있는 무기는 표정, 자세, 목소리 톤, 암기해둔 이야깃거리뿐이다. 과연 그것만으로 『이즈미 유즈의 집』이라고 하는 초고난이도 던전을 클리어할 수 있을까? 뭐, 평범하게 생각해보자면 가능할 리가 없다. 나를 기다리고 있는 것은 처참한 패배뿐이다. 그럼 어떻게 해야 할까. 도망치는 편이 낫다. 도망치자. 나는 지금까지 그렇게 살아왔다 이길 수 없는 적은 피한 다음, 준비를 철저하게 한 후에 다시 도전했다. 그게 게임의 정석인 것이다.

『"인생"은 전투에서 이겼을 때가 아니라, 졌을 때 경험치가 들어와.』

또 일전에 히나미가 했던 말이 생각났다.

아아, 그렇군요. 그렇다. 그 말을 맹목적으로 믿는 것은 아니지만, 그래도 나는 지금까지 이즈미 유즈와 어느 정도 평범하게 『대화』를 나눴다. 그건 예전의 내로서는 상상도 할 수 없는 사태다. 이 『결과』를 빚어낸 『원인』이 졌을 때 얻은 경험치를 통한 레벨업이라고 단정 짓기에는 아직 이를지도 모르지만, 그렇게 생각하는 게 자연스럽다는 것도 사실이다. 아아, 정말. 알았다, 알았어. 나도 게이머다. 어이, 히나미. 잘 봐. 그『원인』이『졌을 때 얻은 경험치』라는 네 말이 사실인지 아닌지 검증하기 위해, 어디 한 번 처절하게 박살이 나보겠다고. 나중에 후회하지나 마!

"……괜찮아. 가자."

결심을 한 나는 차분한 목소리로 그렇게 말했다.

"너희 집은 어디 있어?"

이즈미 유즈는 불만어린 눈길로 나를 쳐다보았다.

"……토모자키는 왜 이렇게 차분한 거야? 혹시 여자애 집에 가본 적이 있기는 해?"

"그, 그게……."

없다고 말하려던 나는 문득 히나미의 얼굴을 떠올렸다.

"아, 있기는 해."

"뭐?! 정말?! 토모자키 주제에?! 나도, ……데……."

'토모자키 주제에?!'라는 게 어떤 의미인 걸까. 나처럼 리얼충이 아닌 녀석이 여자애의 집에 가본 적이 없을 테고, 있으면 기분 나쁘다고 말하려는 걸까. 확실히 나는 리얼충이 아니지만, 그런 소리를 들을 이유는 없는데 말이다. 나는 일단 내 생각을 솔직하게 말해봤다.

"그런 소리 하니까 더 기분 나쁘거든? ……됐으니까 따라오기나 해."

"아, 잠깐만. 어패를 챙겨가야 하잖아."

"참, 그랬지."

나는 집에 가서 어패를 비롯해 필요한 것들을 챙긴 후, 서둘러 밖으로 나갔다.

"이쪽이야. 따라와."

그렇게, 나는 초 고난이도 던전으로 초대되었다. 좋아. 히나미, 참패를 하고 올 테니까 기대하고 있으라고.

***

내가 유일하게 들어가 본 여자애의 방인 히나미의 방에 비해, 이즈미의 방은 좀 잡다하다는 인상이 느껴졌다. 딱히 흐트러져 있는 것 같지는 않지만, 침대에 캐릭터 봉제 인형이 몇 개나 놓여 있고, 책상 위는 패션 잡지로 보이는 책들로 가득 차 있었다. 이즈미의 방에는 화려하고 시끌벅적한 느낌이 감돌았다. 또한 방 안에 있는 것들은 나도 이름은 알 만한 캐릭터나 잡지들이었기에, 유행을 억지로 쫓아가고 있는 느낌이 감돌았다. 벽에는 지나칠 정도로 장식된 코르크 보드가 걸려 있고, 리얼충 클래스메이트들과 찍은 사진과 스티커 사진이 붙어 있었다. 쟤들이 바로 스티커 사진 친구라는 걸까.

"토모자키, 너무 둘러보지 마."

"아, 미안해."

이즈미 유즈가 귀여운 머그컵과 평범한 종이컵이 놓인 쟁반을 들고 돌아왔다.

나는 아무 말 없이 컵을 쳐다보자 이즈미는 '시끄러워!
불평하지 마!'라고 말했다. 나, 딱히 아무 말도 안 했다고.

"그런데…… 뭘 하면 돼?"

컨트롤러를 쥔 이즈미는 텔레비전에 나오는 오프닝 화
면을 진지한 표정으로 쳐다보며 그렇게 말했다. 그녀의 크
고 동그란 눈에는 게임 화면이 비치고 있었다.

"으음, 일단……."

나는 리얼충의 아우라 때문에 질식하지 않도록 적당히
거리를 두면서 앉은 후, 컨트롤러를 쥐었다.

"한 번 붙어보자."

"뭐?! 무리야, 무리! 토모자키는 슈지보다 잘한다면서?!
나는 상대도 안 될 거야!"

"아니, 그건 그렇지만…… 이즈미가 어느 정도 실력인지
모르면 가르칠 수가 없잖아……."

나는 그렇게 말하다, 자신이 이즈미에게 경칭을 붙이지
않는다는 사실을 눈치챘다. 이게 몇 번이나 패배하면서 성
장한 덕분인지, 아니면 어패 덕분인지, 아니면 학교 가방
으로 두들겨 맞았으니 될 대로 되라고, 같은 심정을 품은
건지 알 수가 없었다.

"그, 그래……? 그, 그럼……."

이즈미는 긴장한 것처럼 몸이 뻣뻣했다. 어깨에도 힘이
들어갔다. 입은 꾹 다물었으며, 눈썹 또한 진지해 보였다.

지금 표정이 왠지 그녀에게 잘 어울린다는 생각이 들었다.

내가 캐릭터 선택 화면에서 나카무라가 주로 쓰는 폭시를 고르자, 이즈미는 캐릭터 중에서 가장 화려하고 귀엽게 생긴 여검사를 골랐다.

"아, 잠깐만 있어봐."

"어? 왜? 이 캐릭터를 하면 안 되는 거야?"

이즈미의 목적이 단순히 『어패를 좋아하니까 강해지고 싶다』라면 자신이 좋아하는 캐릭터를 고르는 편이 낫다.

하지만 이즈미의 현재 목적은 『나카무라의 연습 상대가 되는 것』이다. 그렇다면…….

"이 캐릭터를 써."

나는 파운드에 커서를 맞췄다.

"이게 내가 쓰는 캐릭터거든."

"어? 토모자키가 쓰는 캐릭터? 얘가 더 강한 거야?"

"아냐. 하지만 나카무라는 나한테 이기기 위해서 연습을 하는 거니까, 나에 대한 대책을 세우고 싶을 거야. 그러니까……."

"아…… 그렇구나."

이즈미는 진지한 표정을 지으며 고개를 끄덕였다.

"토모자키는 머리가 좋구나."

"뭐? 그, 그래……?"

나는 칭찬을 받고 당황했다.

"뭐, 아무튼 붙어보자."

"오케이~!"

분위기가 조금 부드러워진 가운데, 여자 방에서 자신이 가장 좋아하는 게임을 플레이한다고 하는 리얼충틱한 상황에 처한 나는 자기가 엄청 진보한 것은 아닐까, 하고 감개무량한 심정으로 생각했다.

"……말도 안 돼……."

이즈미는 경악했다.

"오호라……. 그럼 과제는……."

"……과제 자시고 마시고 할 때가 아니잖아! 방금 뭘 한 거야?! 토모자키의 움직임, 엄청 기분 나빴거든?!"

각자가 목숨을 네 개로 설정하고 붙은 결과, 나는 노 미스—— 아니, 노 대미지로 승리했다. 덕분에 아까까지의 부드러운 분위기는 완전히 박살이 나고 말았다. 내가 진보했다는 생각은 역시 착각에 불과했던 것 같았다.

"뭐, 너는 방금 전형적인 초심자 같은 움직임을 선보였어. 빈틈이 큰 기술만 마구 날려댈 뿐, 상대의 움직임을 관찰하지 않아. 딱히 신경전을 펼칠 필요도 없이, 네가 보인 틈을 이용해 기술을 집어넣을 수 있어."

나는 마음속의 안경을 고쳐 쓰면서 담담한 목소리로 그렇게 말했다.

"뭐, 뭐어? 저기, 토모자키. 너, 지금 진짜로 기분 나쁘거든?"

나는 질린 듯한 표정을 짓고 있는 이즈미를 무시하면서 방금 플레이를 계속 분석했다.

"스트롱 공격의 입력이나, 장외에서의 복귀 같은 기초 중의 기초는 의외로 꽤 하는 것 같으니까…… 문제는 움직임이네……. 필살기를 너무 쓰니까, 통상기 사용 비율을 늘리고……."

"저, 저기 말이야. 진짜로 기분 나쁘거든?!"

"이즈미!"

"예?!"

책상다리를 하고 있던 이즈미는 그대로 몸을 펄쩍 띄우며 정좌 자세를 취하더니, 등을 꼿꼿이 폈다. 운동신경이 좋네.

"네가 우선적으로 할 게 뭔지 정해졌어."

"뭐?! 정말?!"

이즈미는 눈을 반짝이면서 나를 향해 몸을 내밀었다. 이렇게 보니 얼굴이 예쁘고, 가슴이 크며, 몸에서 좋은 향기도 났다. 진짜로 위험한 상황이었다. 하지만 나는 어패에 집중하면 딴 건 전혀 눈에 들어오지 않는다. 그래도 냄새는 맡으니, 이즈미에게서 흘러나오는 좋은 향기는 계속 느껴졌다.

나는 트레이닝 모드를 선택한 다음, 캐릭터를 조작하며 그녀에게 시범을 보였다.

"아까 이즈미가 사용한 캐릭터가 그냥 평범하게 점프를

하면 이렇게 돼.”

파운드가 펄쩍 뛰었다. 이즈미는 뚫어져라 화면을 처다
보며 파운드의 움직임을 관찰했다.

“하지만 점프 버튼을 극히 짧은 시간만 입력하면, 이렇
게 돼.”

“……아, 낮네.”

파운드는 아까에 비해 3분의 1 정도 되는 높이만큼만 점
프했다.

“이게 소점프야. 어패란 상대와 자신 사이의 간격과 빈
틈을 조절하면서, 얼마나 낮은 위험부담을 안으며 상대에
게 공격을 할 수 있는가를 겨루는 게임이라고 할 수 있어.
그러니 세밀한 간격 조절을 가능하게 하는 이런 테크닉을
백발백중으로 성공시킬 필요가 있는 거야.”

“자, 잠깐만 있어봐!”

이즈미는 벌떡 일어나더니, 부리나케 책상 쪽으로 뛰어
갔다.

“아얏! 저려!”

그렇게 외치며 서랍을 연 그녀는 안에서 메모장과 볼펜
을 꺼내더니, 원래 자리로 돌아왔다.

“……그, 그래서?”

이즈미는 아까 내가 말한 걸 메모하는 듯한 동작을 취하
더니, 불안하면서도 진지한 표정으로 나를 쳐다보았다.
진지하네. 또 정좌 자세를 취하고 있는데, 괜찮으려나.

"한번 해봐."

"뭐? 으, 응······."

이즈미는 신중하게 컨트롤러를 넘겨받더니, 점프 버튼을 짧게 눌렀다.

"어라?"

"······예상대로네."

파운드는 폴짝—— 하고 높이 점프했다.

"자, 잠깐만! 한 번 더 해볼게!"

폴짝——, 폴짝——, 폴짝, 폴짝——, 폴짝. 성공률은 3, 4할 정도였다.

"어때? 이건 꽤 어려워. 하지만 이걸 못하면 나카무라의 상대가 되지 못해."

"상대가 되지 못해······? 그, 그럼 연습할래!"

"그건 옳은 판단이 아냐, 이즈미."

"뭐?"

혀가 매끄럽게 굴러다녔다. 역시 내 전장은 어패야.

"기왕 어패를 플레이할 수 있는 환경을 갖춘 거잖아? 소점프 연습에 할애할 시간이 있으면 더 실전적인 연습을 하는 편이 나아. 그 편이 실력을 더 향상시킬 수 있을 거야."

"그, 그렇구나. ······어? 그럼 이 낮은 점프는 안 익혀도 돼?"

나는 '그건 말이지'하고 운을 뗀 후, 이렇게 말했다.

"소점프 연습도 하고 싶다. 하지만 어패를 플레이할 때는 실전적인 연습을 하는 편이 효율적이다. 그럼 어떻게 할 것인가. ······그렇다면 답은 하나뿐이잖아?"

그리고 나는 어디 사는 누구 씨가 잘난 척할 때 짓던 표정을 흉내 내면서 이렇게 말했다.

"어패를 플레이하지 않을 때, 연습하면 되는 거야."

"······그, 그게 무슨 소리야?"

"잘 들어."

나는 준비해온 것을 호주머니에서 꺼내며 말했다.

"이걸 쓰는 거야."

"······스톱워치?"

이즈미는 영문을 모르겠다는 듯이 눈을 동그랗게 떴다.

"응. 잘 봐."

나는 버튼을 눌러서 시간을 재기 시작했다. 그리고 스톱 버튼을 찰칵, 소리가 나게 눌렀다.

"자아, 봐."

"······어? 멈추지 않았잖아. ······찰칵 소리는 났는데······."

"······이즈미도 한 번 해봐."

"으, 응."

이즈미는 정밀기계를 다루듯 조심조심 스톱워치를 건네받더니, 온몸을 위아래로 흔들면서 버튼을 눌렀다. 그리고 곧 한 번 더 버튼을 눌렀다.

"……어, 어라? ……정지됐어."

"그래. ……이 스톱워치는『약간만』고장 났어."

나는 스톱워치를 넘겨받은 후, 버튼을 눌렀다. 그리고 찰칵, 찰칵, 찰칵, 찰칵. 화면을 이즈미에게 보여주면서 몇 번이나 버튼을 눌렀다.

"어? 멈추지 않았잖아?"

"맞아. 이 스톱워치는 스톱 버튼을 누르는 시간이 극히 짧으면, 찰칵 소리가 날 정도로 눌러도 멈추지 않아."

"흐, 흐음. 그렇구나. ……그, 그런데, 이걸로 뭘 어쩌라는 거야?"

"간단해."

나는 어디 사는 누구 씨처럼 검지를 세우면서 말했다.

"앞으로 매일, 통학 중, 이동 중, 텔레비전을 볼 때. 즉, 다른 사람과 만날 때 이외에는 항상 이 스톱워치가 정지되지 않게 버튼을 누르는 연습을 해! 그러면 소점프를 익힐 수 있어!"

"뭐어?!"

이즈미는 깜짝 놀랐다. 내가 말한 내용과 내 말투, 양쪽에 놀란 것이리라. 그 녀석을 너무 이미지한 바람에 평소와 다른 말투로 말을 한 것 같았다.

"다른 일을 할 때는 스톱워치로 연습하고, 어패 연습을 할 수 있을 때는 실전적인 연습을 하는 거야. 이게 가장 효율적인 연습방법이지."

"그, 그렇구나······! 그런데 방금 그 여자 같은 말투는 뭐야?!"

이즈미는 그렇게 말하면서도 진지하게 메모를 하고 있었다. 그런 바보 같은 모습을 보니 진짜로 이해한 건지 걱정이 되었지만, 얼굴에는 완전 납득한 표정을 짓고 있었다. 그런 그녀를 보니 왠지 웃음이 날 것 같았다. 말투에 관해서는 '어쩌다 보니 그런 것뿐이니까 신경 쓰지 마'하고 말하자, '으, 응'하고 말하며 납득해줬다. 음, 순진한 제자는 쑥쑥 성장하는 법이지.

"그리고 실전적인 연습방법 말인데······ 그것도 간단해."

이즈미는 마른 침을 삼켰다.

"암기야."

"아, 암기?"

"그래. 이걸 봐."

나는 게임 모드를 리플레이로 설정한 다음, 슬롯에 꽂혀 있는 내 메모리카드에서 어떤 대전을 선택해서 재생시켰다.

"이건······ 최상위 플레이어들 간의 대전을 보존해둔 영상이야."

"으음, 나나시? 그리고 노──."

"이름은 신경 쓰지 마. 원래 이 두 사람의 주력 캐릭터는 파운드지만, 이때는 nanashi가 시험 삼아 폭시를 사용했고, 다른 한 사람은 파운드를 썼어."

이즈미는 눈썹을 찌푸리며 놀랐다.

"……우와. 아까 토모자키처럼 움직임이 기분 나빠."

"그래. 이 파운드는 엄청 강하고, 움직임에도 낭비가 없어. 나…… 아니, nanashi처럼 감각적으로 조작하는 게 아니라, 이론에 따른 세련된 조작을 선보이고 있지. 그러니 참고하기에 딱 좋아."

"……그럼, 이걸 반복해서 보면서 얼추 외우면 되는 거야?"

"비슷하지만 약간 달라."

나는 이즈미에게 컨트롤러를 넘겨줬다.

"……이즈미는 이 시합의 흐름을 처음부터 끝까지 통째로 외운 다음, 이 플레이에 맞춰 완벽하게 컨트롤러를 조작할 수 있게 되어줘야겠어."

"……진심이야?"

완전 진심이다.

"이 시합에서 서로의 목숨은 총 네 개야. 둘 다 좀처럼 빈틈을 보이지 않기 때문에 시합 시간은 10분이 넘지. 그러니 암기하는 건 쉽지 않지 않을 테지만, 그런 만큼 이 게임에서 쓰이는 중요한 테크닉은 전부 망라되어 있어. 나…… 아니, nanashi는 폭시의 가능성을 살피기 위해 여러 가지 전술을 시험해보고 있으니까, 거기에 대응하는 파운드의 움직임은 바리에이션이 많아."

"그, 그렇구나."

뇌가 펑크 나는 소리가 들리는 것 같지만, 이즈미가 겨우겨우 따라오고 있는 것 같았기에 나는 말을 이었다.

"파운드 쪽의 움직임을 전부 암기하면, 그 다음에는 폭시를 외워. 양쪽 다 암기하면, 이즈미는 나카무라와 싸워 볼 만한 수준에 도달할 거라고 생각해."

"저, 정말?!"

이즈미는 진심으로 기쁜 듯한 미소를 지었다. 이게 사랑에 빠진 소녀의 미소인가. 나는 고개를 끄덕였다.

"……하지만."

이즈미의 표정이 흐려졌다.

"나, 이 녹화 영상을 보기만 해서는 뭘 어떻게 조작하고 있는 건지 하나도 모르겠어. 어떤 기술을 쓴 건지, 그리고 그 기술의 입력법도 모르겠는데……."

"그렇겠지. 그래서 내가 아까—— 암기라고 한 거야."

"뭐?"

이즈미가 영문을 모르겠다는 표정을 짓고 있는 사이, 나는 가방에서 공책과 필통을 꺼냈다. 그리고 그 공책에 간략한 그림과 표를 그렸다.

"……이걸 암기해."

"이게 뭐야? ……기술, 표?"

"그래."

나는 표 안의 칸을 펜으로 채우면서 설명했다.

"이 『커맨드』라는 데 적힌 조작을 하면 그에 따른 기술을 쓸 수 있어. 그리고 옆에 그린 막대 인간이 그 기술을 쓸 때, 캐릭터가 취한 자세야. 파란색으로 표시한 부분이 대략적인 공격범위, 그리고 붉은색 부분이 무적 판정 부분이지. 『발생 속도』라는 건 커맨드를 입력하고 공격 범위가 발생할 때까지의 시간이야."

"으음……?"

이즈미는 내 말을 전혀 이해하지 못한 것 같았다.

"……여기 적힌 F는, 뭐야……?"

"이건 프레임이라는 의미야. 어패의 1프레임은 1/60초지. 뭐, 이 숫자가 작을수록 기술이 빨리 발동된다고 생각하면 돼. 그리고 『가대미지』는 상대에게 가하는 대미지량, 『튕겨남 퍼센트』는 상대를 얼마나 날려버릴 수 있는가, 야. 대미지를 많이 주지만 상대가 튕겨나는 거리가 짧은 기술도 있고, 반대인 것도 있으니까 주의해."

"으…… 응!"

이즈미의 목소리는 힘차지만, 아직 완전히 이해하지는 못한 듯한 표정이었다.

"뭐, 아직 이해하지 못해도 돼. 리플레이의 암기와, 이 기술표 암기를 같이 하다보면, 곧 각 기술의 특성과 왜 그 타이밍에 이 기술을 사용한 건지 이해할 수 있을 거야. 나로선 그런 걸 생각하면서 암기해줬으면 해. ……뭐, 단순히 암기해서 몸에 익히기만 해도 실력이 상당히 올라가지만 말이야."

"아, 알았어……."

이즈미는 메모를 끝냈다.

"……그런데 토모자키는 정체가 뭐야? 이 기술표를 전부 암기하고 있는 거야? 아무 것도 안 보며 쭉쭉 쓰는 것 같던데……."

"응? 아, 물론이지."

내가 그렇게 말하자, 이즈미는 경악했다. 나는 그런 그녀에게 연이어 말했다.

"폭시와 파운드만이 아니라, 38명의 캐릭터 전원의 기술을 완벽하게 암기하고 있어."

"……저, 정말?"

"응. 못 믿겠으면 적어볼까?"

이즈미는 놀라다 못해 질린 듯한, 그리고 질리다 못한 감탄한 듯한 표정을 지었다.

"저기, 아까부터 대단하네."

이즈미는 의문에 찬 표정을 지으면서 나를 쳐다보았다.

"응?"

"대단하기는 하지만…… 이런 걸 외워봤자 아무 짝에도 쓸모없잖아? 대체 뭐 때문에 이렇게 열심히 하는 거야?"

이 녀석은 느닷없이 무슨 소리를 하는 거지? 오타쿠를 디스하는 건가?

"응? 뭐 때문에? 나는 딱히 남들과 사이좋게 지내려고 어패를 하는 것도, 남에게 칭찬을 받으려고 하는 것도 아냐."

내가 당연한 소리를 하듯 그렇게 말하자, 이즈미는 깜짝 놀라며 눈을 동그랗게 떴다.

"그게 정말이야?! 게임인데?!"

"당연하잖아. 너는 대체 게임을 뭐라고 생각하는 거야?"

아, 그리고 보니 요즘 애들은 친구를 만들기 위해 게임을 하기도 하지.

"그렇지만 이렇게 압도적으로 잘하면 같이 게임 하는 애들이 질릴 거잖아. 대전하려고도 안 할 걸? 나도 아까 완전 질렸어. 적당히 잘하는 정도면 대단하다고 생각하겠지만 말이야. 하지만 지나치게 잘하면, 너무 잘해서 기분 나쁘다, 같은 소리를 딴 애들에게 들을 거야. 그런 건 싫지 않아?"

이즈미는 절실한 표정을 지었다. 그리고 바로 그때, 나는 일전에 나눴던 비슷한 대화가 생각났다.

미미미와 함께 하교하면서 나눴던 대화다. 그것과 이건 같은 이야기일 것이다.

"전혀 싫지 않⋯⋯은 건 아냐. 하지만 그런 것보다, 스스로 세운 강해지고 싶다는 목표를 달성하지 못하는 게 더 싫거든."

"흐음⋯⋯ 그렇구나."

나는 그 직감을 확인해보기 위해, 질문을 건넸다.

"남들 눈길이 신경 쓰이지 않느냐는 거지?"

"마, 맞아!"

역시 그랬다. 미미미는 분위기나 즐거움 때문에 자신의 뜻을 굽힌다고 말했다. 그리고 방금 같은 말을 한 이즈미 또한 미미미와 비슷한 타입일 것이다. 그게 버릇이 되거나, 이미 성격이 된 것이다. 게임에 비유하자면 같은 속성이다.

이것은 우연히 겹친 게 아니라, 히나미가 말했던 것처럼 이런 타입의 사람이 많은 것뿐이리라. 관철할 자신만의 가치관이 없으며, 불안정한 자기 자신에게 의문을 품고 있는, 그런 상태인 것이다.

"신경 쓰이지 않는 건 아닌데…… 그것보다 중요한 게 있다고나 할까……."

"하지만 자기만 튀면 좀 그렇지 않아? 쉬는 시간도 즐겁게 보낼 수 없을 테고, 하루하루가 재미없을 거야. 솔직히 말해…… 나는 토모자키가 학교를 즐겁게 다니는 것처럼은 안 보여!"

"관심 꺼!"

"아하하하!"

한순간 방안의 분위기가 누그러들었다. 하지만 이즈미가 방금 말한 건 상당히 절실한 문제라는 생각이 들었다.

"하지만 친구와 하하호호 하는 게 인생의 전부는 아니라고나 할까……."

남들에게 맞춰주는 것, 남들에게 평가받는 것, 남들 사이에서 튀지 않는 것, 남들을 질리게 하지 않는 것. 그렇게 주위로부터 배척당하지 않도록, 집단에 속할 수 있도록, 누군가가 만든 가치관── 히나미는 그런 게 『분위기』라고 했었지──에 따라 산다. 그게 이즈미에게 있어서의 현재 행복인 것이다.

"와, 와아, 대단하네. ……나는 그런 식으로 생각하지 못할 것 같아. 옛날부터 바꾸고 싶었지만, 바꿀 수가 없었어……. 아, 미안해! 나 지금 무슨 소리를 하는 거지?! 그냥 전부 못 들은 걸로 해줘! 아무튼, 사람마다 다 다른 걸로 해두자! 인생도 마찬가지고 말이야!"

이즈미는 손을 내저으면서 그렇게 얼버무렸다. 웃으면서 고개를 돌린 그녀의 눈가에는 눈물이 어려 있었다. 부끄러워하는 것도 같지만, 왠지 그 표정은 이것이 이즈미에게 있어서도 중요한 문제라는 걸 가리키고 있는 것 같았다.

바로 그때, 내 마음속에 어떤 의문이 생겼다. 미미미와 이즈미. 그 두 사람의 고민은 같은 것 같은데, 왜 이즈미만 이렇게 심각하게 생각하는 걸까?

미미미에게는 타마를 지키고 있어~, 즐거우니까 괜찮아~ 같은 가벼운 느낌이 있었다. 하지만 이즈미는 이렇게 심각하게 고민하고 있었다.

그 사이에 어떤 차이점이 존재하는 걸까.

아니면 미미미가 고민을 능숙하게 숨기는 것뿐일까?

그리고 나는 생각났다. 미미미와 대화를 나눈 후, 막연한 위화감을 느꼈다는 사실을 말이다.

나는 그때, 『미미미야말로 보호받고 있는 것 같다』는 근거 없는 추측을 했다.

하지만 바로 지금, 그런 직감이 머릿속을 스친 이유를 조금 알 것만 같았다.

——역시 미미미가 타마 양에게 보호받고 있는 것 같다는 생각이 들었다.

나는 가정실습실에서 있었던 일을 떠올렸다.

『……밈미, 아까는 정말 고마웠어.』

『……뭐가 말이야~? 나는 아무 것도 안했어~.』

두 사람의 관계.

『하나비는 언제나 마음을 알몸인 채로 두니까, 마음의 방어력도 낮아. 그러니 누군가가 갑옷이 되어주거나, 날아오는 공격을 막아주지 않으면 마음이 금방 너덜너덜해져.』

그리고 히나미의 분석. 나는 마음속으로 납득했다.

확실히 타마 양은 미미미에게 보호받고 있다. 하지만…….

아마 미미미는 타마 양, 즉 자신이 도와줄 수 있는 존재를 지키는 것에, 의미를 부여하고 있는 것이다. 내가 어패를 계속 하듯, 히나미가 다양한 분야에서 1위를 목표로 삼듯, 그게 목적으로서 미미미의 내면에서 성립되고 있는 것이다. 그 목적에, 결과에, 자신에게 있어 명확한 의미를 부

여하고 있다. 그래서 망설이지 않는 것이다.

하지만 이즈미에게는 그게 없다. 자신이 굽히는 것에 의미를 부여하고 있지 않다. 목적 없이 그저 휘둘리고 있는 것이다.

친구는 잔뜩 있을 것이다. 하지만 미미미에게 있어 타마양처럼, 자신의 뜻을 굽힌다는 행동에 의미를 부여해주는 존재가 그녀에게는 없다. 그래서 불안정한 상태로 이렇게 의문을 느끼고 있는 것이다.

초심자의 분석, 그것도 근거라고는 최근 일주일 동안 있었던 일뿐이지만, 나는 경험을 통해 그렇게 느꼈다.

하지만 이런 생각도 들었다. 이것 또한 경험에서 우러나온 생각이다. 타인이 자신을 보완해주는 것도, 자신에게 남는 것을 타인에게 나눠주는 것도 아니다. 자신이, 자기 자신의 힘으로, 자기 자신을 보완하는 것도 가능하지 않을까.

"바꾸지 못할 것도 없잖아."

"뭐?"

"그러니까 이제부터라도, 얼마든지 바꿀 수 있지 않을까?"

"뭘 말이야? 성격? 무리야! 무슨 소리를 하는 거야?! 나, 이제 열일곱이거든? 이미 늦었어! 이 이야기는 이걸로 끝!"

이즈미는 억지 미소로 전혀 보이지 않는 완벽한 미소를 지으면서 그렇게 말했다. 이즈미는 이런 방식으로 교실이라는 전장에서 살아남았다는 것을, 그 광경을 보지 않은 사람도 알 수 있게 해주는 듯한 표정이었다.

——나는 일전에 미미미와 나눈 대화, 히나미에게서 들었던 타마 양의 강점과 약점, 그리고 얼버무리는 듯 하면서도 자신의 본심을 털어놓는 이즈미의 말을 듣고, 나름 생각해봤다. 그와 동시에 히나미가 했던 말을 떠올렸다.

『대화라는 건 원래 '자기가 머릿속으로 한 생각'을 상대에게 전하는 거야.』

『너는 아무래도 '자신의 생각을 솔직하게 말하는 것'이 특기인 것 같아.』

만약 그게 사실이라면, 만약 그게 진짜 대화라는 것이라면, 나는 지금『머릿속으로 직접 한 생각』을 이즈미에게 전해보자. 그런 생각이 들었다. 기왕 초 고난이도 던전에 왔으니, 내가 가진 모든 걸 쏟아내고 전멸해버리자. 그런 생각이 들었다.

"……나한테도 태어나서 지금까지 쭉 변치 않았던 성격이랄까, 생각 같은 게 있어."

"뭐?"

내가 갑자기 진지한 톤으로 말을 하자, 이즈미는 놀랐는지 입가에 어린 거짓 미소가 약간 흐트러졌다. 나는 최대한 진지한『톤』으로 이야기하려고 의식하며 입을 열었다. 그게 리얼충을 상대로 다소 효과를 보였다는 사실에 놀라며, 나는 말을 이었다.

"『인생은 망겜이다』라는 게 내 생각이었어.『인생』은 불합리하며, 강캐가 이득을 보고, 약캐는 착취당하지. 공략

해볼 가치가 있는 룰 따위는 없는, 그저 운빨겜. 그런 것에 내 정열과 시간을 투자할 가치는 없으며, 그럴 필요도 없다. 그렇게 생각했어."

"그, 그랬구나……."

미소가 어려 있던 이즈미의 얼굴에 어안이 벙벙한 듯한 표정으로 변했다.

"그러니 인생이라는 게임에서 져도—— 예를 들어 교실 안에서 고립된들, 애인이 생기지 않든, 친구가 없든, 반에서의 지위가 낮든, 그런 건 아무것도 아니라고 생각했어. 왜냐면 망겜이잖아. 그리고 어패는 갓겜이니까, 인생에서 이기는 것보다 어패에서 이기는 게 더 가치가 있고 대단하니까, 나에게 있어 진정한 행복이라고 생각한 거야. 태어나서 지금까지 쭉 말이야."

이즈미는 나에게서 눈을 떼지 않은 채 그저 침묵했다.

"하지만 나는 얼마 전에, 성격이 더럽지만 나만큼 실력 있는 게이머를 만났어. 그리고 그 녀석은 『인생이 갓겜』이라고 단언하는 거야. 솔직히 말해 이 녀석이 말도 안 되는 소리를 한다고 생각했어. 『인생』이 망겜이라는 것도 모르는 녀석이 무슨 게이머냐고도 생각했지. 하지만 그 녀석의 설득에 넘어가서, 실력 있는 게이머인 그 녀석이 말이 맞는지 확인해보기로 했어. ——즉, 『인생』이라는 게임을 좀 진지하게 플레이해보기로 한 거야."

이즈미는 눈을 깜빡였다.

"그리고, 공략법이나 노력하는 법을 배우며 내 나름대로 최선을 다해보니 말이야. 뭐랄까, 이런 생각이 들었어. ……아니, 분하지만 이건 확신에 가까워."

그리고 나는 눈앞에 있는 이즈미를 향해서가 아니라, 세상에서 가장 노력을 많이 하고, 세상에서 가장 자신이 넘치며, 세상에서 가장 성질이 더러운 어느 게이머를 향해 말하는 듯한 심정으로 이렇게 말했다.

"인생이 갓겜인지는 모르겠지만, 적어도 굿겜은 틀림없다! 하고 말이야."

이즈미는 입을 쩍 벌리더니, 곧 웃음을 흘리며 이렇게 말했다.

"──『갓겜』은 아닌 거야?"

나 또한 자연스럽게 웃으면서 이렇게 말했다.

"응. 아직 거기까지 확신하지는 못했거든. 나는 마음에도 없는 말은 하지 않아."

"……대단하네."

이즈미는 여전히 웃고 있었다.

"……하지만 16년 넘게 『인생은 망겜』이라고 생각해온 내가 사소한 계기로 『인생은 굿겜』이라고 생각하게 됐어. 이건 대단한 변화 아닐까?"

"아하하. 맞아. 아니, 맞나? 아하하. 아무튼 웃겨~."

웃지 마. 내 이야기는 아직 끝나지 않았다고.

"그러니 『몇 년 동안 성격이 변하지 않았다』 같은 걸 신경 쓸 필요 없어."

이즈미는 내가 하려는 말을 눈치챘는지 깜짝 놀란 눈길로 내 눈동자를 응시했다.

"만약 이즈미도 변하고 싶다면, 얼마든지 변할 수 있어."

그리고 나는 억지로 이즈미와 시선을 맞췄다.

"……지금부터라도 말이야."

──이렇게, 초 고난이도 던전에 도전한 결과, 나는 승패를 판가름할 수 없는 『깨달음 엔딩』이라는 뜻밖의 결말을 맞이했다.

***

"그, 그럴까……?"

이즈미는 반짝이는 눈동자로 나를 쳐다보았다. 머릿속으로 한 생각을 전부 말한 후, 나는 애드리브 능력이 없는 평소의 나 자신으로 되돌아왔다.

"으, 응. 아마 그럴 거야."

이즈미는 내 말을 듣더니, 웃음을 터뜨렸다.

"아하하. 정말 못미더워~."

"……거 미안하네."

나는 이 집에 온 후로 오랫동안 자연스럽게 대화를 나눴다. 그래서 내 대화 기술이 스스로도 모르는 사이에 향상된 거라고 생각했지만, 그렇지 않았다. 어패 이야기, 그리고 내 머릿속에 있던 생각을 설명하는 걸 이제까지처럼 할 수 있었던 것뿐이었다.

"……하지만…… 그렇구나. 해볼게."

"뭐?"

"어패 연습도…… 그리고 주위의 눈길? 같은 걸 신경 쓰지 않는 사람이 될 수 있는지, 한 번 노력해볼래. ……해봐야 할 수 있는지 없는지 알 수 있을 거잖아."

"……그래."

"응……. 아, 맞다."

이즈미는 핸드폰을 꺼내며 말을 이었다.

"모르는 게 있으면 물어보게, 전화번호 좀 가르쳐줘."

"뭐?! 내, 내가 주위의 눈길 같은 거에 대해 조언할 수 있을 리가……."

"그게 아니라 어패 쪽으로 말이야."

"아, 그렇군요……."

나는 이즈미에게서 '이 녀석, 무슨 소리 하는 거야?'하고 말하는 듯한 시선을 받으며 그녀와 연락처를 교환했다.

"오케이~!"

"아, 그, 그럼…… 나는 이만 돌아가 볼게."

어패에 관해 가르쳐줄 수 있는 건 전부 가르쳐줬으니까

말이다.

"응. 아, 이 소프트!"

"아, 괜찮아. 그건 서브 롬이거든. 메모리카드도 백업용 예비야."

"서브 롬? 백업?"

"……아, 그러니까 소프트가 하나 더 있다는 소리야."

"그렇구나~. 잠깐…… 그럼 이걸 빌려주고 온라인 대전을 해도 됐지 않아……?"

"앗! 맞네! ……미안해."

"아하하. 그랬구나! 뭐, 그래도 덕분에 이런저런 이야기를 나눴으니까 잘됐어!"

"하하."

그렇게 말해주니 정말 고마웠다.

"그럼 갈게."

"조심해서 가! 아, 잠깐만…… 으음, 저기!"

"응?"

"고…… 아, 아무 것도 아냐! 잘 가!"

왜 저러지? 나는 의문을 느끼면서 이즈미의 집을 나섰다.

그리고 5분 정도 지났을 즈음, 이즈미에게서 짧막한 메일이 왔다.

『고마워』.

이모티콘 같은 게 섞이지 않은 심플한 내용이었다. 아까 말하려다 만 건 이 말이었던 걸까. 말을 못했기 때문에 메일로 말한 건가. 뭐랄까, 리얼충인데도 꽤 호감이 가는 부분이 있었다.

그리고 나는 그 내용을 보자마자, 바로 메시지를 작성해서 보냈다.

──히나미에게,『이럴 때는 뭐라고 답장을 보내면 돼?』라는 내용의 메시지를 말이다.

***

"장비하고 있었던 검이 우연히 보스의 약점 속성이었고, 장비하고 있었던 방패가 우연히 보스의 공격 속성에 내성이 있었다, 급의 기적이네."

토요일. 이즈미와 있었던 일을 내가 메일로 보고하자마자 히나미는 '보고는 너를 직접 만나서 듣겠어'라고 했다. 그리고 오늘 만나기로 한 것이다.

"역시 엄청난 기적인 거네."

나는 테이블 위에 있는 거대 파르페를 질린 듯한 눈길로 쳐다보며 그렇게 말했다.

"솔직히 말해, 요즘 너무 나한테 유리하게 일이 풀리는 거 아냐? 이즈미와의 일도 그렇고, 키쿠치 양과의 일도 그렇고 말이야. 히나미, 설마 네가 몰래 손을 쓰고 있는 건 아니지?"

참고로 우리가 만나기로 한 장소는 도쿄에 있는 유명한 파르페 가게다. 그리고 현재 히나미는 딸기와 바나나와 멜론에 대량의 휘핑크림과 연유가 뿌려진 극대 단맛 병기를 태연히 먹고 있었다.

"무슨 소리를 하는 거야. 나는 아무 짓도 안 했어. 손을 쓴 사람은 바로 너잖아."

"뭐? 나?"

"그래. 이동수업 때 항상 도서실에 가거나, 유즈에게 말을 걸어서 후카 양에게서 휴지를 얻지 않았다면 도서실에서 후카 양이 너한테 말을 걸지 않았을걸? 그리고 나카무라 슈지를 어패로 박살을 내주고, 일주일 동안 매일 유즈에게 말을 걸지 않았다면, 어제 침울해 보이는 유즈와 마주치더라도 그녀의 집에 가는 일은 벌어지지 않았을 거야. 전부 네 행동이 불러온 결과야."

'너는 이걸로 해'라고 지시해서 주문한 내 몫의 파르페를, 반반씩 나눠먹자는 명목 하에 8할 가량 먹어치운 히나미가 그렇게 말했다. 잘 먹네. 나는 2할만 먹었는데도 이제 한계야. 참고로 내 파르페는 복숭아 치즈 휘핑크림 밀크 파르페라는 것이다.

"뭐, 그건 그렇지만……."

"꽤나 금욕적이네. 네가 지금까지 해온 노력을 정당하게 평가해주는 편이 좋지 않을까? 뭐, 그러지 않고도 모티베이션을 유지할 수 있다면 그럴 필요는 없겠지만 말이야."

왜 이 녀석은 입안에 음식물이 있는데도 이렇게 맑은 목소리로 말을 할 수 있는 걸까.

"어느 정도는…… 평가하고 있어."

내가 그렇게 말하자, 히나미는 갑자기 움직임을 멈췄다.

"……그래?"

히나미는 약간 기쁜 듯한 표정을 지었다. 파르페가 맛있기 때문에 저러는 걸지도 모른다.

"그럼 됐어. 해보니 어때? 자신의 노력에 의해 인생이 호전됐잖아. 아름답게 느껴지지 않아?"

히나미는 싱글벙글 웃으면서 내 눈을 들여다보았다. 나는 약간 우물쭈물하며 고개를 돌렸다.

"……그래."

"흐음, 너는 이럴 때 부끄러워하는구나."

"시끄러워."

"뭐, 좋아. 이걸로 중간 목표에도 더욱 다가선 거네."

"……내 이야기를 듣긴 한 거야? 이즈미는 나카무라를 좋아해서 노력하는 거라고."

"하지만 유즈는 나카무라 슈지와 어제 너와 했던 것처럼 진심어린 대화를 나누지는 않았을 거야. 게다가 유즈가 지니지 못한 걸 너는 지니고 있었어. 뭐, 그것만으로 너를 좋아하게 되지는 않겠지. 적어도 지금의 너를 좋아하지는 않을 거야."

"지금의 나?"

"너는 다소 성장했지만, 아직 모자란 부분이 많아. 하지만 긴 안목으로 볼 때, 네가 계속 노력하면 성장한다면 올해 안에 어찌어찌 될 가능성은 충분히 있어."

"정말입니까……."

다른 사람도 아니고 이즈미 유즈라고. 리얼충인 이즈미 유즈. 뭐, 그녀에게 약한 부분이 있다는 건 알지만 말이다.

"그래."

히나미는 파르페를 깔끔하게 비우며 말했다.

"뭐, 어디까지나 그럴 가능성이 있다는 것뿐이지만 말이야."

"용케도 다 먹어치우네……."

"그것보다, 후카 양 쪽은 어떻게 되어가고 있어?"

"그래. 좀 고민하기는 했지만 얼추 정하기는 했어."

"……그래? 뭐, 그 대답은 일단 듣지 않을게. 실행에 옮긴 후에 보고해줘."

그렇게 말한 히나미는 지갑을 꺼내며 말을 이었다.

"만약 데이트를 하게 된다면 이걸 써먹어."

"……영화 티켓?"

"응. 이번 주 일요일에 하는 매리 존의 시사회야."

"시사회? ……영화를 같이 보러 가자고 하라는 거야?"

"응. 하지만 네가 처음으로 같이 놀러가자고 하는 거니까, 너무 강요했다간 인상이 나빠질 수도 있어. 그러니까 우연히 티켓을 손에 넣었는데 같이 갈 사람이 없어서 너한테 말을 걸었다, 같은 식의 핑계도 댈 수 있어. 또한 날짜가 정해져 있으니까 상대방이 가기 싫다면 그 날 다른 볼일이 있다는 식으로 거절할 수도 있을 거야. 게다가 만약 가게 되더라도 다른 곳에 데이트하러 가는 것보다 대화를 덜 나눠도 될 테고, 영화를 본 다음에는 이야깃거리도 생기잖아?"

"그, 그렇구나⋯⋯."

"게다가 상대가 너한테 진짜로 마음이 있다면, 그 날 다른 볼일이 있더라도 그런 다른 날에 놀자, 같은 식의 말을 할 가능성이 커. 아무튼, 위험부담이 적어."

"아하⋯⋯. 뭐, 아직 어떻게 할지 결정하지는 못했지만 일단 받아둘게. 고마워."

"응."

히나미는 그렇게 말하며 자리에서 일어났다.

"미안한데, 나 먼저 갈게. 나도 볼일이 있거든. 파르페는 내가 거의 다 먹었고, 내가 일부러 시내로 부르는 바람에 교통비도 들었을 테니까, 내가 낼게."

나는 괜찮다고 말하려고 했지만, 이 녀석은 자기가 한 말을 취소할 리가 없기에 '그래? 고마워'하고 솔직하게 말했다.

그날 밤. 나는 평소처럼 히나미에게 빌린 IC레코더로 자신의 목소리를 녹음해 듣는 것을 반복하면서 톤 연습과 복습을 했다.

바로 그때, 기기를 잘못 조작한 바람에 다른 버튼을 누르고 말았다.

"어, 뭐야. 어떻게 된 거지? 폴더가 바뀌었나?"

아까는 파일 숫자 부분에 '63'이라고 적혀 있었지만, 지금은 '781'이라고 표시되어 있었다.

우와, 어떻게 하지. 아까 폴더로 돌아가려면 뭘 눌러야 할까?

내가 허둥지둥 버튼을 누르다 보니, 지금 폴더 안에 있는 음성 파일이 재생됐다. 큰일 났다! 이런 걸 멋대로 들으면 안 되잖아! 그렇게 생각한 나는 허둥지둥 정지 버튼을 누르려고 했지만── 바로 그때 들려온 말을 듣고 놀란 나머지, 그대로 딱딱하게 굳어버렸다.

『그러니까 시마노 선배에게 차이는 거야! 역시 연하는 믿음직하지 못하다니깐………… 이게 아냐.』

어, 이건…….

『역시 연하는…… 아냐! 연하…… 아~ 아~ 아~. …… 역시 연하는…… 아!』

이건 가정실습실에서, 나와, 미미미와, 타마 양을 구했을 때의……

『그러니까 시마노 선배에게 차이는 거야! 역시 연하는 믿음직하지 못하다니깐………… 이거야. 역시 연하는 믿음직스럽지 못하다니깐, 역시 연하는 믿음직스럽지 못하다니깐…… 좋아.』

녹음된 음성은 거기서 끝났다.

프라이버시 침해이니 다른 녹음 파일을 듣고 싶지는 않았다. 하지만 방금 그 녹음 파일 만으로도 충분히 알 수 있었다. 충분하고도 남을 만큼 느껴졌다. 그 녀석이 어떤 점이 가장 대단한지를 말이다. 지금까지도 어렴풋이 느끼고 있었지만, 방금 나는 실감했다.

그 녀석의 대단한 점은 바로, 대단해지기 위해 최선을 다해 노력하고 있다는 점이다.

***

　다음 주. 월요일과 화요일에는 쉬는 시간마다 이즈미와 어패에 관해 대화를 나눴다. 그리고 주위 사람들이 그 광경을 뜻밖이라는 듯이 쳐다보기는 했지만, 그 외에는 별다른 일은 없었다. 이즈미는 예상보다 훨씬 빠른 페이스로 기술을 암기했으며, '이대로 가면 이번 주 안에 나카무라와 싸워볼 만한 수준에 도달하겠어'하고 내가 말해주자, 그녀는 정말 기뻐했다. 멋진 제자가 생겼다. 옆자리라 이야기를 나누기도 쉬웠다.

　히나미와의 작전회의 때도 별달리 이야기한 것은 없었다. 지금까지와 마찬가지로 자세와 표정, 목소리 톤을 연습하며 이야깃거리 암기를 철저하게 할 것, 그리고 이즈미와 키쿠치 양과 가능한 한 대화를 나눌 것 정도가 전부였다.

　그리고 수요일. 이날은 나에게 있어, 히나미와 만난 이후로 가장 격동적인 하루가 되었다.

6 던전 공략 후에 마을에 돌아가면 강한 보스가 있을 때도 있다

　오늘은 이동수업이 있는 날이다. 그리고 그 전에 도서실에 가면, 키쿠치 양과 1대1로 있을 수 있다.

　오늘도 아침부터 이즈미와 어패에 관해 이런저런 이야기를 나눈 후, 이동수업 전의 쉬는 시간이 되자 평소와 마찬가지로 도서실로 향했다. 하지만 마음만은 평소와 달랐다.

　도서실의 문을 열어보니, 키쿠치 양이 먼저 와있었다. 그녀는 나를 보더니, 봄바람을 연상케 하는 기품어린 미소를 지었다. 미인이다. 그 후, 키쿠치 양은 다시 책을 쳐다보았다. 또 상대방이 앤디 뭐시기에 관한 이야기를 해주면 좋겠지만, 아무래도 오늘은 내가 말을 걸어야만 할 것 같았다. 나는 상대방이 놀라지 않도록 적당히 발소리를 내면서 키쿠치 양에게 다가갔다. 내가 다가가자, 키쿠치 양은 성스러운 용 같은 아름다운 몸짓으로 나를 돌아보았다.

　"어……? 왜 그러세요……?"

　마치 고막에 천사의 눈물이 한 방울 떨어진 것처럼, 그녀의 목소리는 내 귀에 스며들었다.

　"아, 할 말이 있는데……."

　나는 그렇게 말하면서 키쿠치 양의 옆에 있는 의자를 빼며, 그녀와 적당히 거리를 두며 앉았다. 나 같은 타고 난

비 리얼충은 미인의 성스러운 아우라를 가까운 거리에서 쬐면 몸이 녹아내리며 증발하고 만다.

"저한테 말인가요……?"

"그게 말이야…….."

엘프의 마력이 담긴 녹색 눈동자처럼 보이는 그녀의 검은 눈동자가 나를 향하자, 결의가 흔들릴 것만 같았다.

"일전에 나와 앤디라는 사람에 대해 이야기를 나눴잖아……?"

"아, 예…….."

키쿠치 양의 눈동자에 빛이 어렸다. 하지만 나는 이미 결심을 굳혔다.

"실은…….."

나는 단도직입적으로 미리 생각해뒀던 말을 입에 담았다.

"그 작가를 좋아한다는 건 거짓말이야. 나…… 그 사람의 책을 읽어본 적도 없어!"

귀엽게 고개를 갸웃거리던 새하얀 족제비, 아니 키쿠치 양은 눈을 깜빡거렸다.

"으음…….."

나는 키쿠치 양이 요정이나 천사 같은 분위기만이 아니라, 어린 아이 같은 순수한 분위기도 낼 수 있다는 사실에 놀라며, 이렇게 말했다.

"진짜야."

"예……? 하지만, 앤디 작품을 읽고 있는 모습을 몇 번이나 봤는데……."

그런 의문을 품는 것도 당연했다. 매번 도서실에서 앤디라는 사람의 책을 펼쳐놓고 있었으니, 그렇게 생각하는 것도 무리는 아니다.

하지만 실은 그렇지 않다.

——나는 내가 어패를 엄청 좋아한다는 것과, 그래서 짬만 나면 어패에 시간을 할애하고 있다는 것, 도서실에 들른 것은 이동수업 때 빨리 가면 거북한 분위기를 느끼기 때문이라는 것…… 그리고, 책을 읽는 척 하면서 머릿속으로 어패 전술을 검토했다는 것을 사실대로 말했다.

"그러니까, 나는…… 그 앤디라는 사람을 좋아하지도 않고, 그 사람의 책을 읽어본 적도 없어. 일전에는 뭐라고 설명하면 좋을지 몰라서 그냥 대충 둘러댔던 거야."

키쿠치 양은 탓하지도, 용서하지도 않았다. 그저 순수하게 아쉬워하는 듯한 표정을 지었다.

"그건, 가요? 하지만, 그 주문은……."

"주문……? 아! 에비, 뭐라는 거?"

"예……. 그때 읽고 있던 책에 자주 나오는…… 잘 가, 또 보자, 라는 의미의 주문……."

"아, 자주 나오는 구나. 실은 그때 펼쳐놨던 페이지에 적혀 있는 걸 우연히 보고 대충 입에 담았던 거야."

"그랬군요……."

"응. 그러니까, 네가 쓴 소설을 내가 읽어선 안 된다는 생각이 들었어. 착각…… 아니, 내 거짓말에서 비롯된 약속이잖아……. 정말 미안해."

"그렇게…… 된 거군요."

키쿠치 양은 휴우 하고 한숨을 내쉬었다.

"개의치 마세요."

키쿠치 양은 내 죄의식을 씻겨주듯 미소를 지으며 나를 용서했다. 그런 그녀는 왠지 쓸쓸해 하는 것처럼 보였다.

그리고 앞으로 어떻게 할 것인가. 나는 아직 결정을 하지 못했다. 사과를 한 후, 같이 영화를 보러 가자고 할 것인가, 말 것인가. 나는 상의 안쪽 호주머니에 들어있는 시사회 티켓을 살며시 만졌다.

"하지만……."

나는 심장이 격렬하게 뛰는 걸 느끼면서 이렇게 말했다.

"또 도서실에서 마주친다면…… 그때는 좋아하는 작가에 대해서가 아니라 평범하게 이야기를 나누고 싶어. 저기, 미셸 앤디라는 작가의 책도 읽어보고 싶다는 생각도 들거든. ……그래도 될까?"

키쿠치 양은 내 제안을 듣더니, 기다란 속눈썹을 흔들며 눈을 깜빡였다. 그리고 평소의 판타지 같은 분위기가 아니라, 젊은 여자애다운 분위기를 지니며 즐거운 듯이 웃었다.

"……아하하하! 토모자키 군. 미셸이 아니라 마이클이에

요. ……정말 읽어보지 않은 거군요."

"아…… 마이클이구나. 으음, 아하하."

"후후."

"아, 아무튼, 으음, 또 와도…… 되, 되지?"

내가 그렇게 말하자, 키쿠치 양은 나뭇잎 사이로 비치는 햇살처럼 따뜻하고 인간미 넘치는 미소를 지으며 이렇게 말했다.

"……물론이죠!"

그 미소를 보고 무심코 멋쩍은 느낌이 든 나는 '다행이야. 그럼 가볼게'하고 말하면서 도서실을 나섰다.

그리고 나는 빠른 걸음으로 가정실습실로 향했다.

아까 상황에서 영화를 같이 보러 가자는 제안 하는 것은 약은 짓이라는 생각이 들었다. 거짓말을 했다는 걸 실토한지 얼마 안 되었으니, 키쿠치 양은 서로가 같은 작가를 좋아한다. 같은 심정의 여운에 아직 잠겨 있으리라. 그러니 그런 제안은 그 여운이 전부 없어진 후에 해야 한다고 생각했다. 그게 올바른 행동이라 생각했다. 그러니 올바른 판단을 내렸다고 생각했다.

그렇게 키쿠치 양과의 일을 나름대로 정리한 후, 나는

개운한 마음으로 하루를 보냈다. 이즈미와는 쉬는 시간마다 가볍게 어패에 관한 이야기를 한 후, 이즈미는 창가뒤편의 리얼충 그룹에 합류하고, 나는 자리에 남아 외톨이로 지내는 게 당연한 일이 되어갔다. 이러고 있으니, 내가진보했다는 게 느껴졌으며, 자신감도 생겼다.

　──사건이라는 것은 유독 이럴 때 터지는 법이다.

＊＊＊

“토모자키.”

“응?”

방과 후. 귀에 익지 않은 목소리를 지닌 누군가가 내 이름을 입에 담았다.

고개를 돌려보니, 나카무라와 사이가 좋은── 타케이가 팔짱을 낀 채 나를 노려보고 있었다. 옆에서는 미즈사와가 무표정한 얼굴로 관찰하듯 나를 쳐다보고 있었다. 일전에 가정실습실에서 나를 놀렸던 두 사람이다.

“따라와.”

“뭐?”

이게 뭐지? 이런 걸 호출이라고 하나? 이 녀석들이 나한테 이런 소리를 하는 건 나카무라와 연관된 일 때문이라고생각해도 아마 틀림없을 것이다. 그런데 이유가 뭐지? 나카무라가 어패로 나한테 진 일은 히나미 때문에 잘 마무리가 된 것으로 알고 있는데 말이다. 내가 나카무라를 자극할 만한 짓을 했나? 아니면 딱히 나쁜 일로 나를 부르는 게 아닌가? 으음, 말투로 볼 때 좋은 일로 부르는 것 같지는 않은데 말이야.

"잔말 말고 따라오기나 해."

이런저런 소리 해봤자 소용이 없을 것 같으니, 순순히 따라갈 수밖에 없어 보였다. 히나미도 이 상황을 보고 있나 싶어서 교실을 둘러봤지만, 그녀는 보이지 않았다. ……아마 먼저 제2피복실에 가서 나를 기다리고 있을 것이다. 즉, 이 갑작스러운 보스전은 나 혼자만의 힘으로 치를 수밖에 없을 것 같았다.

안내라기보다 연행당한 끝에 내가 도착한 곳은 교무실의 대각선 맞은편에 있는 빈 방이었다. 과거에 교장실이었던 이곳에는 꽤 낡기는 했지만 아직 쓸 만해 보이는 소파와 책상, 작은 브라운관 텔레비전이 설치되어 있었다.

그리고 그곳에는 나카무라를 비롯해 리얼충 그룹의 남자애들 몇 명이 있었다.

"……으음?"

타케이와 미즈사와를 포함해 총 여섯 명이었다. 뭐가 어떻게 된 거지. 나는 이제부터 몰매라도 맞는 건가.

"왔구나, 토모자키."

나카무라가 그렇게 말했다. 평범하게 말을 거는데도, 그의 목소리에서 위압감이 느껴졌다. 무심코 고개를 돌린 내

시야에 눈에 익은 물건이 들어왔다. 어, 저 게임기는…….

"자, 잠깐만. 어째, 때문에 부른 거야?"

나는 뜻밖의 상황이 벌어진 탓에 혼란스러웠다. 어라? 혹시 리벤지하려는 거야?

"그래. 빨리 앉아."

내가 순순히 컨트롤러 앞에 앉자, 그가 게임기의 전원을 켰다.

"자, 잠깐만, 뭘 하자는 건데?"

나는 당황한 목소리로 그렇게 말했다. 바로 그때, 나카무라의 들러리들은 나와 나카무라에게서 떨어지더니, 방 뒤편에 줄지어 섰다.

"네가 지금 생각하고 있는 대로야."

나카무라는 낮은 목소리로 그렇게 말했다. 그럼…….

"리, 리벤지?"

나카무라는 혀를 살짝 차더니, 우쭐대지 말라고, 하고 말했다.

"아, 아니, 그게 말이야…….

나는 뒤편을 돌아보았다. 구경꾼이 있었다. 즉, 저들이 이제부터 여기서 벌어지는 일의 증인인 것이다. 전에 싸웠을 때, 나는 그야말로 압승을 했다. 하지만 우리 사이에 어느 정도의 실력 차가 존재하는지 아는 사람은 나와 나카무라, 그리고 히나미뿐일 것이다. 즉, 근소한 차이로 내가 이겼을 거라고 생각하더라도 부자연스럽지 않은 것이다.

하지만 이 자리에서 벌어지는 대결은 다르다. 그 상세한 내용까지 저들은 완전히 목격하고 마는 것이다.

분명 나카무라는 몇 주 동안 연습을 해왔을지도 모른다. 그는 원래 실력이 꽤 괜찮은 편이었던 데다 최선을 다해 연습을 했을 테니, 이 자리에 있는 들러리 전원을 노 미스 클리어하는 것 정도는 식은 죽 먹기일 것이다. 하지만 나한테 이기는 건 무리다. 왜냐면 나는 저들과 차원이 다를 정도로 강하니까 말이다. 이 짧은 기간 동안 아무리 연습을 해봤자 새 발의 피다. 아니, 나카무라보다 내가 더욱 실력이 상승했을 거라는 자신감마저 있었다. 만약 전력을 다해, 그것도 위험부담을 최소한으로 줄이며 최대한 시간을 끌면서 배틀을 해도 된다면, 노 대미지 클리어도 가능하리라. 그렇게까지 하지 않더라도 노 미스 클리어 정도는 식은 죽 먹기일 것이다.

그러니, 이 대결은 해선 안 된다. 단순히 창피를 당하는 레벨이 아니다. 내가 적당히 봐줄 수 있다면 좋겠지만, 나는 어패로 대결할 때만큼은 그러지 못한다. 그러니, 절대 하면 안 된다.

"관두자. 그 편이 훨씬 나을 거야."

"너…… 작작 우쭐대라고."

내가 구경꾼을 둘러보면서 방금 그 말을 했으니, 아마 '창피를 당할 거라고' 같은 의미도 들렸으리라. 그래서 그런지 나카무라는 더욱 분노했다. 그럴 만도 했다. 하지만 이런 말을 완곡하게 하는 건 아직 무리다. 너무 허들이 높단 말이다.

"아니, 진심으로 하는 말이야. 매일 연습하고 있다는 건 알지만, 그래도……."

나는 말끝을 흐렸다. 그래봤자 실력 차를 메울 수 없어, 같은 말을 했다간 그가 더 분노할 게 틀림없다. 내가 무슨 말을 하려다 만 것인지 이미 눈치챘을 게 뻔하지만 말이다.

……내가 그렇게 생각하고 있을 때, 뜻밖의 대답이 들렸다.

"내가 연습한다는 건 누구한테 들었어?"

지금까지 그가 한 말 중에서 가장 위압적인 말이었다. 어? 어라?

"아, 그게……."

나는 딱히 숨길 필요가 없기에 솔직하게 말했다.

"이즈미한테서 들었어."

"……그럴 줄 알았어."

나카무라는 미간을 찌푸렸다.

"요즘 사이가 좋은 것 같던데 말이야."

"뭐?"

……잠깐만 있어봐. 아직 단정 짓기에는 이르지만, 그래도 좀 있어보라고. 리벤지를 하기에는 이르니 다른 이유로 화가 나서 부른 게 아닐까 하고 생각하기는 했지만, 설마

이 녀석…….

"네가 왜 유즈와 가까워진 거냐고. 이상하잖아."

역시 그거다. 구경꾼 앞에서 저런 소리를 잘도 하네. 그래도 말도 안 되는 소리 하지 말라고. 내가 요즘 이즈미와 자주 이야기하는 건 말이지. 이즈미가 네 대전 상대가 될 수 있도록 열심히 어패 연습을 하고 있기 때문이라고. 나는 이즈미가 『너를 위해』 노력하는 걸 도와준다고 하는, 큐피드 역할이란 말이다.

그런 내가 왜 질투심에 사로잡힌 너와 싸워야 하는 거냐고. 게다가 네가 질투심을 느끼고 있는 이유는 내가 이즈미와 요즘 들어 친하게 지냈기 때문인 거냐?

"아니, 딱히 가까워진 게 아니라…….."

"그럼 어떻게 된 건데?"

그렇다고 진상을 말해줄 수도 없다. 사랑을 위해 최선을 다하는 여자애의 노력을, 나 자신의 안위를 위해 폭로하는 것은 그야말로 최악이다. 연애경험이 없는 나도 그 정도는 안다. 그러니 지금은 나만의 힘으로 어떻게든 이 상황을 극복할 수밖에 없다.

"아, 아니, 그러니까, 꼭 붙더라도 이런데서 할 필요는 없잖아. 그래. 너희 집이나 우리 집에서――."

"집……? 맞아……. 너, 유즈의 집에 갔다면서? 목격담을 들었어."

맙소사. 괜한 소리를 했어. 젠장. 화낼 만도 하네. 게임으로 자기를 박살내놓고 잘난 척을 해댄 오타쿠 자식이 이번에는 자기가 좋아하는 여자, 인지는 아직 확실하지는 않지만, 아무튼 그럴 가능성이 있는 여자애와 친해졌을 뿐만 아니라, 그 여자애의 집에까지 들어간 것이다. 충분히 화낼 만도 했다. 이건 내가 자력으로 무마시킬 수 있는 문제가 아니다.

"아~, 으음, 그럴 수밖에 없는 이유가 있어서……."

"……그게 뭔데?"

"……저기, 그게…… 죄송하지만 말 못해요……."

적당한 거짓말도 생각이 나지 않네요……. 하지만 내가 『이즈미와의 비밀』을 지키기 위해 이러는 거라고 판단한 듯한 나카무라는 더욱 화를 내면서 '잔말 말고 빨리 붙자' 하고 말하더니, 컨트롤러를 힘차게 움켜쥐었다.

하지만 나는 '그래도……', '왜 그래?', '아니, 그게……', '말투가 되게 기분 나쁘네'같은 식의 오타쿠 특유의 기분 나쁜 태도로 시간을 끌었다. 상황이 변하기만을 바라면서 말이다. 나는 히나미가 나타나기만을 바라고 있었다. 내가 제2피복실에 오지 않는 걸 의아하게 여긴 그녀가 독자적으로 정보를 입수해서, 이곳에 들이닥치는 것 정도는 그 녀석에게 있어 식은 죽 먹기일 것이다. 그렇다. 시간만 벌면 분명 올 것이다. 그 녀석이라면 분명 그럴 것이다.

내가 마음속으로 기도를 올리며 무의미한 문답을 반복하고 있을 때, 이 방의 문이 힘차게 열렸다. 신이시여! 오셨나이까!

"실례합니~, 어, 어라?! 토모자키?!"

타이밍 한 번 되게 못 맞추네, 라는 말은 이럴 때 쓰는 것이리라. 이 방에 나타난 사람은 바로 이즈미였다. 정말, 믿기지 않는 일이다.

"유즈, 뭐 하러 온 거야? 내가 오지 말라고 했잖아."

"아, 슈지. 미안해. 그게, 이제 너와…… 붙어볼 만…… 할 것, 같아서……."

이즈미는 이 교실 안을 가득 채운 범상치 않은 분위기를 느꼈는지, 그녀의 목소리가 점점 잦아들었다. 나카무라, 미안해. 이건 너한테 있어 최악의 상황일 거야. 내가 이즈미에게 이번 주 안에 나카무라와 싸워볼 만한 수준에 도달할 거라고 말한 바람에, 그리고 지금 괜히 시간을 끈 바람에 이런 일이 벌어진 거야. 그러니 전부 내 탓이야. 차라리 바로 붙을 걸 그랬다. 이즈미가 보고 있으니 이제 무를 수도 없을 것이다. 그녀만 돌려보낼 방법이 없으려나?

"뭐, 좋아. 이제부터 토모자키한테 리벤지를 할 거니까, 너도 지켜봐."

"뭐, 어……?! 알았어!"

아아, 큰일 났다. 이제 다 끝났다. 이즈미는 뒤편에 서 있는 들러리들 사이에 섞였다.

"유즈~, 헛수고야~. 그냥 돌아가자~."

문을 열고 들어오며 이런 말을 입에 담은 이는 이즈미가 일전에 말했던 콘노 에리카와 그녀의 들러리들이었다. 밝은 색깔을 띤 머리카락과 짧은 치마를 입은 소녀들이었다. 그리고 콘노 에리카는 그 안에서도 돋보이는 존재였다.

"어? 뭐하는 거야?"

콘노 에리카의 들러리 중 한 명이 그렇게 말하자, 나카무라는 '이제부터 토모자키와 대전을 할 거니까, 보고 가' 하고 말했다. 아아, 콘노 군단도 구경꾼 집단에 합류했다. 맙소사. 리얼충 올스타 대격투 어택 패밀리즈인 거냐. 왜 이런 자살행위를 하는 건데. 난 몰라.

"자아, 토모자키. 이제는 도망칠 수 없다고."

"하아……."

나는 결심했다. 미리 말해두겠지만, 나는 어패를 할 때는 절대 상대를 봐주지 않아.

"……도망칠 수 없는 사람은 나카무라, 바로 너야."

다양한 의미에서 말이야.

***

내가 평소 이미지와 다르게 우쭐대는 듯한 발언을 입에 담자, 구경꾼들이 뜨거운 반응을 보였다.

'휘유~!', '입은 꽤 살았는걸~!', '저 녀석, 토모자키 맞지?!', '분위기가 달아오르는군요!'. 시끄러워. 나는 이제 모른다고~. 할 수밖에 없으니까 할 거야. 내 미학에 따라 전력을 다해주겠어. 어패로 나한테 싸우려고 한 너 자신을 원망해. 나는 어패라는 무대에서는 최강 캐릭터란 말이야.

"토모자키, 말 하나는 여전히 번지르르한걸."

나카무라는 명백하게 화난 목소리로 그렇게 말했다. 아아, 몰라. 때릴 거면 때려. 그래서 이 상황이 해결된다면 차라리 그렇게 해줘. 하지만 어패로 붙겠다면 상대해주지. 그게 다라고.

"쓸데없는 소리 하지 말라고. 할 거야? 말 거야?"

나는 나카무라를 쳐다보지도 않으며 컨트롤러를 쥔 후, 차가운 목소리로 그렇게 말했다. 이제 됐다. 대전이 시작되면 지금까지 쌓아온 경험에 몸을 맡길 뿐이다. 강 상류에서 나무통에 탄 후, 좌선을 하며 하구까지 흘러간다. 그 행위에 쓸데없는 논리는 필요 없다. 그저 지금까지 자신이 쌓아온 경험이 자동적인 정답을 찾아내 온몸에 명령을 내릴 것이다.

"당연히 해야지. 빨리 캐릭터를 골라."

그런 말이 들리든 말든, 나는 평소처럼 캐릭터를 골랐다. 쳇. 옆에서 혀를 차는 소리가 들렸다. 흐음. 나카무라가 캐릭터를 골랐다. 또 폭시를 골랐다. 빨리 붙자고.

전투 개시. 나는 바로 나카무라를 향해 뛰어갔다. 그러자 나카무라는 가볍게 도약을 하면서 장거리 공격을 두 방 날렸다. 소점프의 착지와 장거리 공격을 합쳐서 발사 직후의 틈을 없애는 테크닉이다. 일전에 붙었을 때, 나카무라는 이 기술을 쓰지 못했다. 연습을 한 것이리라. 하지만 그 정도로는 내 흐름을 끊을 수 없다. 나는 당황하지도, 초조해하지도, 그리고 방심하지도 않으며, 그저 내가 아는 올바른 흐름에 따라 파운드를 조종했다. 그리고 눈싸움이 시작되었다.

네가 연습을 통해 뭘 익혔든 내 알 바가 아니고, 상관도 없어. 뭐, 너한테 있어서는 엄청 대단한 일일지도 모르지만, 나한테 있어서는 신경 쓸 가치도 없는 일이야. 아프리카의 어느 나라에 서식하는 이상한 개미는 날개가 달려 있어서 하늘을 날 수 있대. 흐음, 그렇구나. 그것과 마찬가지야. 나카무라가 내 돌진에 대처하려고 하자, 나는 기술과 경험으로 그런 그를 박살내줬다. 순으로 다가가는 타이밍을 다섯 번이나 변화시켰다. 찰카카카카카칵. 내가 선보인 말도 안 되는 움직임에 나카무라가 대응할 수 있을 리가 없다. 나는 빈틈투성이인 나카무라를 잡은 후, 즉사 콤보를 넣었다. 우선 한 마리 처리.

'방금 뭘 어떻게 한 거야?', '움직임이 기분 나빠', '말도 안 돼~', '어?'. 구경꾼들이 당황했다. 유감이지만 이 시합은 방금 같은 상황이 세 번 정도 일어나고 끝날 거야. 하지만 순 5연발은 기습적인 교란기술이니 두 번은 통하지 않을 것이다. 그렇기에, 승리로 이어지는 전혀 다른 길에 내 눈앞에 펼쳐졌다. 반짝~ 하면서 그 길이 눈앞에 펼쳐졌다. 얼추 여덟 개 정도 되는데, 어느 걸로 할까. 뭐, 이거면 되겠지.

대시 공격을 일부러 약간 느린 타이밍에 펼쳐서, 나카무라의 가드를 아주 약간 통과한 지점에서 정지시켰다. 내가 빈틈을 보였다고 판단한 나카무라는 그대로 잡기를 시도했다. 유감이지만 나는 너를 통과했거든. 이미 네 뒤편에 있다고. 허공에 잡기를 날린 바람에 빈틈을 보인 나카무라를, 나는 뒤돌아서면서 잡았다. 잡기. 콤보. 두 마리 처리.

'어?', '빠져나갈 수 없는 거야?', '잡히면 끝?', '우와, 약았네', '말도 안 돼'. 빠져나갈 수 있어. 실력이 있다면 말이야. 초조해진 나카무라는 조작의 정밀성이 떨어졌다. 이래서야 승리를 위한 길을 얼마든지 찾아낼 수 있다. 반짝반짝반짝~. 눈부시네. 대체 몇 개나 되는 거야. 자, 그럼 우직하게 나아가볼까. 망설이다간 눈이 너무 부실 것 같고, 뭘 고르든 나카무라가 격추된다는 결과에는 변함이 없을 테니까 말이다.

내가 심플한 대시 공격을 날리자, 나카무라는 가드를 하고 나를 잡았다. '오오', '잡았어!'. 갤러리들이 흥분했다. 나카무라의 공격이 처음으로 나한테 통한 것이다. 나카무라는 콤보를 이으려는 것 같지만, 중요한 걸 모르나 보네. 폭시는 축적 대미지가 없는 파운드가 내던져지는 방향을 비틀지 않는 한 콤보를 이을 수 있어. 하지만 파운드가 비튼다면, 거꾸로 폭시가 빈틈을 드러내서 콤보를 당한다고.

뭐, 연습 상대 중에 내던져지는 방향을 비틀 수 있는 녀석이 없다면 눈치챌 수 있을 리가 없지. 원망할 거면 환경을 원망하라고.

콰앙! 세 마리 처리.

'……', '……', '……'. 구경꾼들이 침묵했다. 그럴 만도 했다. 나는 지금까지 던지기에서 이어지는 즉사 콤보로 나카무라를 두 번 해치웠다. 하지만 '드디어 나카무라가 토모자키를 잡았어!'하고 생각한 순간, 나카무라가 격추당한 것이다. 이렇게 되면 뒷일은 단순한 쓰레기 처리다. 단순한 컨베이어 작업인 것이다. 내 눈앞에는 빛의 길이 이어져서 만들어진 커다란 광장이 펼쳐져 있었다. 어느 길로 가든 목적지에 도달할 수 있다. 나는 날아오르듯 지면을 박찼다. 몸이 떠오르며 허공을 갈랐다. 아래쪽을 쳐다보니, 광장 오른편에서 엄청 복잡한 형태의 길이 뻗어나고 있는 광경이 눈에 들어왔다. 어디를 향하든 도달지점은 같지만, 이광이면 연습 삼아 저 길을 따라가 보자.

나는 나카무라를 향해 달려간 후, 소점프를 했다. 그리고 공중 뒤 A. 오른쪽으로 순. 옆 A. 소점프. 공중 위 A. 착지. 점프. B 약간 축적 후 공중 발사. 착지. 상대 착지 지점으로 대시 잡기. 하단 던지기. 점프. 공중 앞 A. 공중 앞 A. 공중 점프. 아래 B. 착지. B 축적. 점프. 공중 점프. 아래 B. 위 B. 착지. 소점프. B 발사. 대시. 절벽 미끄러지기. 공중 앞 A. 공중 점프. 아래 B.

네 마리 처리.

게임 종료.

***

하아. 사고 쳤다. 이렇게 중압감이 심한 상황을 극복하기 위해 전력을 다해 집중한 탓에, 나카무라를 완전히 자근자근 짓밟아버리고 말았다.

"……젠장."

나카무라는 이를 악물더니, 한껏 인상을 쓰면서 중얼거렸다. 그 모습을 본 구경꾼들은 완전히 말문이 막히고 말았다. 무리도 아니다. 나카무라는 내 목숨을 하나도 소모시키지 못한 채 졌다. 실력 차가 명백하게 드러나고 만 것이다.

내가 한 마리를 잡았을 때만 해도 '기분 나쁠 정도로 잘하네~'같은 야유도 들렸다. 하지만 나카무라가 진지하기 그지없었기에, 구경꾼들은 자연스럽게 침묵했다.

뒤쪽을 돌아보니, 콘노 에리카 이외에는 아무도 이쪽을 쳐다보고 있지 않았다. 거북한 표정으로 서로를 쳐다보거나, 얼버무리는 듯한 미소를 짓거나, 고개를 숙이고 있었다. 아아, 미안해. 하지만 이럴 수밖에 없었어. 나도 이러고 싶진 않았다고!

내 분위기를 견디다 못해 '으음, 그럼 이만 가볼게'하고 말하며 방을 나서려고 한 순간, 나는 뜻밖의 말을 들었다.

"……한 번 더 붙자."

그 말을 한 사람은 바로 나카무라였다.

──이 녀석, 대체 무슨 소리를 하는 거야? 한 번 더? 방금 일방적으로 깨져놓고? 의미 없는 짓이잖아. 무리라고. 과장이 아니라, 백 번을 붙어도 나한테 이기지 못해. 그런 건 진짜로 의미가 없단 말이야.

"아니, 하지만……."

"한 번 더 붙자는 말 안 들려? 빨리 컨트롤러를 잡아."

"……으음, 그럼 캐릭터를 바꿔서──."

"바꾸지 마. 나도 안 바꿀 거야. 캐릭터 탓을 하려는 게 아니라고. 나를 바보 취급 하지 마."

"……알았어."

나카무라는 게임 화면에서 눈을 떼지 않으며 그렇게 말했다.

구경꾼들은 어안이 벙벙한 듯한, 그리고 희미한 공포마저 느끼고 있는 듯한 표정을 지으며 나카무라의 뒷모습을 쳐다보았다.

나는 어쩔 수 없이 컨트롤러를 지었다.

방금 전투 때처럼 사고력이 가속된 상태가 아니기 때문에 다소 대미지를 입기는 했지만, 목숨을 하나도 소비하지 않고 승리했다.

그럴 만도 했다. 구경꾼들 쪽을 돌아보니, 그들 사이에 히나미가 있었다. 우왓. 아무래도 두 번째 전투 도중에 몰래 들어온 것 같았다. 그녀는 옆에 있는 이즈미와 낮은 목소리로 이야기를 나누고 있었다. 아마 상황을 파악하고 있는 것이리라.

하지만 히나미라도 이 상황을 어찌하는 것은 무리일까. 나 혹은 나카무라가 악역이 되어서 단죄를 받지 않는 이상 해결할 수 없을 것처럼 보였다.

이즈미가 이야기를 끝내자, 히나미는 난처할 대로 난처한 표정을 지었다. 그리고 나를 쳐다보며 고개를 저었다.

저 행동이 어떤 의미인지 정확하게는 알 수 없지만, 부정적이라는 것만은 틀림없었다. 즉, 이 상황이 호전될 여지는 없는 것이다.

"한 번 더 붙자."

믿기지 않았다.

나카무라는 리얼충의 남녀 주요 멤버가 대부분 모여 있는 상황에서 리벤지를 한다고 선언했을 뿐만 아니라, 내 목숨을 하나도 소비시키지 못하고 2연패를 했다. 그런데도 마음이 꺾이지 않았어? 대체 무슨 생각인 거야? 왜 더 싸우려는 건데?

"빨리 하자."

나카무라는 내 의견을 들으려고도 하지 않았다.

"······알았어."

——나는 또 노 미스로 승리했다.

분위기가 점점 무거워졌다. 나조차 느꼈을 정도이니, 분위기에 민감한 리얼충들은 질식할 것만 같으리라. 고개를 돌려보니, 콘노 에리카와 히나미 이외의 전원이 고개를 숙이고 있었다. 히나미는 무표정했고, 콘노 에리카는 굳은 표정으로 이쪽을 쳐다보고 있었다.

"······나, 오늘 학원에 가야해서······."

콘노 에리카의 들러리 중 한 명이 그렇게 말하며 돌아가려 했다.

"나, 나도 그래······."

그 뒤를 이어, 다른 애가 그렇게 말했다.

"거짓말 하지 마. 너희가 학원가는 날은 목요일이잖아."

나카무라는 그들을 돌아보지 않은 채 위압감이 어린 어조로 그렇게 말했다.

"아, 그게······."

"아하하······."

그리고······.

"한 번 더 하자."

어이, 거짓말이지? 나카무라, 왜 이러는 거야?

하지만 설득할 방법이 없다.

"······알았어."

——나는 또 노 미스로 승리했다.

──하지만…….

한 번 더, 한 번 더, 한 번 더. 그런 말을 세 번이나 들었다. 그때마다 분위기는 무거워졌지만, 나카무라는 태도를 바꾸지 않았다. 그리고 세 번째, 나는 드디어 노 미스가 아니라 목숨을 하나 소비하고 승리했다. 맹세컨대, 절대 봐준 것은 아니다.

하지만 잘 됐다. 이걸로 나카무라의 마음도 좀 풀렸을 것이다. 연달아 붙었는데도 1승은 고사하고 내 목숨을 하나도 잡지 못한다면 자존심에 제대로 상처가 날 테니까 말이다. 그러니…….

"나카무라, 이제……."

"한 번 더 붙자."

나카무라는 게임 화면만을 똑바로 쳐다보면서 말을 이었다.

"아니, 이제 그만……."

"한 마리 처리했으니 만족했을 거라고 생각하는 거야? 우쭐대지 말라고. 한 번 더 붙자."

게임을 시작한 후, 처음으로 게임 화면에서 눈을 뗀 나카무라가 나를 쳐다보았다. 그의 눈에서는 한 점의 망설임도 느껴지지 않았다. 투지도 깃들어 있었다. 단순히 고집을 부리고 있는 게 아닌 것 같았다.

"……알았──."

"슈지~. 이제 그만 포기하지 그래? 슬슬 기분 나쁘거든?"

내가 뒤편을 돌아보니, 그 말을 한 사람은 콘노 에리카
였다.

"대체 뭐하는 거야? 게임 따위로 뭘 그렇게 열불을 내는
건데~. 한심하거든~?"

나카무라의 날카로운 시선이 콘노에게 꽂혔다.

"……너와는 상관없는 일이야."

"뭐어? 돌아가려는 사람을 못 가게 막아놓고서 상관없
어? 진심으로 하는 소리야? 완전히 정신이 나갔나 보네.
기분 나빠~."

콘노는 나카무라의 위압적인 눈빛을 개의치 않으며 그
를 바보 취급하듯 웃음을 터뜨렸다.

"너를 잡은 적 없거든? 왜 내 곁을 알짱거리는 건데? 그
러는 너야말로 기분 나쁘다고."

콘노 에리카의 표정이 일그러졌다.

"흐음~. 잘난 척 하네. 얼마 전에 내가 고백 했다고 우
쭐대는 거야? 완전 기분 나쁘거든? 착각하느라 수고 많구
나. 반에서 가장 눈에 띄니까 한 번 사귀어볼까 하는 생각
으로 고백한 거야. 이렇게 기분 나쁜 녀석인 줄 알았으면
고백 안 했을 걸~?"

콘노가 실실거리며 상대방의 마음에 깊숙이 꽂히는 말
을 토대했다.

"흐음~ 네가 어떻게 생각하든 나와는 상관없어. 나는
너한테 관심 없거든."

콘노 에리카는 불쾌하다는 듯이 검지로 머리를 긁적였다.

"그것보다, 몇 번을 다시 하던 너는 못 이겨. 헛짓거리하는 꼬락서니는 보니 완전 웃기네. 우리가 봐도 알겠거든? 슈지는 진짜 약해 빠졌나봐?"

"큭……!"

나카무라가 처음으로 흔들렸다. 마치 그 틈을 노리듯…….

"미카, 내 말 맞지?"

……콘노는 자신의 들러리에게 동의를 요구했다. 진짜 악랄한 타이밍이었다.

"으, 응. 진짜 기분 나빠. 그리고 빨리 돌아가고 싶거든?"

상대방을 바보 취급하는 듯한 어조였다.

"맞아~. ……할 말은 그게 다야?"

콘노 에리카는 들러리를 더욱 부추겼다. 정말 악랄하기 그지없다.

"어, 으음, 그게, 나카무라는 진짜 꼴사납네. 죽는 편이 나을 것 같아."

"맞아~."

콘노 에리카는 기뻐하며 그렇게 말했다.

바로 그때, 콘노 에리카의 다른 들러리들도 나카무라를 공격하기 시작했다. 이즈미는 침묵했다.

"그것보다 기억 나? 이 녀석, 아까 리벤지를 할 거니까 지켜보라고 했지? 완전 정신 나갔네."

"맞아, 맞아~! 그래놓고 이딴 꼬락서니잖아. 완전 꼴사납다니깐! 내가 낭비한 시간이나 돌려주면 좋겠네!"

"슈지, 들었지? 너, 진짜로 기분 나쁘고 약해빠졌거든? 너는 꼴, 사, 납, 게, 졌, 어. 이제 알았지?"

콘노 에리카의 독설은 날카롭기 그지없었다.

"너희와 상관없는 일이잖아? 흥미 없으면 빨리 돌아가라고."

나카무라도 기세가 꺾인 것 같았다.

"뭐? 상관없어? 웃기고 자빠졌네~! 어라? 나카무라, 우는 거야?!"

"진짜네! 어, 우는 거야?! 고등학생이나 되어가지고?"

"어~! 게임으로 졌다고 울어? 너, 대체 몇 살이야?! 혹시 유치원생~? 그것보다, 요즘 방과 후에는 쭉 여기서 게임 연습을 했다면서? 아하하하. 바보 같아~. 그래놓고 이딴 꼬락서니인 거야? 쓸데없이 노력한 거네? 아, 쪽팔려~. 완전 쓰레기 같은 게임이네."

콘노는 그렇게 말하더니, 들러리들을 데리고 밖으로 나가려 했다. 그 모습을 본 히나미의 입술이 살짝 벌어지는 광경을 나만 보았다.

──하지만 그녀가 말을 열기 전에, 분노에 찬 한 남자의 목소리가 이 방에 울려 퍼졌다.

"기다려. 방금 뭐라고 했어?"

지금까지 무표정하던 히나미가, 매우 놀란 듯한 표정을

짓고 있었다. 무리도 아니다.

　방금 그 말을 한 사람은 나카무라도, 그의 들러리도 아니라, 바로 나였던 것이다.

　"뭐?"
　지위가 낮은 인간이 자기한테 달려들자, 콘노는 언짢은 눈길로 나를 노려보았다.
　"……토모자키, 왜 그래? 혹시 마음에 안 들었어? 흐음. 기분 나쁘네."
　콘노가 졸개를 상대하듯 가벼운 어조로 내 말을 일축했다.
　"너희는 기분 나쁘다는 소리 말고 딴 말은 못하는 거냐?"
　나는 최선을 다해 콘노를 노려보며 당당한 목소리로 그렇게 말했다.
　"뭐? 입만 꽤 살았네~! 네 말투, 완전 기분 나쁘거든~?"
　"토모자키, 완전 우쭐대네. 우와, 완전 기분 나빠~!"
　"왜 이러는 건데? 네가 왜 이 녀석을 감싸는 거냔 말이야. 이해가 안 되네."
　"맞아~! 평소에는 조잘대지도 않으면서 말이야. 웃겨~!"
　"기분 나쁜 녀석이 기분 나쁜 녀석 편을 드는 거 아냐? 우와, 얽히기 싫어~!"

그 말에 담긴 악의 하나하나가 나에게 꽂혔다. 또한 목소리와는 달리 손이 덜덜 떨렸다.

"정말 하찮네. 뭐, 너희 같은 애들이 알 리가 없지."

"뭐?"

톤 연습, 표정 연습, 자세 연습, 말투 연습. 나는 그것들을 시작하고 처음으로 알았다. 이 녀석들은 그런 면에서 나와는 차원이 다를 정도로 뛰어난 존재다. 일상생활을 영위하면서 그 기술을 단련하고 있다. 나와는 비교도 되지 않을 만큼 그걸 자유자재로 사용하고 있다. 그리고 이 녀석들도 내가 자기보다 못하다는 사실을 눈치챘다. 그러니 이렇게 나를 깔보는 것이다. 그런 녀석들에게, 내 말이 먹힐 리가 없다. 설령 그 어떤 내용을 띠고 있더라도 말이다.

"나는 말이지."

나는 천천히 입을 열었다. 최대한 진지한 톤으로 말이다.

"승부에서 진 걸, 상황이나, 캐릭터 탓으로 돌리며, 노력한 번 해보지 않고 변명을 늘어놓는 녀석이 가장 싫어."

"뭐?"

"그래서, 뭐?"

"무슨 소리를 하는 거야?"

"시끄러워!"

나는 큰 목소리로 외쳤다.

"……내가 전에 나카무라에게 이겼을 때, 그는 변명을

했어. 캐릭터 탓을 했다고. 나는 이 녀석이 정말 한심한 놈이라고 생각했어. 하지만 지금은 어때? 이렇게 많은 사람들 앞에서! 참패를 했는데도! 변명 하나 늘어놓지 않고 몇 번이나 싸웠어! 드디어 내가 목숨 하나를 소비하게 한다고 하는 결과를 쟁취했다고! 너희는 이게 얼마나 대단한 건지 모르겠지! 얼마나 위대한 일인지도 말이야!"

나한테도 절대 용서 못하는 게 있다.

그래서 나는 콘노 에리카가 한 그 말 만큼은, 절대, 무슨 일이 있어도, 용서할 수 없다.

"뭐?"

"무슨 소리야?"

"이기지 못하면 의미 없잖아."

"나카무라는! 이제, 변명이나 늘어놓는 인간이 아니라고!"

그리고 나는 숨을 들이마시며, 이렇게 외쳤다.

"하지만 그딴 건, 아무래도 상관없어!"

내가 그야말로 영문 모를 소리를 늘어놓자, 들러리들은 말문이 막혔다.

그리고 나는 콘노 에리카를 똑바로 쳐다보았다. 그녀 또한 나를 노려보았다. 무섭지만, 나는 절대 고개를 돌리지 않았다.

이게 내 의지다.

"콘노. 너 아까『쓰레기 같은 게임』이라고 말했지?"

이 싸움이 레벨과 장비가 충분하지 않은 데다, 그걸 메울 대책조차 없는, 그야말로 질게 뻔한 싸움일지라도, 절대 양보하고 싶지 않았다. 이 녀석들은 모를 것이다. RPG에서 HP가 0이 됐는데도 쓰러지지 않는 이벤트 전투라는 게 있다는 걸 말이지!

뭐, 지금 이게 이벤트 전투인지는 나도 모르지만 말이야!!

"잘 들어. 나는 져놓고 변명이나 늘어놓으면서 노력하지 않는 인간도 싫어! ……하지만!"

그리고 나는『그저 내가 개인적으로 마음에 들지 않는다』라고 하는 절실한 심정을 담아, 외쳤다.

"……하지만 나는! 어패를 바보 취급 하는 인간을! 더 싫어한다고!!"

들러리들은 완전히 얼이 나간 표정으로 아무 말도 못했다. 그런 상황에서 나와 콘노는 계속 서로를 노려보았다.

"잘 들어. 이 게임은 갓겜이야! 게임 밸런스도 뛰어나지. 노력하면 실력이 쭉쭉 늘어나는데다, 얍삽이도 없어서, 기술만 갈고 닦으면 즉사 콤보에 당하지 않아! 캐릭터는 개성과 아이디어로 넘쳐나며, 하나같이 다른 게임에서 주역이 될 수 있다고! 또한 숨겨진 요소, 솔로 플레이 요소도 뛰어난 데다, 온라인 플레이도 가능해! 그 뿐만 아니라 온라인 환경도 엄청 뛰어나서, 전혀 스트레스를 받지 않으면서 대전을 할 수 있다고! 서포트도 잘 해줘! 게다가! 통상 공격 이외에도 필살기, 그리고 화려한 이펙트를 지닌 초필 살기도 있어서, 라이트 게이머도 즐길 수 있지! 어패는 코어 게이머가 심취할 수 있도록 배려하면서, 라이트 층을 위한 밸런스도 잡는다고 하는, 그런 상반된 요소를 완전히 양립시킨 불후의 게임이란 말이다!!"

"뭐? 완전 기분 나쁘네. 그게 네가 하고 싶은 말——."

"하지만! 그딴 것도, 아————무래도 상관없어!!"

나는 목청껏 고함을 질렀다. 콘노 에리카도 얼빠진 표정을 지었다.

"너희들, 헛소리 작작하라고! 뭐——가 '쓸데없이 노력한 거네?'야!! 헛소리 하지 말라고!! 너희 같은 망할 날라리들은 모르겠지만! 나카무라는! 지금만이 아니라! 이 몇 주 동안!! 엄청 노력했단 말이다!!"

나카무라는 나를 향해 깜짝 놀란 듯한 시선을 보냈다.

"나는 알 수 있어!! 잘 들어!! 2차전 두 번째 유닛 때, 내 콤보를 빠져나가면서 선보인 움직임! 그건 말이야! 엄청 어렵다고! 하루아침에 익힐 수 있는 게 아니란 말이다! 겨우 수십 프레임 안에 입력을 성공시켜야 해!! 그걸 안정적으로 쓰게 되려면 보통 몇 달은 걸려!! 그리고 이렇게 긴장된 상황에서 그걸 성공시키는 건 더 어려워!! 우연히 해낼 수 있을 리가 없다고! 이해했어?! 그것만이 아냐! 마지막 시합에서 나를 격추시켰을 때 보인 움직임! 나도 매번 성공시킬 수 있을지 자신이 없을 만큼 조작 난이도가 높은 콤보야!! MLJ! 문라이트 주얼이라고 불리는 무지 어려운 콤보라고!! 나카무라는 대단해!! 잘 들어!! 귀 파고 똑똑히 들으란 말이야!! 너희는 모르겠지만! 나카무라는! 목적을 가지고! 열심히! 매일! 포기하지 않으며! 꾸준히 노력하고 노력하고 노력한 끝에, 뭐, 실제로는 별 것 아닐지도 모르지만!! 결과를 이뤄냈단 말이다!!"

내 목소리는 거의 절규에 가까웠다.

"그러니까 나카무라는 비웃지 마!! 남의 노력을 비웃지 말라고!! 진심으로 최선을 다하고 있는 인간은!! 분명!! 그 누구보다!! 아름답고, 올바르다고!!"

그리고 나는 눈앞이 시꺼먼지도, 새하얀지도, 알 수 없는 상태에서……

"나는 말이야!! 져놓고 변명만 늘어놓으며 노력하지 않는 인간도 싫어!! 어패를 바보 취급하는 녀석도 싫어!! 하지만!! 그런 녀석들보다!!"

……진심을 담아, 고함쳤다.

"자기는 노력해본 적도 없으면서 남의 노력을 비웃는 녀석이, 가아아아아아아장! 싫다고!!"

침묵. 콘노 에리카는 아무 말도 하지 않았다. 들러리들은 콘노 에리카의 눈치만 살피고 있었다. 나카무라는 놀란 표정으로 딱딱하게 굳은 채, 나를 지그시 쳐다보고 있었다. 나카무라의 들러리들은 거북한 표정을 지은 채 꾸물거리고 있었다. 히나미의 눈가는 희미하게 젖어 있었다. 우와, 맙소사. 역시 연기파. 대단하네.

그런 상황에서 가장 먼저 입을 연 사람은 바로 콘노 에리카였다.

"……기분 나빠. 대체 무슨 소리를 하는 거야?"

그 말을 기다렸다는 듯이, 들러리들이 저마다 한 마디씩 했다.

"맞아."

"게임 따위를 가지고 뭘 저렇게 흥분하는 거야?"

"완전 기분 나쁘네."

아아, 역시 무리였다. 그래. 이게 『분위기』라는 건가. 지금 콘노 에리카가 한 말에 의해 『흥분해서 말을 늘어놓는 것』이 옳지 않은 짓이다, 라는 룰이 제정됐다. 그게 피부를 통해 느껴졌다.

나는 이제 끝이다. 모든 탄환을 다 썼다. 히나미, 뒷일은 너한테 맡길게. 나도 이만큼이나 했어.

너라면 분명 잘 마무리 지을 수 있을 거야.

히나미에게 눈짓을 보내자, 그녀는 빙긋 웃으며 고개를 끄덕이더니, 앞으로 나서며 입을 열었다.

"으음~, 그래도 게임에 진지하게 빠져드는 것도 나쁘지 않다고 생각해."

바로 그때, 쾌활하면서도 애교 있는 목소리가 방 안에 울려 퍼졌다.

──정확하게는, 쾌활하고 애교 있지만, 약간의 두려움이 어려 있는 목소리였다.

뭐? 두려움?

"⋯⋯뭐? 그게 무슨 소리야? 유즈?"

콘노 에리카의 시선이 이즈미를 향했다. 어?! 이, 이즈미?!

이즈미의 옆을 바라보니, 말할 타이밍을 놓친 탓에 입만 쩍 벌린 채 딱딱하게 굳어있는 히나미가 있었다.

"아, 아니, 그게 말이야. 그런 것도 좀 남자애다워서 아름답다고나 할까⋯⋯."

"흐음? 내가 아니라 토모자키를 감싸는 거야?"

이즈미는 그 말을 듣더니 어깨를 부르르 떨었다.

"그, 그게 아니라! 시, 실은 나도 어패? 맞지? 아무튼 그걸 하고 있는데~. 엄청 재미가 있어~! 그러니까 에리카도 같이 해보자~! 응?!"

"뭐? 왜 이야기를 돌리려고 하는 거야?"

"도, 도…… 돌리기는 무슨~! 우리는 지금 어패 이야기를 하고 있잖아? 안 그래? 실은 소점프라는 게 의외로 어렵더라고. 해보려니까 잘 안 되지 뭐야! 아, 그래도 요즘 들어 실력이 좀 좋아지기는 했는데~."

"……뭐어?"

이즈미가 쏟아내고 있는 말은 공허하게 울려 퍼지고 있었다. 눈치가 빠른 이즈미가 그걸 눈치채지 못했을 리가 없다.

"게다가~! 강한 기술일수록 발동이 느리지 뭐야~. 그래서 맞추기가 어렵더라니깐~. 아, 그래도 이제 깨달았어! 발동이 빠른 기술을 맞춘 다음, 강한 기술로 연결하면 된다는 걸 말이야! 그걸 콤보라고 한대! ……아, 그건 당연한 거지! 아하하……."

그러니 이건 힘들지만 참으면서 억지로 이러는 것이다. 하지만 겉보기에는 꽤나 이상했다. 이즈미 유즈에게서 흘러나오는 위화감, 그리고 필사적인 분위기와 절실함이 이 공간을 혼란스럽게 만들면서, 초점을 흐트러뜨렸다.

"그래! 그러니까! 역시 파운드를 어려운 캐릭터라고 생각해~. 나도 아직 멀었다니깐~. 그래도 폭시는 더 어려워~. 낙하 속도가 너무 빠르거든! 그래서 사고사할 경우도 많아~. 어패는 정말 어려워. 하지만 나는 열심히 할 거야. 이유는 비밀이지만 말이야. 아하하……."

이 자리에 있는 모든 이들이 이즈미를 쳐다보았다. 남들의 시선을 신경 쓰는 이즈미에게 이건 꽤나 힘든 상황일 것이다.

"그리고 다른 캐릭터의 이야기를 하자면……."

히나미가 보다 못해 한 걸음 내디디려 한 순간, 콘노 에리카가 먼저 이즈미의 어깨에 손을 얹었다.

"이즈미, 이제 됐어. 왠지 김이 샜어."

그리고 자신의 들러리들을 향해 말했다.

"다들 가자."

콘노 군단은 이즈미를 남겨둔 채 이 방에서 빠져나갔다. 그리고 나카무라의 들러리들 또한 기회를 잡았다는 듯이 방에서 나갔다.

덜컹, 하며 문이 닫히더니 잠시 동안 정적이 흘렀다. 그리고 다음 순간, 이즈미가 바닥에 주저앉았다.

"……무, 무서웠어……!"

그리고 훌쩍거리며 흐느끼기 시작했다. 맙소사.

바로 그때, 나카무라가 이즈미에게 다가갔다.

"바보. 왜 무리하는 거야. 너는 원래 이런 애 아니잖아."

"하지만…… 하지만……!"

나카무라는 이즈미의 어깨에 손을 얹었다. 어이, 내 제자 몸에 함부로 손대지 마. 아, 그래도 이 두 사람은 서로를 좋아하는 것 같으니까 괜찮으려나? 뭐, 괜찮겠지. 응.

"이제 아무 말도 하지 마. 너는 최선을 다했어."

"으으……! 슈지~~~!"

"이제 그만 울어. 이런 얼굴을 남들에게 보여주고 싶지는 않잖아?"

나카무라는 이즈미를 향해 손을 내밀었다.

"괘, 괜찮아……!"

이즈미는 소매로 눈물을 닦더니, 표정을 고치며 자기 발로 몸을 일으켰다. 그리고 두 사람이 방을 나서……기 직전, 나카무라가 나를 날카롭게 노려보았다. 그리고 들릴락 말락 하는 목소리로 뭐라고 말했다. 그 말은 내가 들을 수 없을 만큼 작았지만, 왠지 나는 그가 입에 담은 말이 명확하게 들렸다. 그리고 그 말에는 진심어린 의지가 어려 있는 것처럼 들렸다.

"다음에는 내가 이기겠어."

나카무라는 그렇게 말한 후, 이즈미와 함께 방밖으로 나갔다.

으음──…?

"……무슨 소리지?"

"……나도 몰라."

히나미 또한 무방비한 표정을 짓고 있었다.

그런 히나미를 쳐다보며 이번 사건에 대해 생각하던 나는 문득 어떤 사실을 눈치챘다.

"아, 그러고 보니……."

"……왜?"

"너 말이야."

나는 히나미가 자주 쓰는 빈정거리는 듯한 톤을 흉내 내며 말했다.

"이번에는 아무 것도 안 했네."

그 순간, 히나미는 내 앞에서 처음으로, 제대로 한 방 먹은 듯한 표정을 지었다.

7 스태프롤 이후에 후일담이 있으면 좋겠다

그 사건이 벌어진 날로부터 사흘 후인 토요일.

나와 히나미는 기타요노에 있는 이탈리안 가게에서 세상에서 가장 맛있는 샐러드를 먹고 있었다.

"너무 맛있어……."

"후후. 그렇지?"

설마 파스타와 피자만이 아니라, 애피타이저인 샐러드도 이렇게 맛있을 줄이야. 완전 허를 찔렸다. 약았다. 약아빠졌다. 하지만 기쁘다.

우리는 채소 본래의 단맛과 드레싱의 완벽한 하모니를 즐기면서 회의를 시작했다. 원래는 그 사건 직후에 회의를 하고 싶었지만, 히나미가 뒷수습을 하느라 바빴기에 오늘에서야 이렇게 이야기를 나누게 되었다.

"하지만, 정말 처참했어……."

구교장실에서 벌어진 일은 목격자가 많았던 데다, 내용도 내용이었던 만큼 순식간에 퍼져나갔다. 나카무라의 연패, 내가 우쭐대며 늘어놓은 넋두리, 나의 기분 나쁜 플레잉, 내가 진심을 담아 터뜨린 외침, 내가…… 어라? 전부 내 악평이네. 하하하.

하지만 사건이 반내 세력도에 끼친 영향은…… 놀랍게도 그렇게 크지 않았다.

나카무라는 여전히 반내 신분제도의 정상에 군림하고

있고, 나카무라 그룹과 콘노 에리카 그룹이 표면적인 항쟁을 벌이지도 않았다. 그룹간의 교류 빈도는 줄어든 것 같지만, 금요일에는 이즈미는 파이프 삼아 나카무라와 콘노가 어색하게나마 대화를 나누는 광경도 봤다. 저 녀석들은 인간관계 복구도 잘 하네. 경과관찰을 하면서 회복을 도모하는 느낌일까.

그런 상황에서 크게 변한 점이—— 두 개 있었다.

하나는 이즈미에 관한 것이다. 이즈미가 나카무라에게 관심을 받기 위해 어패 연습을 하고 있다는 걸 대부분의 클래스메이트들이 눈치챘고, 그 결과 따뜻한 눈길로 그녀를 지켜보는 **분위기**가 형성됐다. 아마, 이즈미의 마음을 눈치채지 못한 클래스메이트는 나카무라뿐일 것이다.

『둔감』은 나카무라를 위한 말, 이라는 생각이 반 안에 퍼져 나가고 있지만, 그는 그것도 눈치채지 못하고 있다는 웃기지 않는 상황이 벌어졌다. 어패에 너무 빠진 탓에 말이다. 뭐랄까, 정말 지기 싫어하는 녀석이다. 그런 면을 보면 게이머에 재능이 있는 걸지도 모른다는 생각이 들었다.

그리고 다른 하나는 나카무라에 관한 것이다. 그 사건 이후로 나에게 진 게 분한지 한층 더 어패에 정열을 쏟아 붓고 있었다. 그뿐만 아니라 지금은 사랑 같은 건 안중에 없어! 같은 느낌이 되어버린 것 같았다. 쉬는 시간과 점심시간을 이용해 무시무시할 정도로 연습을 하는 것 같았다.

뭐, 그러니까, 큐피드 역할은 내 탓에 나카무라는 이즈미보다 어패에 더 빠져들게 되고 말았다. ……아마 나카무라는 얼마 전까지는 이즈미를 꽤 의식하고 있었을 것이다. 으음, 미안해요. 역효과가 발생했네요.

"뭐, 그래도 네가 악영향을 적게 받아서 정말 다행이야."

"……맞아."

그렇다. 나도 상상했던 것보다 영향을 적게 받았다.

목요일과 금요일, 이틀 동안 나에게 이런저런 걸 묻는 클래스메이트가 꽤 있었는데, 그들 대부분은 호의나 악의가 아니라 그저 호기심 때문에 그러는 것 같았다. 그리고 내가 그들의 질문에 사실대로 대답하자, 곧 만족하면서 돌아갔다. 그 사건 탓에 적이 늘어나지는 않은 것이다. 친구도 늘어나지 않았지만 말이다.

──하지만 나카무라와 내가 최소한의 피해만 본 것은 히나미가 암약해준 덕분이다.

히나미는 할일이 있다면서 이틀 동안 회의에 참석하지 않았다. 그리고 나는 그녀가 이틀 동안 여러모로 손을 쓰는 광경을 몇 번이나 목격했다. 가장 인상에 남은 것은 클래스메이트들 사이에서 '흐음~! 하지만 슈지가 그렇게 빠져든 걸 보면 어패는 재미있나 보네'하고 밝은 목소리로 말하는 광경이었다. 저런 걸 스텔스 마케팅이라고 할 것이다. 나카무라와 어패의 인상을 몰래 조작하고 있는 것이다.

아마 히나미는 그런 식으로 나도 감싸줬을 것이다. 뭐…… 고마워해야겠지.

그리고 예전부터 그랬는지, 아니면 일전에 나와 있었던 일 이후로 그러는 건지는 모르겠지만, 클래스메이트 앞에서 '귀정!'이라고 히나미가 외치는 광경도 딱 한 번 봤다. 이 녀석은 그 말을 정말 좋아하는 구나.

"그럼, 오늘의 보고사항은……."

"그 사건 이외에는…… 후카 양에 관한 거겠네."

"응. 뭐, 이런저런 일이 있었어."

나는 키쿠치 양에게 사실대로 이야기한 후, 영화를 같이 보러가자는 제안을 하지 않았다.

내가 히나미에게 사실대로 보고하자, 그녀는 어이없어 하면서 한숨을 내쉬었다.

"너 말이야. 가까워질 가능성이 있는 여자애들을 전부 다 놔준 거야? 진짜로 의욕이 있긴 해?"

"물론 있어. 당연하잖아."

"……좋아. 지나간 일을 가지고 이러쿵저러쿵해봤자 아무 소용없잖아. 이 상황에서 뭘 어떻게 할지나 생각하자."

히나미는 그렇게 말하며 생각에 잠겼다.

"……그래."

나는 대답을 하며 마음속으로 감탄했다.

이 녀석의 이런 면은 정말 대단하다. 지금까지는 막연하게 『대단하다』고 생각했지만, 이 녀석이 왜 이렇게 대단한지에 대해서는 생각해보지 않았다.

하지만 그 의문의 답은 단순명쾌했다. 대단해지려고 하

기 때문이다. 현실을 받아들이고, 노력하고 있기 때문이다. 한 걸음씩 착실하게, 자신의 의지로, 나아가고 있기 때문인 것이다.

그러니, 대단한 것이다.

IC레코더의 음성을 듣고 그걸 실감한 나는 이 녀석에게서 존경에 가까운 감정을 느끼고 있었다.

그렇기에, 나는 히나미가 지시하지 않은 행동을 취하려 했다.

"저기, 히나미…… 잡담 삼아 물어보는 건데 말이야."

"응?"

히나미는 약간 경계하면서 나를 쳐다보았다.

나는 안쪽 호주머니에 손을 집어넣었다. 그리고 가능한 한 천연덕스러운 어조로 이렇게 말했다.

"내일 하는 매리 존 시사회의 티켓이 있는데, 같이 보러 안 갈래?"

히나미는 한방 먹은 듯한 표정을 잠시 짓더니, 곧 밉살스러운 미소를 지었다.

그리고 나와 마찬가지로, 천연덕스러운 어조로 이렇게 말했다.

"――아, 미안해. 내일은 다른 볼일이 있어서 못 가."

나는 최대한 밝은 척을 하면서 웃기는 했지만, 마음속으로는 꽤 충격을 받았다. 실패했네~.

"하지만."

"······응?"

그러자 히나미는 못난 자식을 쳐다보는 부모처럼, 상냥하면서도 장난기어린 미소를 지으면서 이렇게 말했다.

"오늘은 시간이 있어. 괜찮다면 다른 영화라도 보러 갈래?"

나는 한순간 머릿속이 새하얗게 변했다.

그리고 이유는 모르지만, 맹렬한 고양감 혹은 달성감 같은 흥분을 느꼈다. 하지만 그것은 『리얼충에 한 발 다가섰다』, 『여자애와 영화를 본다』 같은 이유에서 비롯된 흥분이 아니었다.

그저 단순히, 그저 심플하게, 『현실에서, 자신의 노력으로, 자신이 원하는 결과를 이뤄냈다』. 그런 실감에서 비롯된 원시적인 고양감인 것이다. 왠지 그런 것 같은 느낌이 들었다.

"······귀정!"

내가 시험 삼아 그렇게 외치자, 히나미는 '그건 이럴 때 쓰는 말이 아냐'하고 지적했다. 아하. 이런 면도 조금씩 성장시켜야할 것 같았다.

왜냐면, 그게 인생이라는 거잖아? 그럼 한 방 제대로 먹여주겠어.

나는 이 게임의 초심자지만, 앞으로 최선을 다해 플레이를 해볼 거야.

──이상. 일본제일의 엉터리 게이머, nanashi 올림.

후기

처음 뵙겠습니다. 제10회 소학관 라이트노벨 대상에서 과분하게도 우수상을 받고 데뷔를 하게 된 야쿠 유우키라고 합니다.

이번에 가가가 문고를 통해 라이트노벨을 출판하게 되었습니다만, 이건 저 혼자만의 힘으로 해낸 것이 아닙니다. 많은 분들께서 협력을 해주신 덕분에 이렇게 책을 낼 수 있게 됐습니다. 그러니 하다못해 사족이라 할 수 있는『후기』에서 대놓고 제 생각을 써보려 합니다.

하지만 저는 저 자신에 대해 잘 이야기하는 편이 아니며, 또한 작품의 내용과 테마에 대해 해설하는 것 또한 독자 여러분께서 작품을 해설할 여지를 갉아먹는 듯한, 그리고 작가의 손을 떠난 작품에 괜한 짓을 하는 것 같다는 생각이 듭니다. 그러니 이번에는 표지 일러스트를 보고 제가 느낀 감정에 대해 이야기해보려 합니다.

담당 편집자님께서 보내주신 표지 일러스트를 본 순간, 저는 그 일러스트가 너무 귀여워서 놀랐습니다. 당당한 표정과 머리카락의 가벼운 질감, 학교가방과 블레이저를 배치한다고 하는 편애적인 감각이 물씬 느껴지는 구도 등, 다양한 점에 있어서 대단하다고 생각했습니다. 하지만 가장 저를 감동하게 만든 것은 바로 허벅지였습니다(다른 부분에 대해서는 또 이야기할 기회가 있을 거라 믿으며 생략하겠습니다).

제가 이 허벅지를 보고 감동한 이유는 단순합니다. 히나미 양의 왼쪽 허벅지 부분 때문이죠. 독자 여러분 중 절반은 이미 이해하셨을 거라고 생각합니다만, 바로 허벅지의 볼륨감에 감동했습니다.

살점이라고 하면 될지, 아니면 젊음이라고 하면 좋을지 모르겠습니다만, 허벅지 안쪽의 볼륨감이 제 마음을 뒤흔든 겁니다.

그리고 저는 다시 냉정을 되찾은 후, 히나미 양의 왼쪽 다리에서 허벅지로 이어지는 라인을 살피다 눈치챘습니다. 이 다리는 처음에는 탄력적이고, 슬림한 느낌을 표현하는 듯한 라인을 그리고 있습니다. 하지만 허벅지 안쪽, 히나미 양의 손을 지면에 대고 있는 부분을 지난 순간, 볼륨감 있는 라인이 됩니다.

그 사실을 눈치챈 순간, 제 머릿속에 번개가 쳤습니다.

이 몇 밀리미터에 강렬한 마음이 어려 있다는 걸 직감한 것입니다. 그건 제 착각일지도 모르지만, 그래도 저는 마음 한편으로 확신을 가졌습니다.

그런 확신을 가진 데에는 이유가 있습니다. 막대 인간에게도 허벅지는 허벅지를 만들어줄 수 있기 때문입니다. 좀 더 알기 쉽게 설명을 하자면, 머리와 몸과 손발을 선으로 그리고, 다리의 중심 부분을 접어서 무릎 부분을 만들면, 무릎 윗부분은 허벅지입니다. 그걸 허벅지라고 주장한들 그 누구도 불평하지 않을 겁니다. 적어도 저는 안 합니다.

즉, 『허벅지다』라는 것을 표현하고 싶을 뿐이라면, 그것만으로 충분한 것입니다.

좀 더 꾸며주기 위해 직선을 주위에 그리고, 그 안을 살색으로 채운다면 그 부분은 허벅지라고 하기에 충분합니다.

하지만 이 표지를 그린 플라이 씨는 말이죠. 거기에 곡선, 그것도 절묘한 굴곡을 지닌 곡선을 더했습니다. 이게 무엇을 의미하냐면, 그림에 리얼리티를 부여하기 위해, 페티시즘을 불어넣기 위해── 아니, 그런 빙빙 돌리는 표현은 적절하지 않을지도 모르겠군요. 이것은 그저 단순히 히나미 양에게 『체온』을 부여하기 위해 펼친, 겨우 몇 밀리미터로 자아낸 마법입니다.

종이책을 가지고 계신 분은 표지의 허벅지 부분에, 전자 서적으로 읽고 계신 분은 표지 페이지의 허벅지 부분에 살며시 손을 대보십시오. 검지를 추천합니다. 자아, 어떠신 가요. 느껴지지 않습니까? 따뜻한 체온이, 히나미 양의 온기가, 느껴지지 않나요?

적어도 저는 느껴집니다. 지금 저는 화면에 표시된 허벅지에 손을 댄 채, 왼손만으로 키보드를 치고 있습니다만, 오른손 검지 끝에서 느껴지는 것은 진짜 사람의 몸에 댔을 때 느껴지는 물리적인 체온과는 좀 다릅니다. 달라요. 그건 인정합니다. 하지만, 제 손가락 끝에서는 분명 진짜 체온, 느껴지고 있어요.

여러분에게 저의 이 마음이 전해졌으면 좋겠습니다.

그럼 도움을 주신 분들에게 감사 인사를 드릴까 합니다.

우선 제10회 소학관 라이트노벨 대상 선정에 관여하신 여러분, 이 작품의 편집, 출판, 영업, 판매 등에 관여해주신 여러분, 감사드립니다.

그리고 혹독하지만 의미 있는 다양한 조언을 해주신 담당편집자 이와아사 씨, 신인상 응모 전에 원고를 읽어보고 참고가 되는 솔직한 감상을 내주셔서 응모 원고의 교정에 도움을 주신 동거인 T군, 또한 이제 막 데뷔한 저의 작품을, 놀라울 만큼 색기 넘치는 그림으로 예쁘게 꾸며주신 일러스트 담당 플라이 씨. 정말 감사합니다.

마지막으로 이 작품을 구매해주신, 그리고 읽어주신 모든 분들.

감사드립니다.

작품을 통해 여러분을 다시 뵐 수 있기를 진심으로 빕니다.

야쿠 유우키

역자 후기

안녕하십니까. 근로청년 번역가 이승원입니다.

『약캐 토모자키 군』Lv.1을 구매해주셔서 진심으로 감사드립니다.

『약캐 토모자키 군』은 제10회 소학관 라이트노벨 대상에서 우수상을 받으며 데뷔한 야쿠 유우키 작가님의 데뷔작입니다.

일본제일의 게이머이지만, 인생에 있어서는 약캐인 토모자키라는 주인공이 자기 다음가는 실력파 게이머이자, 인생에 있어서도 강캐인 히나미를 만나, 인생이라는 게임에 진지하게 임한다는 내용을 담고 있습니다.

저 또한 유치원 들어가기 전부터 게임을 해왔고, 게임 살 돈을 벌기 위해 신문배달, 찹쌀떡 장사, 고구마 팔이, 우유배달, 막노동, 고기불판닦이, 우동 배달 등의 일을 어릴 적부터 해왔습니다. 그래서 그런지 주인공의 행동과 말이 엄청 와 닿더군요. 뭐, 저는 히나미 같은 리얼충 강캐 미소녀에게 지도받지는 못했지만요, AHAHA.

그래도 당시부터 같이 게임을 해온 친구(전부 남자!)들과 지금도 즐겁게 게임 토크를 나누곤 합니다.

게임이라는 취미로 사귄 친구와 20년 넘게 가깝게 지낼 수 있는 것도, 게임이 지닌 힘이라는 생각이 문득 드네요.

　이대로 호호 할아버지가 될 때까지 이 악우(惡友)들과 게임 친구로 지내는 게 목표입니다.^^

　그럼 이만 줄이겠습니다.

　이 작품을 저에게 맡겨주신 소미미디어 편집부 여러분. 재미있는 작품을 맡겨주셔서 감사합니다. 앞으로도 잘 부탁드립니다.

　집들이에 초대해준 악우여. 고기반찬이 많은데 두부만 몇 접시만 비워서 미안하다. 하지만 구운두부와 김치 두루치기 콤보는 버섯 베이컨 말이나 찜갈비보다 위대했어.ㅜㅜ

　그리고 『굿겜』이라는 단어를 제안해주신 L번역가 님, 감사합니다. 역시, '내가 게임을 사주기까지 했는데 플레이도 해줘야 하는 거야?'하고 외치는 분다우십니다.^^

　마지막으로 언제나 제게 버팀목이 되어주시는 어머니와 『약캐 토모자키 군』을 읽어주신 모든 분들에게 진심으로 감사드립니다.

　못난이 약캐가 미소녀 강캐 스승님을 상대로 청출어람(?)을 해내려 하는 2권 역자 후기 코너에서 다시 뵙겠습니다!

2017년 3월 중순
역자 이승원 올림

JYAKU CHARA TOMOZAKI-KUN Lv.1
by Yuki YAKU
©2016 Yuki YAKU Illustrated by FLY
All rights reserved.
Original Japanese edition published by SHOGAKUKAN.
Korean translation rights in Korea arranged with SHOGAKUKAN
through Shinwon Agency Co.

약캐 토모자키 군 Lv.1

2017년   5월   1일 1판 1쇄 발행
2022년   3월 31일 1판 5쇄 발행

저   자 야쿠 유우키
일 러 스 트 플라이
옮 긴 이 이승원
발 행 인 유재옥
본 부 장 조병권
담당편집 정영길
편 집 2 팀 정영길 조찬희 박치우
편 집 3 팀 오준영 곽혜민 이해빈
미   술 김보라 박민솔
라이츠담당 한주원 이승희
디 지 털 박상섭 이성호 최서윤 김지연
발 행 처 ㈜소미미디어
인쇄제작처 코리아피앤피
등   록 제2015-000008호
주   소 서울 마포구 토정로 222, 403호(신수동, 한국출판콘텐츠센터)
판   매 ㈜소미미디어
마 케 팅 한민지 최정연
물   류 허석용
전   화 편집부 (070)4164-3962, 3963 기획실 (02)567-3388
                   판매 및 마케팅 (070)4165-6888, Fax (02)322-7665

ISBN 979-11-5710-884-8 04830
         979-11-5710-883-1 (세트)